Die Rächerin

von

Jacqueline Gains

Krimi

Impressum

Copyright © 2014

Autor: Jacqueline Gains
Lektorat: Uwe Hohn
Titelbild: Uwe Hohn

Herstellung und Verlag:

BoD – Books on Demand, Norderstedt

ISBN 978-3-7386-0082-7

Kapitel 1

Peter Lind saß gefesselt auf einem Stuhl und sein Kopf dröhnte vor Schmerzen. Es machte die ganze Zeit unaufhörlich, klopf, klopf, klopf. Solche Kopfschmerzen hatte er noch nie zuvor erlebt. Das Letzte woran er sich erinnern konnte war, dass er von seinem Büro in der Bank auf die Toilette ging. Danach wusste er nichts mehr, alles war komplett schwarz. Vorsichtig öffnete er die Augen und sah sich um. Der Raum ähnelte einer Fabrik, der Putz blätterte von den Wänden und überall waren Wasserpfützen. Der Stuhl war aus stabilem Stahl und die Fessel aus Nylon. Bei jeder Bewegung schnitt sie ihm in die Handgelenke, und das tat höllisch weh. Also versuchte er sich so wenig wie möglich zu bewegen. Er schaute an sich herunter und musste feststellen, dass er seinen besten Anzug an hatte. Blöderweise, denn sein Outfit war nicht nur zerknittert sondern auch total staubig. Aber daran konnte er nichts ändern. Das war im Moment auch nicht das Wichtigste, um das er sich kümmern sollte. Er versuchte heraus zu bekommen wo er denn nun war, aber er kannte den Ort nicht. Peter räusperte sich leise und auf einmal stand eine atemberaubende Blondine vor ihm. Sie trug einen schwarzen, sexy Lederdress und Stiefel mit mindestens fünfzehn Zentimeter Absätzen. Ihre Haare waren goldblond und fielen ihr in weichen Locken auf die Schulter. Die vollen Lippen waren feuerrot geschminkt, er war sehr beeindruckt, wenn da nicht diese Pistole gewesen wäre, mit der sie auf ihn zielte. Vielleicht war es ja doch nur ein Traum und er schloss seine Augen. Aber als er sie wieder öffnete, war die Blondine immer noch da.

„Lass die Augen ruhig auf Peter. Das ist keine Halluzination, sondern knallharte Realität. Schreien nutzt dir hier nichts, uns kann keiner hören. Du solltest dich auch nicht soviel bewegen, sonst werden die Nylonfesseln deine Handgelenke zerfetzen. Kannst du dir denken warum du dich in dieser misslichen Lage befindest?"

Das musste Peter erstmal verdauen, sein Gehirn arbeitete auf Hochtouren, aber die Situation war derart abstrus, dass er keine Erklärung hatte. Das Beste wäre erstmal zu lächeln. Das hatte noch nie seine Wirkung verfehlt.

„Wer bist du und was willst du von mir?"

Ginger musste lächeln, das war mal wieder typisch Mann. Eine Frau hätte so eine Frage niemals gestellt.

„Ich bin Ginger und man hat mich beauftragt dich umzubringen. Aber frag ruhig weiter."

Peter sah sie fassungslos an und schüttelte den Kopf.

„Was habe ich dir denn getan und wer hat dich beauftragt?"

Sie spazierte langsam auf und ab, dabei spielte sie die ganze Zeit mit ihrer Pistole.

„Erinnerst du dich an das Rentnerehepaar Donata. Sie wollten 50.000 Euro ohne Risiko anlegen. Du hast ihnen offene Immobilienfonds angedreht und sie haben alles verloren. Sie müssen oft bei dir gewesen sein. Du hast das Gesprächsprotokoll gefälscht und sie konnten nichts mehr beweisen. Herr Donata ist eine Woche später von der Autobahnbrücke gesprungen, so verzweifelt war er. Erinnerst du dich daran?"

Daher wehte der Wind und er rutschte unruhig auf seinem Stuhl herum, so gut es ging. Natürlich wusste er um wen es sich handelte. Der Mann hatte sich umgebracht. Die Frau kam in die Bank und hatte ihn beschuldigt, die Verantwortung dafür zu tragen.

„Ich hatte keine Schuld. Sie wollten sechs Prozent Rendite und das gibt es nun mal nicht ohne Risiko."

Ginger ging ganz nah an ihn heran und er konnte ihr Parfüm riechen, das kam ihm sehr bekannt vor. Irgendetwas französisches, aber er konnte sich nicht mehr an den Namen erinnern.

„Es gab eine gute Provision, deshalb die Fonds. Deine Bank und du haben schon etliche Existenzen zerstört und jetzt zerstöre ich dich."

Jetzt brach ihm der Schweiß aus und er spürte, wie sein Hemdkragen feucht wurde. Ginger drehte sich um die eigene Achse und schoss ihm, ohne Vorwarnung, ins linke Knie. Er heulte vor Schmerz auf und zappelte auf dem Stuhl herum, das Knie brannte wie Feuer und ein kleines Loch war zu sehen, das sich mit Blut füllte. Er bekam keine Luft mehr und versuchte sich zu beruhigen, die Fesseln quälten ihn zusätzlich und er musste unbedingt einen ruhigen Kopf behalten.

„Schrei ruhig, wenn es dir hilft. Aber ich sagte ja schon, dass dich hier keiner hören kann. Weißt du was, gleich schieße ich dir in dein rechtes Knie."

Peter sah diese wahnsinnige Tussi an und wunderte sich darüber, dass er ganz schön in der Scheiße saß. Eindeutig. Jetzt musste er sich schnell etwas einfallen lassen, denn seine Zeit schien abzulaufen.

„Na gut, du hast gewonnen, wenn du mich frei lässt, bekommst du von mir eine Million Euro. Ich kann das Geld in wenigen Stunden besorgen. Überleg doch mal, wie viel Kohle das ist und was du damit alles tun könntest."

Ginger lachte ihn an und schoss auf sein rechtes Knie. Wieder heulte er auf, aber viel schwächer als beim ersten Mal. Sein schöner Anzug, jetzt war er endgültig im Arsch, er und der Anzug. Das Blut lief

4

ihm die Schienbeine herunter und er fühlte nur noch einen dumpfen Schmerz.

„Tja Peter, jetzt überlege ich mir, ob ich dir in die Ellbogen schießen soll, oder lieber die Ohren abknalle, die brauchst du eh nicht mehr."

Peter ließ den Kopf hängen und guckte fasziniert auf die riesige Blutlache zu seinen Füßen. Wie ein See hatte sich das Blut ausgebreitet und ihm war sehr schwindelig, alles fühlte sich an wie in einem schlechten Traum. Ginger ging zu ihm und schüttelte an seiner Schulter.

„Der Penner macht schlapp, Ben, hol mal einen Eimer Wasser, sonst bekommt unser Gast gar nicht mit was wir noch Schönes mit ihm vorhaben."

Ben kam mit einem Wassereimer zurück und schüttete Peter alles über den Kopf. Der zuckte zusammen und riss seinen Kopf hoch, dann musste er husten, weil er Wasser geschluckt hatte. Wie durch einen Schleier sah er Ginger die mit der Pistole auf seinen Kopf zielte.

„Was meinst du Ben, soll ich ihm das linke oder das rechte Ohr wegschießen, du kannst wählen!"

Ben schmunzelte und zupfte sich am rechten Ohr herum.

„Nimm ruhig das Rechte, das Linke kommt ja sowieso noch an die Reihe."

Ginger zielte mit ruhiger Hand auf Peters rechtes Ohr und schoss daneben. Peter war alleine durch das Geräusch in Ohnmacht gefallen und Ben füllte erneut einen Eimer mit Wasser. Ginger war wütend, es lief nicht alles nach ihren Wünschen. Sie wollte ihn noch länger quälen und jetzt machte er schlapp. Ärgerlich.

„Gieß ihm noch mal das Wasser über den Kopf, ich will, dass er alles mitbekommt, das hat er sich einfach verdient."

Der kalte Guss verfehlte nicht seine Wirkung und Peter schreckte wieder auf. Mit letzter Kraft hob er seinen Kopf hoch und sah sie mit blutunterlaufenen Augen an.

„Bitte hör auf, ich zahle dir jede Summe die du haben möchtest. Hast du das gehört? Wirklich jede Summe."

Er setzte jetzt alles auf eine Karte, denn viel Zeit hatte er nicht mehr. Ginger hob wieder die Pistole und schoss ihm das rechte Ohr weg. Der Schmerz war fürchterlich und er schrie wie von Sinnen.

„Ja hast du wirklich geglaubt, dass ich käuflich bin? Du bist noch dümmer, als ich dachte. Ich muss dich enttäuschen, aber meine Beweggründe sind eher moralischer Natur."

6

Peter spürte wie ihm das warme Blut den Hals runter lief und er verstand die Stimme, die zu ihm sprach, nur ganz leise, als wenn jemand die Lautstärke runter gedreht hätte. Logisch, er hatte ja auch nur noch ein Ohr übrig. Auf einmal war er unsagbar müde und ihm fielen die Augen zu. Er war kurz vor dem Ende und wusste es auch, egal was sie noch mit ihm vorhatte. Ginger sah zu Ben rüber und der zuckte mit der Schulter.

„Meinst du er ist hinüber?"

Er ging zu Peter und suchte den Puls.

„Ganz schwach, der macht nicht mehr lange, wenn du mich fragst. Du solltest dich beeilen."

Das empfand sie fast als Beleidigung, sie hatte doch noch so viele schöne Sachen mit ihm vor, aber da konnte man nichts machen.

„Okay Peter, wir stellen fest, dass du mit deiner Kraft am Ende bist. Ich muss meine Show wohl ein wenig abkürzen. Kannst du mich hören? Wenn ja, nicke mit dem Kopf."

Peter tat ihr den Gefallen und dachte an seine Frau und die Kinder, die er jetzt nicht mehr wieder sehen würde. Dann spürte er etwas Kaltes auf seiner Stirn, um genau zu sein, zwischen seinen Augen. Ginger drückte ab und eine Blutfontäne ergoss sich auf die Wand. Peter fiel mit dem Stuhl rückwärts auf den Boden. Ben ging zu Ginger und sie betrachteten ihr Werk.

„Du hast ihn erledigt, mehr ging nicht."

Sie dachte an Frau Donata, die Witwe und finanziell am Ende war. Sie wohnte jetzt bei ihrer Tochter, weil die Rente für eine eigene Wohnung nicht ausreichte.

„Ben, wickle ihn in Folie und lege ihn vor seine Bank. Seine Kollegen sollen sehen, was mit ihm passiert ist. Vergiss nicht Frau Donata anzurufen, dass wir den Auftrag erledigt haben."

Er nickte ihr zu und machte sich an die Arbeit. Sie nahm ihre Handtasche und ging zu ihrem Auto. Für heute hatte sie genug getan.

Die stillgelegte Ziegelei lag zwanzig Kilometer von Köln entfernt. Sie hatte der Stadt das Grundstück, circa zweitausend Quadratmeter, günstig abgekauft. Als erstes ließ sie einen massiven Eisenzaun errichten. Danach wurde alles üppig bepflanzt, was als zusätzlicher Sichtschutz dienen sollte. Am Eingangstor stand ein Container in dem ein Wachmann saß und zwar rund um die Uhr. Sie konnte keine Zuschauer gebrauchen, oder vielleicht ein paar neugierige Kinder, die rumstreunten. Die Vorbereitungen dauerten ein ganzes Jahr und mit dem Ergebnis war sie sehr zufrieden. Sie konnte hier machen was sie wollte und das war das Wichtigste überhaupt. Sie dachte an den Tag zurück, als sie zu dem Endschluss kam, das zu tun, was sie jetzt tat. Sie fühlte sich verpflichtet, etwas davon zurück zu geben, was sie selber bekommen hatte. Eine große Genugtuung spürte sie, wenn sie wieder jemanden eliminiert hatte, der es wirklich verdiente. So wie dieser Peter Lind, das Schwein. Er bekam seine gerechte Strafe und zwar von ihr.

Als sie im Auto saß, drehte sie die Musik richtig laut auf. Die Bässe hämmerten, alles war in Bewegung und vibrierte. Genial. Die Fahrt nach Köln in ihre Wohnung war viel zu schnell vorbei und als sie in der Tiefgarage den Motor ausmachte war sie fast ein bisschen traurig. Mit dem Aufzug fuhr sie in den zehnten Stock, da war ihr Penthouse. Ihr Reich war zweihundert m² groß und diente ihr als Wohnung und Büro. Überall lag Parkett und die Küche war mit den neuesten Geräten ausgestattet. Das riesige Wohnzimmer verfügte über einen Kamin und es gab drei Badezimmer und drei Schlafzimmer. Sie lebte hier mit Ben, ihr bester Freund und Geschäftspartner. Beide waren eingefleischte Singles und niemand konnte sie ablenken. Die ganze Wohnung war in weiß und blau gehalten und die wenigen Möbel, die es gab, lenkten nicht die Aufmerksamkeit auf sich. Denn das Highlight der Wohnung war der Ausblick, er war unbeschreiblich. Der Kölner Dom war zum Greifen nah und wenn es Nacht wurde, brauchte man kein Fernsehen mehr. Die Lichter der Stadt verzauberten jeden, der sie sah. Sie hatte die Wohnung für eine Million gekauft und noch mal eine Million reingesteckt, aber das waren sie auch wert. Hier konnte sie Kraft schöpfen, für die Aufgaben, die vor ihr lagen. Sie ging in ihr Arbeitszimmer und fuhr den Computer hoch. Als sie sah, dass sie hundert neue Mails hatte, machte sie ihn direkt wieder aus. Sie holte sich ein Bier und setzte sich auf die Terrasse. Es war eine laue Nacht und die Sterne funkelten am Himmel. So könnte es bleiben, wenn es nur nicht so viele schlechte Menschen geben würde.

Kapitel 2

Tim Müller saß in der Küche und machte ein trauriges Gesicht, wie so oft in letzter Zeit. Er war zehn Jahre alt und heute Mittag musste er zum Fußballtraining. Leider. Bis vor kurzem ist er dort immer gerne hin gegangen. Fußball war sein Ein und Alles und als Stürmer war er der kleine Star in der Mannschaft. Seine Mutter stellte den Teller vor ihn hin und beobachtete ihren kleinen Sohn genau. Das ging jetzt schon seit vier Wochen so. Immer wenn Training war guckte er unglücklich. Auch heute war das wieder der Fall, aber sie konnte sich keinen Reim darauf machen.

„Jetzt musst du aber mal was essen, wenn du vor dem Training noch fertig werden willst. Was ist denn mit dir. Hast du keine Lust?"

Tim schob sein Essen mit der Gabel von links nach rechts und baute kleine Häufchen. Er sagte wieder nichts und schüttelte den Kopf. Seit sein Vater sie verlassen hatte, war nichts mehr so wie früher. Seine Mutter musste ganz viel arbeiten, damit sie genug Geld zum Leben hatten. Neben der Arbeit im Krankenhaus ging sie jeden Nachmittag putzen. Manchmal sah sie so müde aus, dass Tim ihr viele Sachen schon nicht mehr erzählte, da er sie unbewusst schonen wollte.

„Du träumst ja schon wieder, außerdem hast du fast nichts gegessen und wir müssen los. Du weißt doch, dass ich Ärger bekomme, wenn ich zu spät bin."

Die Sporttasche stand schon gepackt neben dem Tisch und er versetzte ihr einen kräftigen Tritt. Seine Mutter sah ihn streng an.

„Pass mal auf, Sportsfreund, die Tasche kann nichts dafür. Vielleicht könntest du mir mal sagen was los ist."

Doch er schüttelte wieder nur den Kopf und seine Mutter stand genervt auf.

„Zieh bitte deine Jacke an, wir müssen los."

Ihr Auto war schon fünfzehn Jahre alt und manchmal sprang es nicht an. Seine Mutter sparte für ein neues Gebrauchtes, aber solange musste das Alte noch fahren. Nach dem dritten Versuch sprang der Motor endlich an und sie fuhren zehn Minuten zur Sporthalle.

„Tschüss Tim, in drei Stunden hole ich dich wieder ab. Viel Spaß!"

Sie küsste ihn schnell auf die Stirn und er sah ihr noch fünf Minuten hinter her.

Dann seufzte er laut und betrat die Halle. Seine Kumpels waren alle schon da uns sie begrüßten sich. Schnell ging er in die Umkleide und zog seine Sportsachen an. Der neue Sportlehrer, Rolf Sommer, stand in der Mitte der Halle und rief alle Jungen mit ihrem Nachnamen auf. Als er Tim sah, zwinkerte er ihm freundlich zu und Tim bekam einen roten Kopf und schaute schnell auf den Boden. Das Training begann immer mit Laufen, dann übten sie Elfmeterschießen und zum Schluss kam ein Trainingsspiel. Tim schoss drei Tore und seine Mannschaft feierte ihn. Sommer pfiff das Spiel ab und das war das Zeichen, dass sie alle in die Umkleide gehen konnten. Tims bester Freund, Carlo, klopfte ihm anerkennend auf die Schulter.

„Tolle Tore, Tim. Ich wünschte, ich könnte so schießen wie du."

Tim lachte kurz, aber dann dachte er daran, dass er gleich mit Rolf Sommer alleine sein würde und sein Gesicht verdüsterte sich schlagartig. Carlo sah seinen Freund besorgt an. Irgendetwas stimmte nicht mit ihm. Er war gar nicht mehr lustig, besonders schlimm war seine Laune, nach dem Training. Dabei hätte er heute doch allen Grund sich zu freuen.

„Blöd, dass du noch hier bleiben musst, komm doch mit zu mir, dann können wir noch etwas am Computer spielen. Mein Vater wartet auf mich, er hat bestimmt nichts dagegen. Komm mit."

Doch Tim schüttelte den Kopf. Carlo wohnte am anderen Ende der Stadt und seine Mutter wollte nicht noch durch die ganze Stadt fahren, um ihn wieder abzuholen.

„Danke Carlo, aber meine Mutter ist nach der Arbeit immer so kaputt, da kann ich nicht verlangen, dass sie mich abholen muss."

13

Carlo verdrehte die Augen, jeder in der Klasse wusste, dass Tims Vater weggelaufen war und er mit ihr alleine lebte. Carlos Vater mochte Tim und steckte ihm schon mal zehn Euro zu, wenn er wieder ein geniales Tor geschossen hatte. Tim wollte es zuerst nicht annehmen, aber Carlos Vater bestand drauf. Er sollte es einfach als Prämie betrachten und wenn er mal ein berühmter Fußballer wäre, müsste er allen Freikarten für Fußballspiele besorgen. In diesem Moment betrat Sommer die Umkleide und klatschte in die Hände.

„So Jungs, beeilt euch mal, eure Eltern warten auf dem Parkplatz. Wir sehen uns nächsten Dienstag wieder, bis dann."

Er stellte sich hinter Tim und drückte ihm die Hände auf die zarten Schultern.

„Na Tim, wir beide bleiben noch ein Weilchen und üben das Elfmeterschießen."

Tim nickte und schaute wieder auf den Boden, die Hände brannten auf seiner Haut und er hätte sie am liebsten abgeschüttelt. Doch er traute sich nicht und spürte wie eine kleine Träne an seiner Wange runter lief. Bevor sie jemand sah, wischte er sie schnell weg. Als alle Jungen gegangen waren, setzte Sommer sich auf eine Bank und zog sich aus. Natürlich hatte er vorher die Tür abgeschlossen. Ihm blieb genau eine Stunde Zeit um sich mit diesem süßen Kerlchen zu vergnügen. Tim war für sein Alter sehr zart und klein, mit seinen langen Haaren sah er fast wie ein Mädchen aus.

„Los, zieh dich aus, wir gehen erstmal duschen."

Er zog sich langsam aus und folgte dem Trainer in die Dusche. Sommer hatte schon eine Erektion und drückte den dünnen Körper an sich. Er umfasste den Jungen von hinten und nach drei Minuten stöhnte er laut auf und Tim fühlte die klebrige Flüssigkeit über seinen Po laufen. Schnell zog Sommer ihn unter das Wasser und seifte ihn ein. Er hasste den Geruch der Seife und atmete nur noch mit dem Mund. Sommer berührte ihn an allen Körperstellen und küsste ihn ab, mit seinem kratzigen Bart. Danach setzte er sich in die Dusche und Tim musste ihn in den Mund nehmen, das war wirklich das aller schlimmste. Er hatte das Gefühl, er würde jeden Moment ersticken, aber Sommer drückte seinen Kopf immer wieder runter. Dann endlich stöhnte Sommer laut auf, zuckte zusammen und Tim stellte sich mit offenem Mund unter die Dusche. Was war das alles ekelig. Sie wechselten die ganze Zeit fast kein einziges Wort, alles geschah in absoluter Stille, was es für Tim noch schrecklicher machte. Endlich war es vorbei, Sommer guckte auf seine Uhr und seifte ihn schnell ab, danach föhnt er ihm und sich die Haare trocken.

„So mein Süßer, jetzt gehen wir zu deiner Mutter, sie wartet bestimmt schon auf uns."

Seine Mutter war tatsächlich schon da und er rannte zu ihr und setzte sich ins Auto.

„Was ist denn das für ein Benehmen, Tim? Verabschiede dich mal anständig vom Herrn Sommer."

Widerwillig schüttelte er dem Trainer die Hand, aber der lachte nur.

„Keine Sorge Frau Müller, wir haben uns gut verstanden, aber Ihr Sohn ist bestimmt müde."

Sie verdrehte die Augen und sagte:

„War er denn folgsam? In letzter Zeit ist er ein bisschen schwierig."

Wieder lachte Sommer und schüttelte ihr die Hand.

„Er ist mein bester Fußballer und hat heute drei geniale Tore geschossen, ich kann also nicht klagen. Ich passe gerne auf ihn auf und Sie brauchen sich auch nicht so zu beeilen, auf zehn Minuten früher oder später kommt es doch nicht an."

Tim sprach auf der Rückfahrt kein einziges Wort, aber seine Mutter war zu müde um es zu bemerken. Sie wollte nur noch aufs Sofa und sich vom Fernseher berieseln lassen, was nach zehn Stunden Plackerei auch kein Wunder war. Tim lag diese Nacht noch lange wach in seinem Bett. Er überlegte, wem er sich anvertrauen konnte. Aber es wollte ihm keiner einfallen. Würde ihm überhaupt jemand glauben? Seine Mutter scheidet schon mal aus. Carlo auch, das war ihm zu peinlich. Seine Klassenlehrerin, Frau Lehmann, war sehr nett, aber würde sie ihm die Geschichte abkaufen? Er hatte vergessen seinen Ranzen für morgen zu packen und guckte auf seinen Stundenplan. Die ersten beiden Stunden waren Medienunterricht, das war sein absolutes Lieblingsfach. Er konnte schon richtig gut mit dem Computer umgehen und hatte seiner Mutter sogar ein E-Mail Konto eingerichtet. Das war es, er würde im Internet nach Hilfe suchen. Warum war er nicht direkt darauf gekommen. Dort gab es für jedes Problem die passende Lösung, bestimmt auch für ihn. Schade, dass seine Mutter ihn so selten an den Computer ließ. Aber er könnte auch in ein Internet-Café gehen, nach der Schule. Zum Glück war erst in einer Woche wieder Dienstag und mit dieser tröstlichen Gewissheit schlief er ein.

Hallo Tante Ginger,

ich heiße Tim Müller und bin zehn Jahre alt, nächste Woche werde ich elf.

Mein Fußballtrainer, Rolf Sommer, passt manchmal auf mich auf, wenn meine Mutter länger arbeiten muss. Dann muss ich mit ihm duschen gehen. Wenn alle anderen schon weg sind, dann macht er eklige Sachen mit mir und ich schäme mich

sehr. Meiner Mutter kann ich nichts erzählen, sie muss immer so viel arbeiten und ich will ihr keinen Kummer machen. Was der Mann mit mir macht ist schrecklich und manchmal wünschte ich, ich wäre tot.

Kannst du mir vielleicht helfen und dich darum kümmern? Du kannst ihn ja mal so richtig verprügeln und ihm sagen, dass er damit aufhören soll. Wenn du das kannst, bin ich richtig froh. Ich habe schon keine Lust mehr Fußball zu spielen.

Viele Grüße, dein Tim

Als Ben zurückkam, holte sie ihm ein Bier und setzte sich neben ihn auf die Couch. Er nahm einen großen Schluck und stellte die Flasche auf den Tisch.

„Ich habe ihn in Folie gewickelt und genau vor die Bank gelegt, wie du gesagt hast. Da wir ihn nicht angefasst haben, gibt es auch keine Fingerabdrücke. Wir müssten auf der sicheren Seite sein."

Ginger war froh, dass der Fall jetzt abgeschlossen war. Erst wenn eine Geschichte beendet war, konnte sie sich voll und ganz auf etwas Neues einlassen.

„Wir haben hundert neue Mails, da musst du morgen mal drüber gucken. Vielleicht ist ja was Wichtiges dabei."

Er hielt ihr seine leere Flasche hin und sie holte ihm eine neue.

„Ginger, für heute haben wir genug getan und wir haben uns den Feierabend redlich verdient, morgen früh checke ich die Mails, versprochen."

Ben hatte Recht, für heute war Schluss, aber sie musste an den Slogan ihrer Website denken.

„*Wenn Sie Sorgen oder Probleme haben, schicken Sie Tante Ginger eine Mail und sie wird sich um Ihre Angelegenheiten kümmern.*"

Sie suchte mit Ben die schlimmsten Fälle heraus und nahm Kontakt mit dem Hilfesuchenden auf. Er schickte ihnen eine Telefonnummer von einem Callcenter, das in Indien war. Die Mitarbeiter arbeiteten einen Fragenkatalog ab und schickten die Dossiers über einen Server in Griechenland zu ihnen, natürlich an ein anonymes Postfach, was alle zwei Monate gewechselt wurde. Dann kam die Hauptarbeit, die Recherche. Ben musste alles auf seine Richtigkeit hin überprüfen. Ein alter Freund von Ginger war Privatdetektiv und machte Fotos und Videos. Natürlich waren sie keine Auftragskiller und darauf legten sie großen Wert. Es mussten drei Kriterien zutreffen, damit sie tätig werden konnten. Der Grund musste plausibel sein, die Zielperson musste klar definiert sein und Ginger musste emotional berührt sein. Erst dann kümmerten sie sich, dann allerdings auch zügig. Wenn alles erledigt war, bekam der Auftraggeber einen Anruf: *Tante*

Ginger hat sich gekümmert. Das war es. Die vollständige Geschichte stand dann in der Zeitung oder kam im Fernsehen. Ihre kleine Firma betrieben sie jetzt seit zwei Jahren und das machte sie ein wenig stolz. Wenn sie die ganzen Schicksale sah, bekam sie eine Mordswut auf die Welt. Es war so ungerecht. Sie war eine Instanz, die das Ungleichgewicht wieder herstellen konnte und das tat sie auch. Als sie vor einigen Jahren etliche Millionen Euro im Lotto gewann, war der Zeitpunkt gekommen, dem Leben einen Sinn zu geben. Sie baute ihr kleines Imperium auf und wunderte sich manchmal immer noch, was man mit Geld alles kaufen konnte. Ben brauchte sie nicht lange zu überreden, er war sofort mit von der Partie und durch seine vielen Kontakte war vieles erst möglich. Das Wichtigste war, dass die Polizei ihnen nicht auf die Schliche kam, das war eine Grundvoraussetzung. In letzter Zeit, hatte es drei Fälle gegeben, die sie nicht bearbeiten konnten, weil es zu gefährlich für sie selbst geworden wäre. Ginger machten solche Erfahrungen unendlich traurig, aber Ben war in diesen Fällen Pragmatiker. Er erinnerte sie, dass keinem mehr geholfen werden konnte, wenn sie im Gefängnis sitzen würden. Da hatte er natürlich Recht und Ginger fügte sich dem, wenn auch sehr widerwillig.

Frau Donata legte den Hörer zurück auf das Telefon und ging in die Küche zu ihrer Tochter und dem Baby.

20

„Mama, wer war denn dran?"

Sie lächelte und setzte sich auf die Couch.

„Falsch verbunden, wie sooft in letzter Zeit."

Ihre Tochter sah sie kurz an, aber dann machte das Baby eine Bewegung und sie vergaß den Anruf sofort.

„Schade, dass dein Vater das nicht mehr erleben kann. So ein süßer kleiner Kerl."

Das Baby machte laute Geräusche und sie mussten beide lachen. Eine Träne lief Frau Donata über die Wange und ihre Tochter reichte ihr schnell ihren Enkel. Der Kleine musterte sie aufmerksam und griff nach ihren Ohrringen.

„Oh nein, mein Süßer, die kannst du nicht haben, die gehören der Oma."

Sie drückte den warmen Körper an ihr Gesicht und atmete den Geruch ein, den nur Babys hatten. Es gab doch noch Gerechtigkeit, Tante Ginger hatte es geschafft.

Kapitel 3

Franziska Bialas stand mal wieder im Stau, wie jeden Morgen. Normalerweise dauerte die Fahrt bis ins Präsidium 15 Minuten, wohlgemerkt, ohne Stau. Aber so saß sie 45 Minuten in ihrem alten VW Käfer, bei sengender Hitze und ohne Klimaanlage. Alles wie immer. Endlich war auch in Köln Sommer, um genau zu sein, Hochsommer. Entweder regnete es in Strömen oder alle schwitzten bei subtropischen Temperaturen. Dazwischen gab es nichts. So war das in Köln, egal. Ihr Kollege, Mike Tanner, wartete schon auf sie und hatte sie schon fünfmal auf ihrem Handy angerufen. Heute Morgen hatte man einen Banker tot vor seiner Bank aufgefunden. Die Leiche war in Folie gewickelt und er hatte verschiedene Schusswunden. Das war der neueste Stand und ihr Handy klingelte schon wieder, Mike.

„Mann, du Nervensäge, ich bin immer noch im Stau. Was gibt es denn so Wichtiges?"

Am anderen Ende der Leitung wurde herzhaft gelacht.

„Chefin, der Polizeipräsident hat schon dreimal nach dir gefragt, an deiner Stelle würde ich mal tüchtig Gas geben."

Sie seufzte in ihr Handy. Das war typisch, der Fall sollte am besten nach fünf Minuten aufgeklärt sein.

„Mike, sag dem Choleriker, dass ich in fünf Minuten da bin."

Sie trommelte mit den Fingern auf ihrem Lenkrad herum. Das schien ein Tag zu werden, der ganz nach ihrem Geschmack war. Erst der Streit mit ihrer Freundin Leni, mit der sie sich nicht auf ein gemeinsames Urlaubsziel einigen konnte und jetzt noch ein Mord. Es kam eben immer alles auf einmal. Sie parkte den Wagen und ging in ihr Büro, in dem Mike schon auf sie wartete.

„Gut dass du da bist. Hier ist die Hölle los, wegen dem Banker."

Er reichte ihr eine Tasse Kaffee, die sie dankend entgegen nahm.

„Was wissen wir bis jetzt? Das BKA ist doch schon bestimmt dran, oder?"

Mike verdrehte die Augen und hielt sich einen Finger vor den Mund.

„Nicht so laut, einer von ihnen ist beim Chef. Die Leiche wurde noch nicht obduziert, was man aber schon sagen kann ist, dass Peter Lind, so heißt unser Freund, erschossen worden ist. Ein aufgesetzter Schuss zwischen die Augen, aber vorher hat man sich um seine Knie gekümmert und um seine Ohrläppchen. Das ist bis jetzt alles."

Franziska stöhnte leise auf und knallte ihre Tasse auf den Tisch. Alles wie immer, erstmal keine Anhaltspunkte.

„Dann lass uns jetzt in die Bank fahren, vielleicht erfahren wir ja dort etwas."

Mike holte seine Jacke und sie gingen zum Parkplatz.

In der Bank angekommen, sprachen sie als erstes mit dem Filialleiter, Herr Petersen. Er führte sie in sein Büro und seine Sekretärin servierte Kaffee.

„Herr Petersen, was hat Herr Lind denn überhaupt genau gemacht?"

Er stellte seine Tasse ab und gab ihnen einen Ordner.

„Herr Lind war einer unserer besten Berater, er war für die Großkunden zuständig. Überwiegend Anlagenberatung, aber auch Kreditbearbeitung. In dem Ordner finden sie eine Aufstellung von seinen Aufgabengebieten. Wenn er in den letzten zwei Jahren drei bis fünf Kleinanleger beraten hat, dürfte das schon viel sein. Ich bin wie alle hier sehr betroffen von seinem Tod. Er war einer meiner Besten und hinterlässt einen große Lücke."

Michael blätterte im Ordner und reichte ihn an Franziska weiter.

„Hatte er denn Probleme oder sogar Feinde? Vielleicht ein unzufriedener Kunde oder ein neidischer Arbeitskollege?"

Petersen schüttelte den Kopf.

„Nein, nicht das ich wüsste. Er war sehr beliebt bei allen, ganz besonders bei unseren Kunden."

Franziska räusperte sich und setzte sich gerade hin.

„Entschuldigen Sie meine direkte Frage, aber der Beruf des Bankers ist im Moment nicht gerade beliebt. Ist es wirklich ausgeschlossen, dass Herr Lind sich Feinde gemacht hat? Vielleicht durch eine Falschberatung?"

Herr Petersen sah sie streng an.

„Natürlich gibt es in der Branche schwarze Schafe, aber die kommen überall vor. Ich kann für diese Bank jedoch ausschließen, dass wir zu den Nestbeschmutzern gehören. Jetzt müssen Sie mich leider entschuldigen, aber ich habe eine Sitzung mit den Abteilungsleitern, wir müssen durch den Wegfall von Herrn Lind, umstrukturieren."

Sie verließen die Bank und fuhren zum Haus von Familie Lind. Franziska hätte auf Rodenkirchen getippt, aber Marienburg war ja fast das gleiche. Mike tippte die Adresse ins Navi und sagte:

„Wie ist dein Eindruck? Dieser Petersen schien sehr betroffen zu sein, oder?"

Sie lachte und steckte sich ein Bonbon in den Mund.

„Na klar, was denkst denn du. Er hat seinen besten Verkäufer verloren und hat sich schon ausgerechnet, was er selbst dadurch an Provisionen verliert. Daher die Trauer."

Sie hielten vor einer gelben Villa und Mike fing an zu lachen.

„Guter Geschmack ist was anderes, aber wenn es ihnen gefällt."

Sie klingelten und das Glockenspiel von Big Ben war zu hören, noch peinlicher ging es ja wohl nicht. Frederike Lind, ganz in schwarz, öffnete ihnen die Tür und sie betraten ein geschmackvoll eingerichtetes Wohnzimmer. Wer hätte das gedacht, der schlechte Geschmack fand nur draußen statt.

„Darf ich Ihnen etwas zu trinken anbieten? Einen Kaffee oder ein Mineralwasser?"

Beide schüttelten den Kopf. Franziska sah sich um und stellte fest, dass man als Berater bei der Bank allerhand verdienen konnte. Ein großer, sündhaft teurer Fernseher hing an der Wand und die Möbel waren alle Designerstücke, ganz zu schweigen von der Kunst an den Wänden. Das Wohnzimmer war zum Garten hin komplett verglast und ein großer Pool rundete das Bild ab. Hier herrschte Reichtum, aber nicht zu knapp.

„Frau Lind, unser Beileid. Wir sind hier, um ein paar Fragen zu stellen. Hatte Ihr Mann in letzter Zeit Ärger mit jemand? Oder gab es Probleme in der Bank?"

Frederike Lind schüttelte den Kopf und hielt ein Taschentuch in der Hand. Sie wirkte sehr verstört und schien wirklich zu trauern.

„Er hat doch die ganze Zeit wie ein Verrückter gearbeitet und war zwölf Stunden in der Bank. Wie sollte er sich da Feinde gemacht haben? Seit zwei Jahren waren wir nicht mehr in Urlaub. Unsere drei Kinder sind auf einem Internat in Österreich, selbst sie haben wir nicht besucht. Peter hatte keine Feinde."

Mike reichte ihr ein neues Taschentuch, was sie dankbar annahm.

„Hat Ihnen Ihr Mann erzählt, warum er so viel arbeiten musste? Gab es auf der Arbeit Ärger, vielleicht mit Kunden?"

Sie zuckte mit den Schultern.

„Wissen Sie, mein Mann war stolz ein Banker zu sein. Er hat sehr darunter gelitten, dass die Branche in den letzten Jahren so in Verruf gekommen ist. Die Finanzkrise hat ihn natürlich beschäftigt, aber von konkreten Problemen hat er mir nie etwas gesagt."

Dann weinte sie wieder in ihr Taschentuch und das war das Zeichen zum Aufbruch. Sie verabschiedeten sich und setzten sich ins Auto.

„Na super, keine Probleme, keine Feinde und ein treues Weib, was echte Tränen vergisst. Wir wissen genau so viel wie heute Morgen."

Mike streichelte ihr über den Arm und startete den Wagen.

„Jetzt warte erstmal ab, wie sein finanzieller Hintergrund aussieht. Vielleicht hatte er ja eine kleine Freundin, die er ausgehalten hat. So wie der ums Leben gekommen ist, da muss mehr dahinter stecken. Das werden wir alles noch heraus bekommen, glaub mir Chefin."

Sie sagte nichts, war aber nicht halb so optimistisch wie ihr Kollege. Der Polizeipräsident saß ihr im Nacken, da es in den letzten zwei Monaten zwei unaufgeklärte Mordfälle gegeben hatte. Außerdem wollte sie nicht schon wieder so einen schweren Fall, sondern endlich mal wieder ein Erfolgserlebnis. Aber das sah auch nicht nach einem Sonntagsspaziergang aus. Sie versuchte die negativen Gedanken zu verscheuchen.

„Franziska, was denkst du? Lass mich an deinen genialen Gedankengängen teilhaben."

Sie gab ihm eine Kopfnuss und lachte ihn an. Manchmal war er wirklich komisch, nicht immer, aber immer öfter.

Rolf Sommer und seine Frau Inge machten ihren wöchentlichen Großeinkauf im Einkaufcenter. Er hasste es, aber Inge war in dieser Hinsicht, wie auch in vielen anderen, unerbittlich. Da sie keinen Führerschein besaß, musste er mit, ob er wollte oder nicht.

„Rolf, schleich doch nicht so rum, manchmal könnte man meinen, dass du noch ein Kind bist. Ich wundere mich immer noch, dass du das in der Schule so hinkriegst."

Eine scharfe Erwiderung lag ihm auf der Zunge, doch er schluckte sie herunter. Er murmelte etwas und zählte die Sekunden, bis er sie endlich los war. Sie standen vor dem Eingang des Supermarktes und Inge schaute auf die Uhr.

„Ich möchte, dass du in einer Stunde hier auf mich wartest. Wenn du nicht pünktlich bist, gibt es ein Donnerwetter, hast du mich verstanden, Rolf?"

Er verdrehte die Augen und schlenderte Richtung Buchhandlung, er wollte seine bestellten Bücher abholen. Als er alles erledigt hatte, setzte er sich vor dem Einkaufscenter auf eine Bank und genoss die Sonne. Er hätte Inge niemals heiraten dürfen, seine eigene Mutter hatte ihn gewarnt, aber er wusste es ja besser. Was war er doch für ein Schwachkopf, damals hatte er versucht normal zu werden. Inge schien die Lösung für all seine Probleme zu sein, sie war so taff und der geborene General. Sie plante Rolfs Leben und er war glücklich, eine kurze Zeit jedenfalls. Dann ein Jahr nach der Hochzeit, brach seine alte Neigung wieder durch und Inge merkte die Veränderung an ihm sofort. Logisch, er rührte sie nicht mehr an. Doch Inge machte sich nicht draus, sondern nahm sich einen Liebhaber und quälte Rolf, wann immer sie konnte. Er guckte auf die Uhr und stellte fest, dass er noch eine halbe Stunde Zeit für sich hatte. Aber er wollte jetzt an schöne Dinge denken und Tim Müller kam ihm sofort in den Sinn. Er schloss die Augen, lehnte den Kopf zurück und hörte eine Durchsage.

„Der Fahrer des Fahrzeugs mit dem amtlichen Kennzeichen K-RS 96 wird dringend gebeten zu seinem Wagen zu kommen."

Zuerst dachte er, dass er sich verhört hätte, aber als die Durchsage wiederholt wurde, sprang er auf und ging mit schnellen Schritten zu seinem Auto. In wenigen Minuten war er da und neben seinem Auto stand ein großer Mann in einem blauen Overall.

„Sind Sie der Besitzer dieses Autos?"

Er nickte hektisch und sah sich genau seinen Wagen an, aber er konnte keine Beule oder Katzer sehen. Gott sei Dank, Inge hätte ihm die Hölle heiß gemacht. Langsam atmete er aus und sagte mit einem kleinen Lächeln:

„Ich bin Rolf Sommer und das ist mein Auto, warum?"

Der Mann lächelte freundlich zurück und holte etwas aus seiner Tasche. Rolf war so verblüfft, dass er das Elektroschockgerät zu spät sah und als er einen Druck an der Brust spürte war es schon vorbei, er sank zu Boden und Ben hievte ihn auf den Rücksitz. Dann legte er eine Decke über ihn und setzte sich hinters Steuer. Verdammt, der Parkschein, den hätte er beinah vergessen. Ben stieg wieder aus und wühlte in den Hosentaschen, da war er, zum Glück.

Auf zur Ziegelei. Dort würde schon Ginger auf ihn warten und sie war sehr motiviert. Kinderschänder standen bei ihr ganz am Ende der Liste und Sommer würde sich wünschen, dass er schon im Parkhaus gestorben wäre, wenn sie mit ihm fertig war. Es herrschte wenig Verkehr und nach zwanzig Minuten war er da. An einer Raststätte hatte er Sommer ein Betäubungsmittel gespitzt, wäre doch schade, wenn er vorher schon aufwachen würde. Er parkte vor dem Eingangstor und Ginger erwartete ihn schon mit einer Schubkarre. Wie praktisch. Sie wuchteten ihn hinein und fuhren ihn in einen weiß gekachelten Raum. Das war Gingers Idee, wenn viel Blut floss, benutzten sie immer „den weißen Salon", so nannten sie diesen besonderen Ort. Mit einem Hochdruckgerät konnte man in wenigen Minuten wieder für absolute Sauberkeit sorgen. In einem Kriegsfilm über Vietnam hatten sie eine Stahlvorrichtung entdeckt. Zufällig war ein guter Freund von Ben Schweißer und er baute ihnen alles nach ihren Wünschen zusammen. Das Gestell war fest in der Wand verdübelt und man konnte es um 180 Grad drehen. Links und rechts waren dicke Lederriemen angebracht und am unteren Ende war eine Eisenplatte angeschweißt, wo zwei Füße Platz hatten. In der Mitte war ein großer Lederriemen, so dass man bequem einen menschlichen Oberkörper festschnallen konnte. Aber das Beste war die hydraulische Winde, damit konnte man jeden Körper fixieren, egal wie schwer er war.

„So Ben, zieh unserem Gast die Kleider aus, die braucht er jetzt nicht mehr, sie wären nur hinderlich bei dem was wir vorhaben."

Er schnitt ihm die Sachen vom Körper und zog ihn mit der Winde in Position. Dann fixierte er die Arme, Oberkörper und Füße. Sommer hing am Kreuz, wie Jesus. Ginger trat zwei Meter zurück und betrachtete ihr Werk, sie war mehr als zufrieden.

„Mach mal ein Foto von ihm. Du kennst doch die Geschichten, vorher und nachher?"

Ben verdrehte die Augen und machte mit seinem Handy ein paar Fotos.

„Wenn du ihn jetzt noch weckst und die Utensilien holst, bin ich wunschlos glücklich."

Ben spritzte ihn mit dem Hochdruckreiniger ab, was zu Folge hatte, dass Sommer hellwach war. Dann holte er zwei große Koffer und stellte sie an die Wand. Ginger sah Sommer in die Augen und zwinkerte ihm zu.

„Guten Tag Rolf, schön dass du endlich hier bist, dann können wir ja anfangen."

Sommer guckte an sich herunter und verstand die Welt nicht mehr. Wo zum Teufel war er? Sein ganzer Körper schmerzte und er konnte sich nur noch daran erinnern, dass man ihn zu seinem Auto gerufen hatte.

„Rolf, ich soll dir einen schönen Gruß von dem kleinen Tim Müller bestellen. Den trainierst du doch, oder? Ben, könntest du unserem Gast zeigen was wir für ihn vorbereitet haben?"

Als Sommer sah, was in den Koffern lag, fing er an zu schreien.

„Ihr Schweine, das könnt ihr nicht tun. Der Junge lügt, ich habe ihm nie etwas getan!"

Ginger musterte das Stück Scheiße an der Wand.

„Wenn wir dich nachher umdrehen und fertig mit dir sind, wirst du dir wünschen, nie auf die Welt gekommen zu sein. Ben, wir fangen an, gib mir mal das Teppichmesser, wir wollen mal sehen, ob Kinderficker rotes Blut haben."

Ben reichte es ihr und steckte sich Stöpsel in die Ohren. Ginger machte die Schreierei nichts aus, aber er war zart besaitet. Als Sommer das Teppichmesser sah, heulte er noch lauter.

„Nein, bitte nicht, tu das nicht."

Ginger verpasste ihm ein Schnittbogenmuster und sein Körper glänzte vor Blut, es gab keine Stelle, in die sie nicht geschnitten hatte. Er schrie die ganze Zeit und das stachelte sie noch mehr an. Als sie ihm die Dildos zeigte war endlich Ruhe und er machte keinen Mucks mehr.

„Das habe ich mir gedacht, dass dir so etwas gefällt. Jetzt wirst du mal am eigenen Leib spüren, wie das so ist, wenn man ein kleiner Junge ist.“

Ginger holte einen sehr großen Dildo aus dem Koffer und Ben verlies den weißen Salon. Was sie jetzt tat, wollte er auf gar keinen Fall sehen. Selbst mit Ohrstöpseln hörte er immer noch die Schreie von Sommer und er ging nach draußen. Er reinigte den kompletten Wagen, weil er keine Fingerabdrücke hinterlassen wollte. Akribisch wischte er jeden Zentimeter ab. Später würde er die Leiche in den Kofferraum legen und irgendwo am Straßenrand stehen lassen. Zum Glück lagen die Papiere im Handschuhfach, da er nicht glaubte, dass man ihn noch identifizieren konnte, wenn Ginger mit ihm fertig war. Der Wachmann hatte heute seinen freien Tag, sicher war sicher. Nach zwei Stunden ging er wieder in den weißen Salon wo Ginger auf dem Boden saß und sich die Lippen schminkte. Was dort an der Wand hing, hatte mit einem menschlichen Körper nichts mehr zu tun. Alle Wände waren mit Blut bespritzt und er holte wortlos den Hochdruckreiniger.

„Warte noch, er soll erst noch ein wenig ausbluten, dann ist er auch nicht mehr so schwer."

Er zog sich zwei Paar Handschuhe übereinander an und räumte auf. Er spritzte die Wände ab und die Utensilien, die Ginger auf dem ganzen Boden verteilt hatte, danach legte er alles zum Trocknen in einen Nebenraum.

„Ginger, wo sind deine Handschuhe?"

Er suchte den ganzen Boden ab und sah sie fragend an. Ginger lachte und sagte:

„Die habe ich ihm zu essen gegeben. Kannst du dir das vorstellen? Er hat sie runter geschluckt."

Ben funkelte sie wütend an, das war gegen die Abmachung.

„Das war sehr leichtsinnig von dir. Was ist, wenn sie ihn obduzieren und deine DNA finden? Jetzt müssen wir ihn verbrennen, alles andere wäre zu gefährlich. Verstehst du?"

Sie schüttelte den Kopf und stand zornig auf.

„Wir bleiben beim Plan, wie besprochen. Mach dir keine Sorgen, wird schon schief gehen."

Er sagte nichts mehr, dachte sich aber seinen Teil. Sie wurde leichtsinnig und das war mehr als gefährlich.

„Du hast immer gesagt, dass unsere Sicherheit das Wichtigste wäre. Stattdessen, machst du die Geschichte zu deiner Privatangelegenheit. Das Schwein hat den Tod verdient, aber er ist es nicht wert dafür ins Gefängnis zu gehen. Denk mal drüber nach, was wir noch ausrichten können, wenn wir im Bau sitzen." Sie wusste, dass er Recht hatte, aber sie konnte nicht anders. Tim Müller soll erfahren, dass sie sich gekümmert hat, nur das zählte.

Inge Sommer wartete auf ihren Mann und als er nach einer halben Stunde immer noch nicht da war, machte sie sich auf den Weg zum Auto. Da, wo der Wagen sein sollte, stand jetzt ein anderes Auto. Wütend stapfte sie zurück zu ihrem Einkaufswagen und bestellte sich ein Taxi. Na, wenn der nach Hause kommt, dann würde er etwas erleben können. Das war doch wohl unerhört. Warum hatte sie damals nicht auf ihren Vater gehört, der Rolf schon beim ersten Treffen nicht ausstehen konnte.

„Mit dem wirst du nur Ärger haben, Inge. Der taugt nichts, Kind, mach dich nicht unglücklich." sagte damals ihr Vater.

Aber Inge hörte nicht auf die guten Ratschläge ihres Vaters, weil sie ja alles besser wusste. Das hatte sie nun davon.

Kapitel 4

Anna von Burghausen saß mit ihrem Mann Leo beim Frühstück und sie hatten, wie so oft in letzter Zeit, eine hitzige Debatte über Putzfrauen.

„Anna, wir bezahlen Dienstboten und Putzfrauen, aber mein Bad sieht jeden Tag aus wie Sau. Das ist jetzt die dritte Putzfrau innerhalb von sechs Monaten. Das musst du mir mal erklären. Es kann doch wohl nicht sein, dass ich mein Bad selber putze."

Er warf seine Zeitung auf den Tisch und guckte auf die Uhr.

„Ich muss jetzt los, wir reden heute Abend weiter, aber du musst dich heute darum kümmern, zum Donnerwetter."

Anna stöhnte und nickte mit dem Kopf.

„Ich weiß, aber die Putzfrauen können alle nicht mehr richtig putzen."

Leo wirbelte herum und war außer sich vor Wut.

„Seit wann ist das Putzen eines Badezimmers schwierig, oder setzt du das jetzt gleich mit einer Herzoperation? Wir zahlen dafür, schon vergessen?"

Kopfschüttelnd ging er zum Wagen und fuhr in seine Firma. Anna musste ihm beipflichten, er hatte natürlich Recht. Aber was sollte sie machen, ihre alte Putzfrau hatte vor sechs Monaten gekündigt und seitdem herrschte Chaos. Im Haus gab es zehn Zimmer und vier Bäder, dann war da noch der große Garten, der aber tadellos in Schuss war. Jürgen, dem Gärtner sei Dank. Er war schon seit fünf Jahren bei ihnen. Über ihre Haushälterin, Frau Braun, konnte sie auch nicht klagen. Sie konnte hervorragend kochen und erledigte den Einkauf zu ihrer vollsten Zufriedenheit. Nur mit den Putzfrauen war es ein echtes Drama. Zuerst hatte sie eine kleine Thailänderin eingestellt, sie hieß Ming und bei den Probearbeiten war sie schnell und gründlich. Doch dann hatte sie nachgelassen, jeden Tag vergaß sie etwas. Anna erstellte ihr einen Plan, aber Ming vergaß drauf zu gucken. Nach vier Wochen hatte sie genug und kündigte ihr fristlos. Die nächste Kandidatin hieß Irina und kam aus Polen. Eine gestandene Frau, verheiratet, mit zwei erwachsenen Söhnen. Sie hatte ein angenehmes Wesen und verströmte den ganzen Tag gute Laune. Bei der Arbeit pflegte sie polnische Lieder zu singen und Anna atmete auf. Endlich hatte sie die richtige Putzfrau gefunden. Zwei Wochen lief alles wie am Schnürchen, doch dann kam der Tag, an dem die Fenster geputzt werden sollten. Es gab zwanzig Fenster und jede Woche sollten fünf davon geputzt werden. Anna rief Irina zu sich und ging mit ihr zu einem Fenster.

„Sie sollten heute mit den Fenstern anfangen. Am besten schreiben Sie sich auf, welches sie wann geputzt haben. Aber nicht zu nass, die Rahmen sind aus altem Holz und ziehen sonst Wasser."

Aus dem Gesicht von Irina war jede Heiterkeit verschwunden und sie schüttelte betrübt ihren Kopf.

„Frau von Burghausen, ich kann leider keine Fenster putzen, mein Glaube verbietet es mir, bringt Unglück."

Anna war einen Moment sprachlos, was war denn das jetzt für ein Schwachsinn.

„Irina, das ist doch albern. Aber wenn Sie das nicht machen, kann ich Sie nicht gebrauchen."

Irina nickte verständnisvoll, zog ihren Kittel aus und verabschiedete sich, für immer. Danach setzte sich Anna in den Garten, trank eine ganze Flasche Rotwein und weinte dabei die ganze Zeit. Wieder das Problem und so langsam hatte sie die Nase voll. Die Türkin war ein absoluter Reinfall und nach zwei Tagen feuerte sie sie und das war gestern. Heute würde sie Leos Bad selber putzen und zwar gründlich. Sie zog sich einen alten Jogginganzug an und machte sich an die Arbeit. Als erstes nahm sie sich die Fliesen vor, jede einzelne wurde gewienert. Dann brachte sie die Armaturen auf Hochglanz und ein neuer Duschvorhang musste auch sein. Dann hing sie neue Handtücher auf und bewunderte ihr Werk. Eine ganze Stunde hatte sie gebraucht und war von dem Arbeitseinsatz überrascht. So lange dauerte es ein Bad zu putzen? Doch sie besaß auch keine Routine und wenigsten gab es heute keine Diskussion mit Leo. Als sie in die Küche kam, bereitete Frau Braun das Abendessen vor und sie tranken eine Tasse Kaffee zusammen. Natürlich erzählte sie ihr nichts von dem Bad, aber vielleicht wusste ihre Haushälterin, woher sie eine gute Putzfrau bekommen könnte.

„Wissen Sie Frau von Burghausen, ich kenne da tatsächlich jemanden. Die Frau, an die ich denke, ist Mitglied in meinem Koch-Club und sie macht einen sehr netten und patenten Eindruck. Nicht verheiratet und keine Kinder. Sie hat mir erzählt, dass sie jahrelang bei einem alten Herrn geputzt hat, der aber vor kurzem verstorben ist. Sie sucht im Moment eine neue Stelle. Ach ja, sie ist Spanierin, spricht aber perfekt deutsch, weil sie schon seit zwanzig Jahren hier lebt. Wenn Sie wollen, kann ich ihr ja mal Bescheid sagen, dass sie Sie anrufen soll."

Anna nickte. Warum eigentlich nicht?

„Das wäre wirklich nett von Ihnen. Danke für Ihre Hilfe. Sie haben das Fiasko mit der Türkin ja mitbekommen. Ich brauche dringend eine neue Putzfrau."

Frau Braun nickte ihr freundlich zu und kümmerte sich weiter ums Abendessen. Sie arbeitet schon lange für die von Burghausens und mochte vor allem Leo sehr. Ein feiner Mann und immer so zuvorkommend, nein über ihn konnte sie nichts Schlechtes sagen. Aber seine Frau schien immer etwas überfordert zu sein, besonders wenn es um Personal ging. Sie kontrollierte nicht genug. Das war der entscheidende Fehler, den sie machte. Bis auf sie selbst, arbeiteten alle nur, wenn die Herrschaften in Sichtweite waren. Jeder tat nur das Nötigste, man brauchte sich im Haus nur genau umschauen und man konnte an Kleinigkeiten erkennen, dass geschludert wurde. Aber vielleicht konnte ja Sophia Zuzella mehr Ordnung in den Haushalt bringen. Natürlich wusste sie nicht, wie gut sie putzen konnte, aber sie hatte einen intelligenten und vor allem patenten Eindruck gemacht. Außerdem schien sie dringend wieder eine Arbeitsstelle zu suchen. Na, hoffen wir das Beste. Dann schob sie den Schweinebraten in den Ofen und formte die Semmelknödel. Das selbst gemachte Weißkraut stand schon auf dem Tisch um abzukühlen. Das war Leos Lieblingsgericht und er freute sich schon die ganze Woche darauf. Seine Frau konnte nicht kochen. Aber sie dafür umso besser und das zeigte sie jeden Tag aufs Neue.

Sophia Zuzella stand vor dem Anwesen und war beeindruckt. So groß hatte sie es sich nicht vorgestellt, das sah nach viel Arbeit aus, aber auch nach gutem Geld. Das war wichtig für sie, denn sie unterstützte ihre Eltern in Spanien, die nur eine kleine Rente bekamen. Sie schickte jeden Monat Geld, damit sie sich auch mal etwas Besonderes erlauben konnten. Ihr Vater brauchte dringend eine neue Brille und sie hoffte, dass sie das Geld bald schicken konnte. Sie drückte auf die Klingel und Frau Braun öffnete ihr die Tür.

„Hallo Sophia, schön, dass Sie da sind. Bitte folgen Sie mir in den Garten, Frau von Burghausen möchte Sie kennen lernen."

Sophia sah sich unauffällig um und sah überall Spinnweben an der Decke. Auf den Bilderrahmen lag schwarzer Staub und im ganzen Haus roch es muffig, als wenn schon seit längerem nicht gelüftet worden war. Die Dame des Hauses begrüßte sie herzlich und bot ihr eine Tasse Kaffee an, die sie gerne annahm. Frau Braun zog sich diskret zurück und verschwand in der Küche. Anna wollte diesmal alles richtig machen und hatte sich notiert, was sie fragen wollte.

„Frau Zuzella, oder darf ich Sophia sagen? Ich freue mich, dass Sie gekommen sind. Darf ich fragen, bei wem Sie zuletzt gearbeitet haben?"

Sophia holte ihr letztes Zeugnis aus ihrer Tasche und gab es ihr. Dabei erzählte sie von dem alten Herrn, der eine große Wohnung in der Innenstadt bewohnt hatte. Sie hatte dort verschiedenste Aufgabenbereiche und das ging über die normalen Aufgaben einer Putzfrau hinaus. Anna war sehr beeindruckt und zeigte das auch sofort. Sie mochte diese kleine ruhige Frau, die auf dem Stuhl saß und die die Hände im Schoß gefaltet hatte.

„Schön Sophia, ich möchte das Sie das Bad meines Mannes putzen. Er legt allen größten Wert auf Sauberkeit. Ich habe einen Kittel für Sie, damit Sie sich nicht schmutzig machen."

Anna zeigte ihr alles und ließ sie dann allein. Sie selbst setzte sich wieder in den Garten und schlug die Tageszeitung auf, die sie heute noch nicht gelesen hatte. Anna war mit der ersten Seite noch nicht fertig, da stand Sophia vor ihr und zeigte ihr das Bad. Alles blitzte und funkelte nur so. Die Handtücher waren akkurat ausgerichtet und kein einziges Haar war auf den weißen Fliesen zu sehen. Selbst die Flakons standen mit dem Etikett in die richtige Richtung auf der Ablage.

„Sophia, wie haben Sie das in der kurzen Zeit nur geschafft? Das ist ja unglaublich!"

Sophia reichte ihr den Kittel und sah sie ernst an.

„Alles Routine, Frau von Burghausen, oder darf ich Anna sagen?"

Anna sah sie verdutzt an und ging mit ihr in den Garten zurück.

„Sophia, natürlich können Sie mich Anna nennen, wir leben ja nicht im vierzehnten Jahrhundert. Was halten Sie davon, wenn Sie nächste Woche bei mir anfangen? Wäre Ihnen das recht?"

Sophia dankte dem Herrn und schüttelte ihrer neuen Chefin die Hand. Es war ihr sogar mehr als recht, hier würde es ein Vergnügen sein zu arbeiten, da die Hausherrin nicht bemerkt hatte, dass sie alles nur trocken abgewischt hatte. Sie wischte nur die Fliesen, weil sie wusste, dass dort die meisten Menschen drauf guckten. Anna hätte nur einmal mit dem Finger über die Ablage unter dem Spiegel gehen müssen, dann hätte sie denn Schwindel bemerkt. Als Sophia hörte, was man ihr als Lohn zahlen wollte, bekreuzigte sie sich und dankte wieder dem Herrn, ihr Vater würde seine neue Brille früher als gedacht haben.

Tim und seine Mutter saßen vor dem Fernseher, als das Telefon klingelte. Er lief schnell hin und nahm den Hörer ab und meldete sich mit seinem vollständigen Namen, das hatte ihm seine Mutter beigebracht. Er lauschte konzentriert und hörte wie eine weibliche Stimme sagte:

„Tim, Tante Ginger hat sich gekümmert!"

Dann wurde aufgelegt und er stand mit dem Hörer in der Hand in der Diele.

„Timi, wer war denn dran?"

Vorsichtig legte er auf und ging mit einem breiten Grinsen zurück ins Wohnzimmer.

„Falsch verbunden Mama. Keiner hat was gesagt, da habe ich aufgelegt."

Tims Mutter nickte ihm zu und zog sich die Decke über die Beine und machte die Augen zu. Tim freute sich sehr, auch wenn es eine stille Freude war und hatte auf einmal wieder richtig Lust auf Fußball. Tante Ginger sei Dank.

Die Leiche von Rolf Sommer wurde am nächsten Tag von einem Spaziergänger entdeckt. Der Wagen stand mitten auf der Fahrbahn und die Polizei ließ ihn abschleppen. Als man den Kofferraum öffnete fand man seine sterblichen Überreste. Als die Leiche in der Pathologie war, benachrichtigte man Franziska. Dr. Sven Brenner erwartete sie schon und Mike wurde schon blass, wie immer, wenn er die Pathologie betrat. Auf einem Stahltisch lag etwas was ganz entfernt nach einem menschlichen Körper aussah und als Brenner ihnen die Verletzungen zeigte, rannte Mike zweimal raus, weil er sich übergeben musste. Franziska war auch schon flau in der Magengegend, aber sie ließ sich nichts anmerken.

„Das ist, beziehungsweise war Rolf Sommer. Man hat ihn gefoltert und zwar auf vielfältige Weise. Sie können die Art der Verletzungen später in meinem Bericht nachlesen. Doch warum ich Sie hergebeten habe, ist folgendes. In seiner Kehle haben wir Gummihandschuhe gefunden. Ich habe Puderreste sicherstellen können und somit haben wir vielleicht eine DNA vom Täter. Ich weiß, dass das nur interessant für Sie sein wird, wenn unser Täter schon mal auffällig geworden ist, aber immerhin. Da war jemand sehr leichtsinnig und das sollte Sie in Ihrer Arbeit beflügeln."

Mike saß auf einem Stuhl und trank ein Glas Wasser, aber Franziska wollte noch etwas anderes wissen.

„Dr. Brenner, haben sie solche Verstümmelungen schon einmal gesehen?"

Er nickte und schmunzelte.

„Das habe ich tatsächlich, in einem Kriegsfilm, in dieser Art haben die Vietkongs die amerikanischen Soldaten gefoltert. Man kann sagen, dass das jemand eins zu eins umgesetzt hat. Leider fällt mir der Titel des Films nicht ein, aber da könnten Sie im Internet fündig werden."

Mike torkelte schon nach draußen und sie folgte ihm nachdenklich. Das wurde ja immer verrückter.

„Du Mike, wir fahren jetzt zu Frau Sommer, vielleicht kann die uns etwas erzählen. Geht es denn wieder, oder ist dir noch schlecht?"

Er sagte kein Wort und setzte sich ins Auto, dann tippte er die Adresse in sein Navi und sie fuhren auf die rechte Rheinseite.

Die Sommers wohnten in einem ärmeren Stadtteil von Köln, hier gab es keine schmucken Villen, sondern ausschließlich Hochhäuser. Nach zwanzig Minuten Fahrt hielten sie vor einem Mehrfamilienhaus und gingen in den dritten Stock, eine verhärmt aussehende Frau stand in der Tür und begrüßte sie. Inge Sommer führte sie in ein sogenanntes Ikea-Wohnzimmer, alles war aus heller Buche, sogar der Laminatboden. Schrecklich. Franziska setzte sich auf ein orangefarbenes Sofa, was ihr in den Augen wehtat.

„Frau Sommer, unser Beileid. War Ihr Mann in letzter Zeit anders als sonst? Hatte er Probleme, privat oder vielleicht in der Schule?"

Sie rückte ein Kissen zurecht und sah aus dem Fenster.

„Der einzige Ort, an dem Rolf glücklich war, war die Schule, er war Sportlehrer und trainierte die Jungenmannschaft. Alles andere interessierte ihn nicht, ich musste mich immer kümmern. In der letzten Zeit hatten wir uns auseinander gelebt. Wir haben so gut wie keine Freunde, weil Rolf sich für nichts interessiert hat. Nur für seine Schule, mehr kann ich Ihnen auch nicht sagen."

Mike sah sich um und konnte nirgendwo ein Bild sehen.

„Haben Sie ein aktuelles Bild von Ihrem Mann? Sie bekommen es natürlich von uns zurück."

Sie ging zum Wohnzimmerschrank und wühlte in einer Schublade. Mit zwei Fotos kam sie zurück und setzte sich wieder. Auf dem ersten Bild stand Sommer in einer Gruppe mit circa zehnjährigen Jungen und er hielt einen Pokal in die Höhe. Alle trugen Fußballkleidung und grinsten in die Kamera. Das andere Bild war eine Porträtaufnahme und eindeutig älter. Er sah aus wie ein großer Junge und seine langen Haare fielen ihm in die Augen. Franziska räusperte sich.

„Frau Sommer, was für ein Mensch war Ihr Mann?"

Wieder zuckte sie mit den Schultern.

„Rolf war seltsam, das habe ich Ihnen doch schon gesagt."

Kapitel 5

Ginger und Ben saßen auf dem Sofa und guckten auf den Dom.

„Ginger, lass uns doch mal weg fahren. Wir brauchen Tapetenwechsel, etwas Neues sehen und vor allem Ruhe."

Aber Ginger hörte ihm gar nicht richtig zu, in letzter Zeit war sie immer müde, dann ging sie früh ins Bett und nach einer Stunde stand sie wieder auf, weil sie nicht einschlafen konnte. Die Sache mit dem Sommer steckte ihr in den Knochen und sie wusste nicht, wie sie das wieder loswerden sollte.

„Mensch Ginger, ein Freund hat ein Haus auf Ibiza, das können wir für vier Wochen haben. Direkt am Strand."

Sie wollte jetzt nicht weg, aber irgendwie doch.

„Vielleicht hast du Recht, das war schon alles etwas viel in letzter Zeit. Eine kreative Pause könnte uns gut tun."

Sie hatten sich die letzten Tage dauernd gezankt und zwar immer bei der Sichtung der Mails. Es war fast so, als ob ihr die Fähigkeit abhandengekommen war, zwischen triftigem Grund und Lappalie zu unterscheiden. Ben machte sich große Sorgen um ihr Projekt und ärgerte sich im Stillen immer noch darüber, dass er Sommer nicht verbrannt hatte, sondern auf sie gehört hat.

„Sag deinem Kumpel Bescheid, dass wir kommen. Wir fliegen gleich morgen, wenn du noch Flüge bekommst.“

Ben atmete auf und ging an den Computer, bevor sie es sich wieder anders überlegte. Dann rief er seinen Freund an und holte ihre Koffer.

„Der Flug geht morgen um acht Uhr, fang schon mal an zu packen.“

Sie stellte sich an das Fenster und sah auf die Stadt. Sie brauchte nur etwas Ruhe. Bestimmt.

Bei der Beerdigung von Peter Lind war die Hölle los. Die komplette Bank war da und Petersen nickte ihnen zu, als er sie sah. Ein Polizeifotograf machte Aufnahmen von allen Trauergästen, natürlich diskret. Franziska hasste Beerdigungen und zwar aus einem einzigen Grund, ihr kam dann immer eine einzige Frage in den Sinn. Was bleibt? Jahrelang strampelte man sich ab, aber was blieb von einem übrig? Wenn man ehrlich war, nicht viel, um genau zu sein, gar nichts. Mike zupfte an ihrem Arm und sie schaute ihn verärgert an.

„Entschuldige, dass ich störe, aber guck dir mal die alte Frau dahinten an.“

Sie folgte seinem Blick und sah eine ältere Frau, die kein Schwarz trug und ein Bild in der Hand hielt. Franziska ging langsam auf die Frau zu und als sie näher kam, sah sie, dass das Bild eine Porträtaufnahme eines älteren Mannes war.

„Entschuldigen Sie bitte meine Frage, aber würden Sie mir sagen wer das auf dem Foto ist?"

Die Frau lächelte sie an und strich liebevoll über den Rahmen.

„Das ist mein Mann Emilio Donata, wir waren fünfzig Jahre verheiratet und ich wollte ihm heute zeigen, dass Gott doch noch Gerechtigkeit walten lässt."

Franziska war etwas verblüfft und auch beschämt, aber sie musste einfach weiter fragen.

„Warum sind Sie auf der Beerdigung, kannten Sie Peter Lind?"

Die Frau holte eine Tüte aus der Manteltasche und steckte das Bild vorsichtig hinein.

„Natürlich kannte ich ihn. Wegen ihm hat sich mein Mann umgebracht. Seit vierzig Jahren waren wir dort Kunde und dann hat dieser Lind uns reingelegt. Das ganze Geld, 50.000 Euro, waren weg und mein Emilio ist daran zerbrochen. Aber als ich in der Zeitung las, dass seine Beerdigung ist, wollte ich das Emilio zeigen, verstehen Sie das?"

Franziska nickte und sah sie mitfühlend an.

„Wollen Sie mir die ganze Geschichte nicht auf dem Präsidium erzählen? Ich heiße Bialas und bin bei der Polizei. Könnten Sie morgen so gegen zehn Uhr vorbei kommen? Hier ist meine Karte."

Frau Donata nickte und ging mit langsamen Schritten zum Ausgang. Endlich ein Anhaltspunkt und sie ging zu Mike zurück, der sie erwartungsvoll ansah. Sie legte einen Finger auf den Mund und sah zu Peter Linds Filialleiter, der auf den Boden starrte. Also waren das doch so Schweine wie sie gedacht hatte und da konnten sie ansetzten.

Sophia trat ihren ersten Arbeitstag an und lernte Leo von Burghausen kennen. Er nickte ihr bei der Vorstellung nur zu und vertiefte sich wieder in seine Zeitung. Sie kannte diese Art von Männern und wusste, dass man sich in Acht nehmen sollte. Er schien eindeutig aus einem anderen Holz geschnitzt zu sein, als seine Frau. Anna zeigte ihr das gesamte Haus und redete unentwegt auf sie ein. Sie hob die Hand und sagte:

„Anna, überlassen Sie alles mir. Das Wichtigste ist, dass wir erst mal eine Grundreinigung machen. Lassen Sie mich nur arbeiten."

Anna war über die Zurückweisung verärgert, aber sie ließ sich nichts anmerken.

„Na gut, Sie sind vom Fach, also walten Sie Ihres Amtes. Aber bitte vergessen Sie nicht, das Bad von meinem Mann, es muss jeden Tag geputzt werden."

Sophia ging sich umziehen und machte sich an die Arbeit. Sie beseitigte die Spinnweben mit dem Staubsauger und wischte den schwarzen Staub von allen Gegenständen. Zuletzt widmete sie sich dem Bad des Hausherren. Als sie fertig war, schmerzten ihre Arme, aber sie tröstete sich, dass das nicht allzu häufig vorkommen würde. Sie ging in die Küche und freute sich auf eine schöne Tasse Kaffee. Frau Braun räumte die Spülmaschine aus und setzte sich zu ihr.

„Frau Zuzella, ich bin richtig froh, dass Sie hier sind. Die Herrschaften sind sehr nett und endlich erstrahlt das Haus wieder im alten Glanz."

Sophia lächelte nur und horchte sie ein wenig über die von Burghausens aus. Es war manchmal nützlich so viel Informationen wie möglich zu haben. Frau Braun kam ins Plaudern und Sophia ging zufrieden nach Hause. Sie rief ihre Eltern an und sagte ihnen, dass sie sich schon mal eine neue Brille aussuchen sollten. Sie dankten ihr beide herzlich und sie musste daran denken, was ihr Vater all die Jahre hart gearbeitet hatte. Aber die Rente war trotzdem so gering, dass sie gerade davon leben konnten. Das Leben war manchmal sehr ungerecht. Ihre neue Chefin war ein dummes Huhn, denn sie merkte noch nicht mal was sie für ein Glück hatte. Dann setzte sie sich an ihren Küchentisch und schrieb sich akribisch auf, was sie von Frau Braun erfahren hatte. Ihr alter Chef, Gott hab ihn selig, hatte ihr immer gesagt, dass Wissen nicht mit Geld zu bezahlen sei. Daran hielt sie sich.

Tim fuhr mit seiner Mutter in die Stadt, er brauchte neue Fußball-schuhe, die alten waren zu klein. Aber zuerst wollte er zum Friseur. Sein Pony verdeckte sein halbes Gesicht, aber wenn man etwas sagte, wurde er frech. Das sei jetzt Mode sagte er ihr gebetsmühlenartig und sie enthielt sich jeden Kommentars. Sie betraten einen Friseur-salon und eine junge, nette Mitarbeiterin begrüßte sie.

„Na junger Mann, wie viel Millimeter dürfen es denn sein?"

Dabei zwinkerte sie Tims Mutter zu und die verdrehte die Augen. Tim setzte sich auf den Stuhl und zeigte auf den Rasierer.

„Bitte ganz kurz und die Seiten kurzrasiert, ich bin doch ein Junge und kein Mädchen."

Er bekam einen flotten Kurzhaarschnitt und sah seinem Vater auf einmal sehr ähnlich. Seine Mutter sah ihn liebevoll an und sie gingen in ein Kaufhaus. Er durfte sich ein Paar Markensportschuhe aussuchen.

„Kannst du mir mal sagen, warum du seit einigen Tagen so gute Laune hast?"

Er lachte und überredete sie zu einem Eis. Er liebte Zitrone und durfte sich zwei Kugeln holen.

„Wir haben einen neuen Trainer, der alte kommt nicht mehr."

Seine Mutter sah ihn verständnislos an.

„Was heißt das, hat er gekündigt oder ist er krank?"

Er schüttelte den Kopf und konzentrierte sich aufs Eis essen.

„Frau Lehmann hat gesagt, er wäre tot und wir sollten alle für ihn beten. Mehr weiß ich auch nicht."

Seine Mutter schaute ihn jetzt fassungslos an.

„Jetzt lass dir doch nicht alles aus der Nase ziehen. War er krank oder hatte er einen Unfall? Das ist ja schrecklich."

Tim zuckte wieder mit den Schultern, er hatte von dem Thema genug und leckte sein Eis. Das gab es schließlich nicht jeden Tag. Also.

Kapitel 6

Die Leiche von Rolf Sommer war immer noch nicht freigegeben worden und zwei Polizeibeamte recherchierten im Internet nach japanischen Kriegsfilmen. Seit zwei Tagen arbeiteten sie sich durch dieses furchtbare Thema und was Franziska nur kurz gesehen hatte, drehte ihr den Magen um. Die Welt war voller Verrückte, es gab mehr davon als man dachte. Die Befragung von Frau Donata hatte auch nichts mehr gebracht. Dass sie den Lind umgebracht hatte, erschien gerade zu grotesk. Mike saß ihr gegenüber und sie unterhielten sich über die beiden Opfer. „Wenn du mich fragst, das hat kein normaler Mensch gemacht. Da muss jemand richtig Ahnung von der Materie gehabt haben. Beide sind gefoltert worden, aber wo? Da hat jemand reichlich Platz und ist total ungestört, die Schreie der Opfer hätte sonst jemand gehört." Franziska überlegte fieberhaft, ob es einen Zusammenhang zwischen den beiden Männern gab, aber bis auf das Foltern sah sie keine Parallele.

„Du hast Recht, bei Rolf Sommer ist auch sehr viel Blut geflossen, so ein Abschlachten veranstaltet man nicht in einer Garage. Es müssen mindestens zwei Täter sein."

Mike sah sich noch mal die Bilder vom Einkaufscenter an. Leider wurden die Videoaufnahmen nach 24 Stunden automatisch gelöscht. Seine Frau hatte auf ihn gewartet und war dann Richtung Auto gegangen. Aber das Auto war nicht mehr da. Aber wo war Rolf Sommer hin gefahren und weshalb?

„Von Peter Lind wissen wir nur, dass er zur Toilette wollte, eine Sekretärin hat ihn beobachtet. Dann verliert sich seine Spur. Er ist auch nicht mit seinem Auto weggefahren, das stand die ganze Zeit in der Garage der Bank. Schade, dass man keine Videoüberwachung von den Toiletten hat, dem Datenschutz sei Dank."

Franziska musste lachen, manchmal verdrehte Mike die Realitäten und glaubte selbst dran.

„Wahrung der Intimsphäre, mein Lieber, das hat was mit Arbeitnehmerschutzgesetzen zu tun und nicht mit Datenschutz."

Er verdrehte die Augen.

„Klugscheißer!"

Sie zeigte ihm die Zunge und wusste einfach nicht weiter. Wenn die Beerdigung von dem Sommer endlich stattfindet, könnte sich etwas ergeben. Vielleicht aber nur.

„Weißt du was, wir fahren mal in seine Schule. Wenn er da so gerne war, kann uns jemand etwas mehr erzählen, als seine eigene Frau."

Mike lacht sie an. Das liebte er so an ihr, wenn es nicht weiter ging, wurde nicht stundenlang im Büro gehockt, nein, da ging es hinaus in die weite Welt.

Die Realschule befand sich in unmittelbarer Nähe und sie gingen zu Fuß hin. Heute war ein schöner Sommertag und Franziska freute sich endlich mal wieder an die Luft zu kommen. Mike saß am liebsten im Auto und genoss den kleinen Spaziergang überhaupt nicht. Der Schulleiter, Dr. Manfred Marx, wartete vor dem Schultor auf sie und führte sie in sein Büro. Franziska sah sich unauffällig um und atmete den vertrauten Geruch nach nassem Schwamm und Kreide ein. Ob sich das jemals im Leben ändern würde?

„Dr. Marx, was können sie uns über Rolf Sommer erzählen? War er ein guter Lehrer?"

Er nickte und stellte sich ans Fenster.

„Herr Sommer war ein vorbildlicher Lehrer und ein geschätzter Kollege. Er betreute die Fünftklässler, seine Fächer waren Sport, Schwerpunkt Fußball und Geschichte. Wir sind alle sehr bestürzt über seinen Tod, haben Sie denn schon was Neues ermittelt?"

Mike musterte den Mann und konnte sich gut vorstellen, wie er vor einer Klasse mit dreißig Kindern stand. Er schätzte ihn auf Anfang sechzig und er trug einen Anzug mit Weste. Leider keine Fliege, sondern eine gestreifte Krawatte.

„Wie war denn Sommer so? Umgänglich oder eher verschlossen? Seine eigene Frau konnte uns nichts über ihn erzählen, nur, dass er sehr viel Zeit in der Schule verbrachte."

Marx holte eine Pfeife aus der Tasche und machte sie auch noch an. Als er ihre erstaunten Blicke sah, musste er lachen.

„Natürlich strengstens verboten, aber ich bin hier der Chef. Die Ehe der Sommers war schwierig, ich habe seine Frau nur ein einziges Mal kennen gelernt und sie kam mir sehr bestimmend und dominant vor. Aber Rolf war wirklich lieber hier statt zu Hause, das hat er mir sogar mal gesagt. Nach Schulschluss gibt es noch jede Menge zu tun und er meldete sich für alle Aufgaben freiwillig. Es gibt immer Lehrer, die kommen außerhalb der Schule sehr schlecht zurecht. Das Leben hinter der Schulmauer ist oft komplexer und facettenreicher. Aus meiner Erfahrung kann ich Ihnen sagen, dass in jedem Kollegium circa zwei Lehrer sind, die ihr ganzes Leben in der Schule verbringen. Es sind nicht die schlechtesten, aber auch nie die absolut Besten."

Franziska dachte darüber nach und ihr fiel ihre eigene Schulzeit ein. Was für eine entsetzliche Zeit. Sie hatte die Schule gehasst und auch alle Lehrer, bis heute.

„Sommer hat doch eine Fußballmannschaft trainiert, seine Frau hat uns ein Bild gegeben. Hier, können Sie uns sagen, wann es aufgenommen wurde?"

Er zog sich eine Brille an und betrachtete das Foto.

„Das war Anfang des Jahres, da haben sie den Schulpokal des Landes NRW gewonnen. Wir waren alle mächtig stolz auf die Jungen und natürlich auf Rolf."

Franziska sah wieder auf das Foto und entdeckte einen Jungen, der nicht in die Kamera lachte.

„Wer ist der Junge, der so traurig aussieht, kennen Sie ihn mit Namen?"

Wieder nahm er das Foto und guckte angestrengt drauf.

„Wenn ich mich nicht irre, müsste das Tim Müller sein, zehn Jahre alt und sein Vater hat die Familie vor kurzem verlassen. Das erklärt vielleicht auch sein trauriges Gesicht. Seine Mutter arbeitet sich zu Tode, um sie beide durchzubringen und Rolf hat auf ihn, nach dem Fußballtraining, aufgepasst."

Franziska zuckte zusammen.

„Ja, war das denn üblich, dass ein Lehrer einen einzigen Schüler verwahrte?"

Marx sah sie streng an und legte seine Brille auf den Schreibtisch.

„Junge Dame, natürlich nicht. Wir haben circa 500 Schüler, das war eine absolute Ausnahme und auch nur, weil Rolf dafür keine Überstunde aufgeschrieben hat."

Mike sah sie an und sie standen beide auf.

„Vielen Dank, Sie haben uns sehr geholfen. Wenn wir noch Fragen haben, melden wir uns."

Er brachte sie zurück ans Tor, verbeugte sich leicht und verschwand in der Schule.

„Mike, denkst du auch an das woran ich denke?"

Er nickte und holte sein Handy aus der Tasche.

„Wenn er ein Kinderficker war, hat er die gerechte Strafe bekommen und unser Täter war der gleichen Meinung."

Leo von Burghausen suchte sein goldenes Feuerzeug, er wusste, dass er es auf den Dielentisch gelegt hatte, gestern Abend. Aber jetzt war es dort nicht mehr. Er rief Anna und sie suchten das ganze Haus ab, ohne Erfolg.

„Hast du es auch nicht in der Firma liegen lassen? Ich erinnere mich an dein Handy, das auch verschwunden war und in der Firma übernachtet hat."

Er schüttelte verärgert den Kopf.

„Ja meinst du ich bin blöd? Meine Hose hatte einen Fleck und deshalb habe ich Handy und Feuerzeug gar nicht mit hoch genommen."

Anna war in Eile, weil sie heute Tennisunterricht hatte und schon viel zu spät war.

„Weißt du was Leo, du fährst jetzt in die Firma und rufst mich heute Nachmittag an, wenn das Feuerzeug nicht da sein sollte. In der Zwischenzeit kann ja Sophia danach suchen."

Leo schüttelte den Kopf.

„Nein, das will ich nicht. Beauftrage damit lieber Frau Braun, an unserer neuen Putzfrau stört mich irgendwas, aber ich kann dir nicht sagen was es ist."

Er drückte ihr einen Kuss auf die Wange und war weg. Anna sprach kurz mit der Haushälterin und fuhr zum Tennis. Sophia putzte heute drei Fenster, es war ein guter Tag, nicht zu sonnig und bewölkt. Die Arbeit ging ihr leicht von der Hand und danach setzte sie sich in die Küche und machte sich eine Tasse Kaffee. Kurze Zeit später setzte sich Frau Braun mit hoch rotem Gesicht an den Tisch.

„Ach, Frau Zuzella, wir suchen das Feuerzeug von Herrn von Burghausen, haben Sie es vielleicht gesehen? Er hat es auf den Dielentisch gelegt und jetzt ist es weg."

Sophia schüttelte den Kopf und griff sich in die Kitteltasche. Das kalte Metall fühlte sich gut in ihrer Hand an.

„Nein, leider nicht. Soll ich Ihnen auch eine Tasse einschenken?"

Aber Frau Braun war schon wieder weg und Sophia nahm sich die Tageszeitung und fing an zu lesen. Anna parkte den Wagen und sah zu den Fenstern, hatte die Putzfrau nicht gesagt, sie wollte damit anfangen? Sie ging in die Küche und sah, dass Frau Braun das Abendessen vorbereitete.

„Tut mir leid, ich habe das ganze Haus abgesucht, aber das Feuerzeug ist nicht aufgetaucht."

Anna runzelte die Stirn, das war mehr als ärgerlich, Leo würde toben.

„Na ja, vielleicht hat er es ja doch in der Firma."

Da klingelte ihr Handy und es war Leo. Das Feuerzeug war weg. Die Haushälterin machte Königsberger Klopse, das Lieblingsgericht von Anna.

„Frau Braun, das war mein Mann, er ist sehr ungehalten über das Verschwinden. Können Sie sich das erklären?"

Die Haushälterin sah sie betrübt an und sagte:

„Wissen Sie, in all den Jahren seit ich hier arbeite, ist noch nie etwas weg gekommen. Da liegt die Antwort auf der Hand, obwohl ich nichts beweisen kann."

Anna stand auf und lehnte sich an die Spüle.

„Ein schwerer Verdacht, aber das müssen wir beweisen können. Haben Sie denn etwas gesehen? Sprechen Sie es ruhig aus."

Frau Braun wischte sich die Hände ab und sah sie ernst an.

„Es gibt vier Leute, die gestern Abend und heute Morgen im Haus waren. Sie, Ihr Mann, Sophia und ich. Wenn Sie mich nicht in Verdacht haben, was ich wirklich hoffe, bleibt nur noch eine Person übrig. Das ist alles meine Schuld, weil ich Ihnen diese Frau auch noch empfohlen habe."

Die beiden Frauen waren so vertieft in ihr Gespräch, dass sie gar nicht bemerkt hatten, dass sie belauscht wurden. Sophia stand in der Diele und hatte jedes Wort gehört. Leise öffnete sie ihre Handtasche und legte das Feuerzeug hinter das Sofa, genau auf eine Fußleiste. Dann ging sie zum Nebenausgang und schloss hinter sich die Tür. Morgen wollte sie sowieso mal gründlich saugen und wenn sie da mal nicht zufällig das Objekt der Begierde finden würde.

Ginger und Ben lagen am Strand und sonnten sich. Im Gegensatz zu ihrem Freund war sie noch immer nicht relaxt. Immer wieder gingen ihr die Bilder von Rolf Sommer durch den Kopf. Schrecklich. Wie er die Handschuhe versucht hatte runter zu würgen, das war sehr skurril. Sie waren jetzt eine Woche auf der Insel und ihr ging die Ruhe auf die Nerven. Ben ging jeden Tag an den Strand und sie nutzte die Zeit, um am Computer zu arbeiten. Mit Hilfe ihres UMTS-Sticks las sie auf dem Laptop alle eingegangenen Mails für Tante Ginger. Sie konnte es einfach nicht lassen. Aber diesmal versuchte sie die Anliegen mit Bens Augen zu lesen. Auf Streit hatte sie keine Lust mehr und so löschte sie alles, was ihrem Freund nicht gefallen würde. Jetzt nach einer Woche merkte sie, dass ihre alte Sicherheit zurückkehrte, jeden Tag ein bisschen mehr. Als Ben wieder da war und sie den Laptop wieder in ihrem Schrank versteckt hatte, sah sie ihn lächelnd an. Auch er grinste und war froh, dass Ginger sich so gut erholt hatte. Ihr Körper war leicht gebräunt und sie wirkte auch nicht mehr so angespannt. Gott sei Dank.

„Ginger, wirst du es hier noch eine Woche aushalten? Du willst doch bestimmt wieder nach Hause."

Ginger schüttelte den Kopf.

„Du kennst mich fast schon zu gut, aber ich gönne dir noch eine weitere Woche Sonne."

Ben betrachtete sie liebevoll und ging zu ihr, dann nahm er sie in den Arm und drückte sie an sich.

„Es geht um dich, du hast diese Auszeit einfach nötig gehabt. Du wirst sehen, wenn wir wieder zu Hause sind, ist alles viel leichter."

Sie wusste, dass er Recht hatte und war froh, dass sie auf ihn gehört hatte. Ihr großes Projekt konnten sie nur zusammen verwirklichen und dafür mussten sie in Topform sein. Sie hatten beide genug Erholung gehabt. Da draußen warteten viele verzweifelte Menschen darauf, dass sie wieder in Aktion traten. Von ihr aus, konnte es wieder losgehen.

Kapitel 7

Anna saß mit Frau Braun in der Küche und besprach mit ihr das Abendessen, heute erwarteten sie Gäste und die Menüfolge stand noch nicht fest. Es herrschte eine merkwürdige Stimmung, da das Feuerzeug immer noch nicht aufgetaucht war. Leo war außer sich vor Wut und auch sie selbst war allen Dienstboten gegenüber sehr reserviert. Auf einmal stand Sophia vor ihnen und die beiden Frauen sahen sie genervt an.

„Ich habe das Bad Ihres Mannes geputzt und fange mit den Fenstern im Schlafzimmer an."

Anna nickte nur und wedelte mit der Hand in ihre Richtung. Frau Braun zuckte über das Verhalten von Anna zusammen, hütete sich aber etwas zu sagen. Nach fünf Minuten waren die beiden fertig, Anna ging in Leos Bad und schloss sich ein. Zuerst sah sie sich in aller Ruhe um, der Spiegel glänzte, die Handtücher hingen akkurat und in der Dusche war kein einziger Wassertropfen zu sehen. Dann ging sie auf die Knie, aber auf dem weißen Teppich war kein einziges Härchen zu sehen. Sie zog sich die mitgebrachten Handschuhe an und wischte über die Ablage unter dem Spiegel entlang, alles schwarz. Dann schob sie die Toilettenbürste zur Seite, darunter war es ebenfalls schwarz. Nach fünfzehn Minuten hatte sie so viele Stellen gefunden, die Sophia nie im Leben geputzt haben konnte. Langsam zog sie sich die Handschuhe wieder aus und steckte sie in die Hosentasche. Jetzt wusste sie auch, warum es bei Sophia immer so schnell ging. Wenn sie beim putzen schon schummelte, war sie dann auch eine Diebin? Nachdenklich ging sie in den Garten und beobachtete sie beim Fensterputzen. So etwas hatte sie noch nie gemacht, aber jetzt machte es ihr großen Spaß, außerdem war es ihr gutes Recht zu kontrollieren. Sie rückte ihren Stuhl so zurecht, dass sie noch nicht Mal den Kopf verdrehen musste, um Sophia zu beobachten. Sophia wiederum beobachtete Anna, die im Garten saß und frech zu ihr hoch guckte. Das war neu und sie dachte, dass das mit dem Feuerzeug doch keine so gute Idee gewesen war. Sie putzte das Fenster dreimal, bis nicht eine einzige Schliere zu sehen war. Ohne Aufsicht dauerte es fünfzehn Minuten und mit sage und schreibe fünfundvierzig Minuten. Annas Gegenwart machte sie derart nervös, dass sie völlig erschöpft war und erstmal einen Kaffee brauchte. Als sie erschöpft auf dem Stuhl saß, kam Anna rein.

„Sophia, Sie haben für ein Fenster eine dreiviertel Stunde gebraucht, es sind aber noch drei zu putzen und Sie sind nur noch eine Stunde hier. Wie wollen Sie das schaffen?"

Hier lief etwas schief und Sophia setzte sich aufrecht hin.

„Anna, sind Sie mit meiner Arbeit nicht zufrieden?"

Anna nahm sich einen Kaffee und lächelte sie freundlich an.

„Aber ja doch, nur werde ich alles nachkontrollieren, was ja auch mein gutes Recht ist. Da Sie doch eine so gute Putzfrau sind, dürfte es Ihnen nichts ausmachen, oder?"

Sophia lachte sie an. Oder war es eher ein Auslachen?

„Frau von Burghausen, Sie können mich jederzeit kontrollieren, ich arbeite sehr gründlich. Aber wenn Sie unzufrieden sind, kann ich auch gehen."

Anna stand auf und lehnte sich gegen den Tisch.

„Ich hoffe doch stark, dass Ihre Arbeit mich und meinen Mann zufrieden stellen wird, sollte das nicht zutreffen, werde ich es Ihnen mitteilen. Das schwöre ich Ihnen."

Beide Frauen sahen sich an und wussten, dass das ein Waffenstillstand war, nicht mehr und nicht weniger. Doch Anna hatte etwas gelernt, was sie nie wieder vergessen würde. Wer zahlt hat immer Recht und wer bezahlt wird, sollte sich gut überlegen, ob er Recht behalten wollte. Das Abendessen war ein Erfolg und Anna steckte Frau Braun einen Geldschein zu, das Essen war vorzüglich gewesen, das hatte sie sich verdient. Natürlich wollte sie das Geld nicht annehmen, aber Anna bestand darauf.

„Das ist eine kleine Aufmerksamkeit von uns, wir sind wie immer sehr zufrieden mit Ihrer Arbeit."

Frau Braun registrierte Annas Verwandlung und war angetan. Endlich kontrollierte sie mal etwas, sogar die Einkaufsquittungen, aber das machte ihr nichts aus, da sie überaus korrekt war. Aber etwas musste diesen Sinneswandel ausgelöst haben und ihr erster Gedanke war Sophia. Aber das Haus war so sauber, wie sie es vorher noch nie gesehen hatte und verwarf ihren Gedanken sofort wieder.

Kevin Schulz war schlecht drauf, seine Freundin Pia hatte ihm heute Morgen den Laufpass gegeben und er zog mit seinen Kumpels ziellos durch die Stadt. Das war einfach nicht seine Woche, erst gestern hatte er seine Lehrstelle verloren, er war zehn Mal zu spät gekommen und jetzt das mit Pia. Scheiße. Er musste seine Wut an irgendetwas auslassen und suchte Randale. Obwohl sie heute schon ordentlich Dampf abgelassen hatte, waren sie immer noch auf der Suche nach dem ultimativen Kick. Vor einem Kino hatten sie es sich bequem gemacht und jeder hatte eine Flasche Bier in der Hand. Der Film war zu Ende und die Besucher verließen in Strömen das Kino.

„Guck mal das Pärchen, der Typ mit der schwarzen Lederjacke und die Braut mit dem Minirock, das wäre doch was für uns."

Kevin stand auf und warf seine Zigarette weg. Endlich hatten sie ein Opfer, er konnte es nicht glauben.

„Los, die gehen Richtung Haltestelle, wir bleiben dran."

Tom Dehmers und seine Verlobte Andrea, unterhielten sich über den Film, ein Liebesfilm und Andrea hatte ihn natürlich ausgesucht. Da die Bahn aber erst in zwanzig Minuten kommen würde, setzten sie sich auf eine Bank.

„Du Tom, der Film war richtig schön, auch wenn es eine Schmonzette war, oder?"

Er lächelte sie an und gab ihr einen dicken Kuss. Andrea war seine Traumfrau und in einer Woche würden sie heiraten, er konnte es kaum erwarten. Er liebte sie so sehr, dass er jeden Tag einen Liebesfilm gucken würde, wenn es sie nur glücklich machte. Da es kühl wurde, gab er ihr seine Jacke und drückte sie ganz eng an sich. Andrea bedankte sich mit einem langen Kuss und kuschelte sich an ihn. Kevin und seine Kumpels waren in Position und näherten sich den beiden.

„Du Kevin, die Kleine sieht ein bisschen aus wie Pia, oder?"

Als er den Namen hörte, sprang er auf und baute sich vor Tom auf.

„Handy und Geld, aber dalli, sonst gibt es was aufs Maul."

Tom sah verdutzt hoch und Andrea drückte seinen Arm.

„Was willst du denn von mir, du Wicht? Zieh Leine, oder ich stehe auf."

Andrea drückte seinen Arm und er beugte sich nach vorne, als er den ersten Tritt von Kevin abbekam. Er war so überrascht, dass er von der Bank auf den Boden rutschte. Er drehte sich instinktiv weg, aber Kevin erwischte ihn wieder, diesmal an der Schläfe. Andrea wollte zu Tom, aber sie wurde festgehalten und fing an zu schreien. Kevin war jetzt wie von Sinnen und bearbeitete Tom mit Fußtritten. Tom lag auf dem Boden und versuchte seinen Kopf zu schützen, allerdings ohne großen Erfolg. Zuerst platzte seine Lippe auf und er schmeckte sein eigenes Blut. Dann hörte er auf dem rechten Ohr nichts mehr und ihm wurde schwarz vor Augen. Die ganze Zeit schrie Andrea wie verrückt, aber sie konnte Tom nicht helfen. Die weißen Turnschuhe von Kevin färbten sich langsam rot und sein Opfer lag in einer großen Blutlache. Das alles dauerte fünfzehn Minuten, aber Andrea kam es wie eine Ewigkeit vor. Endlich ließ man sie los und sie beugte sich zu Tom runter, der nur noch schwach atmete. Kevin wurde von seinen Kumpels weg gezogen und Andrea rief laut nach der Polizei. Kevin rannte wie der Teufel und schlug den Weg Richtung Innenstadt ein. Aber bei jedem seiner Schritte hinterließ er einen roten Fußabdruck.

Als endlich der Notarzt eintraf, informierte dieser sofort die Polizei und nach zwei Stunden wurde Kevin fest genommen. Andrea hatte der Polizei eine genaue Täterbeschreibung gegeben und die roten Turnschuhe würde sie nie wieder in ihrem Leben vergessen. Tom hatte schwere Kopfverletzungen und wurde notoperiert, danach fiel er ins Koma.

Da Kevin noch nicht volljährig war, bekam er sechs Monate auf Bewährung und fünfhundert Sozialstunden aufgebrummt. Andrea saß jeden Tag an Toms Krankenbett und betete, dass sich sein Zustand besserte, aber Tom wollte nicht aufwachen. Das Schlimmste aber war, dass die Ärzte ihr nicht sagen konnten, ob er je wieder der Alte sein würde. Andrea war jetzt jeden Abend allein zu Hause, wenn sie nicht im Krankenhaus war. Die Hochzeit wurde auf unbestimmte Zeit verschoben und so verbrachte sie viel Zeit vor dem Computer. Nach sechs Monaten erfuhr sie, dass Kevin wieder auf freiem Fuß war und Toms Zustand war unverändert. Sie war so wütend und erinnerte sich an eine Homepage, die sie vor kurzem gesehen hatte, *Tante Ginger kümmert sich.* Sie schrieb was sie bedrückte und schickte die Mail weg. Danach ging es ihr seltsamer Weise besser. Wenn doch nur Tom endlich aus dem Koma erwachen würde. Vor dem Schlafengehen rief sie immer noch mal in der Klinik an, immer noch unverändert. Aber als sie im Bett lag, war ihr letzter Gedanke, dass Tante Ginger sich kümmert.

Hallo Tante Ginger,

ich bin sehr verzweifelt, weil mein Verlobter Tom im Koma liegt, da er von diesem Kevin bald zu Tode geprügelt worden ist. Für diese Tat hat er nur sechs Monate auf Bewährung bekommen und ist wieder auf freiem Fuß. Wir wollten eine Woche später heiraten, aber die Ärzte geben ihm nicht mehr viel Zeit, weil seine Kopfverletzungen so gravierend sind. Ich sitze jeden Tag an seinem Bett und hoffe, dass er doch noch aufwacht. Für diesen Kevin hat sich nichts verändert, aber ich habe seit dem Vorfall keine Perspektive mehr. Das ist so ungerecht. Können Sie mir vielleicht helfen? Sie sind meine letzte Rettung. In meiner Verzweiflung weiß ich einfach nicht weiter.

Bitte helfen Sie mir und meinem Tom.

Mit freundlichen Grüßen,

Andrea und Tom

Tim saß mit seiner Mutter auf dem Sofa und sah die beiden Polizisten groß an.

„Frau Müller, wir ermitteln im Fall Rolf Sommer und sprechen mit allen Eltern der Fußballmannschaft. Sie kannten ihn doch, wie wirkte er auf Sie?"

Tim rutschte unruhig hin und her und seine Mutter drückte seine Hand.

„Kennen wäre zu viel gesagt, er passte manchmal auf Tim auf, wenn ich noch arbeiten musste. Auf mich hat er einen netten Eindruck gemacht."

Mike stand auf und ließ sich von Tim sein Zimmer zeigen. Ein helles und freundliches Zimmer, jede Menge Autos und Fußballposter an der Wand, aber keinen Computer und Fernseher.

„Tim, hast du gar keinen Computer?"

Der Junge zuckte mit den Schultern.

„Meine Mutter hat nicht so viel Geld und wenn ich was für die Schule suchen soll, darf ich ihren benutzen."

Mike nickte verständnisvoll und bewunderte die zahlreichen Auszeichnungen und Pokale.

„Hast du den Sommer gemocht? Was war er für ein Trainer?"

Tim sah aus dem Fenster und spielte mit einem Auto, das auf der Fensterbank lag.

„War ein guter Trainer, wir haben viele Pokale gewonnen, letztes Jahr.", sagte Tim.

Mike stellte sich neben ihn und guckte ihn konzentriert in die Augen.

„Hast du ihn gemocht, Tim?"

Der Junge ging zu seinem Bett und holte unter der Matratze einen Zettel hervor. Wortlos gab er Mike den Zettel und setzte sich auf sein Bett. Mike faltete das Papier auseinander und sah eine Mail Adresse *www.tante-ginger-kuemmert-sich....".*

„Was bedeutet das, Tim?"

Der kleine Junge ging zu ihm und guckte ihn ernst an.

„Ich bin noch ein kleines Kind und meine Aussage zählt nicht. Meine Mutter weiß von nichts und ich werde Ihnen auch nichts erzählen."

Mike steckte den Zettel ein und ging ins Wohnzimmer zurück.

„Franziska, wir sind hier fertig. Lass uns gehen."

Sie sah ihn überrascht an, aber erhob sich.

„Danke, dass Sie mit uns gesprochen haben und grüßen Sie Tim von mir."

Als sie wieder auf der Straße waren, zeigte ihr Mike den Zettel.

„Was soll das? *Tante Ginger kümmert sich?* Versteh ich nicht."

Aber Mike hatte etwas verstanden und das war vielleicht eine erste heiße Spur. Jetzt mussten sie nur noch diese Tante Ginger finden.

Kapitel 8

Wieder in Köln, machten sich Ginger und Ben direkt an die Arbeit.

„Hast du das gelesen? Traurige Geschichte. Der Freund dieser Frau ist eine Woche vor der Hochzeit ins Koma geprügelt worden. Was hältst du davon?"

Ben las die drei Seiten und nickte zustimmend.

„Das wäre was für uns, ich werde mich mal direkt dahinter klemmen. Ist das okay?"

Sie sah ihn an und wusste, alles ging wieder seinen gerechten Weg. Als er weg war änderte sie alle Zugangsdaten ihrer Server, das alte Callcenter wurde gekündigt und ein neues, diesmal in Indien, unter Vertrag genommen. Alle drei Monate machten sie das, und bis jetzt war immer alles glatt gegangen. Dann rief sie ihren Makler an, der sollte einen stillgelegten Bauernhof auftreiben, aber in der Nähe von Köln. Ihr war danach die Location zu wechseln, diese Ziegelei war lange genug Schauplatz, jetzt wurde es Zeit für was Neues. Gutgelaunt machte sie sich auf den Weg in die Kölner Innenstadt, wo sie sich mit Ben treffen wollte. Er hatte erste Informationen über diesen Schläger erhalten. Sie blätterte die Unterlagen durch und gab sie ihm zurück.

„Traurige Geschichte, wenn man das so liest. Kein Wunder, dass der Junge ein Schläger geworden ist, bei so einem Elternhaus."

Ben dachte, er hätte sich verhört.

„Das aus deinem Munde, seit wann gibt einem eine schlechte Kindheit das Recht, jemanden anders derart zu verletzen? Da habe ich überhaupt kein Mitleid, hast du dir die Verletzungen von diesem Tom angesehen? Ein Wunder, dass der noch lebt und seine Freundin hat statt eines Ehemanns einen Pflegefall."

Ginger nahm noch mal das Foto in die Hand und sah einen zerstörten Menschen.

„Du hast natürlich Recht und die Bewährungsstrafe war auch ein Witz, aber hat er den Tod verdient? Oder würde eine Bestrafung auch ausreichen?"

Ben schüttelte wütend den Kopf.

„Jetzt spinnst du wohl total. Das wäre für uns viel zu gefährlich, er könnte uns identifizieren. Einmal hatten wir schon großes Glück, ich erinnere dich nur an die Handschuhe, schon vergessen?"

Sie dachte über die Sache nach, aber etwas störte sie, nur was, dass konnte sie nicht sagen.

„Hör mal, wenn du Skrupel hast, lassen wir es, da draußen warten Hunderte auf unsere Hilfe, wir können uns auch etwas anderes vor nehmen."

Sie gab sich einen Ruck und traf eine Endscheidung.

„Wir machen es und zwar auf unserem neuen Bauernhof, den ich angemietet habe. Morgen zeige ich dir alles und dann fangen wir mit den Vorbereitungen an."

Mike saß vor dem Computer und gab verschiedene Suchbegriffe ein. Franziska sah ihm über die Schulter, aber nach drei Minuten setzte sie sich wieder an ihren Schreibtisch. Es gibt etliche Einträge und *Tante Ginger kümmert sich* gibt es auch.

„Guck mal."

Sie sah auf den Monitor und musste grinsen.

„Das sieht aus wie früher bei der Bravo, erinnerst du dich? Wie hieß der Typ noch mal, Dr. Sommer?"

Er sah sich die Seite genau an, aber er konnte nichts Verdächtiges entdecken.

„Vielleicht sollten wir doch das BKA einschalten. Die kennen sich einfach besser aus mit dem Internet, das sind echte Profis."

Franziska wollte genau das aber nicht, die lauerten eh schon und waren ganz heiß auf diesen Fall. Es wäre für sie ein Armutszeugnis.

„Lass uns noch ein paar Tage warten, vielleicht ergibt sich etwas Neues auf der Beerdigung von dem Sommer."

Mike teilte ihre Meinung nicht. Sie hatten eine heiße Spur und aus falschem Stolz wollte sie keine Hilfe haben. Idiotisch. Doch er sagte nichts, denn er kannte einen Schulfreund, der jetzt Programmierer war und mit ihm würde er über ihr Problem sprechen. Davon musste Franziska ja erst mal nichts mit bekommen.

„Wir müssen noch mit Frau Donata sprechen, ob sie einen Computer hat oder die Mailadresse kennt."

Mike nahm seine Jacke und sie schüttelte den Kopf.

„Ich rufe sie lieber an, sie wohnt doch bei ihrer Tochter und die hat gerade ein Baby bekommen."

Er nickte und verabschiedete sich für heute, Feierabend. Wenn sein Freund Ingo Zeit hätte, würde er sich mit ihm auf ein Bier treffen.

Kevin arbeitete jetzt in einer Autowaschanlage und zwar von acht bis zwanzig Uhr, jeden Tag, außer sonntags. Als er aus der U- Haft entlassen worden war, hatte sein Vater ihn fast tot geprügelt. Er durfte nichts mehr, nur noch arbeiten und das ganze Geld zu Hause abgeben. Er war jetzt vorbestraft und das war sowieso sein Ende. Der Vorarbeiter, ein guter Kumpel seines Vaters, hatte die ganze Zeit ein Auge auf ihn und beobachtete alles was er tat.

„Kevin, da warten ja schon wieder drei Kunden. Mach mal schneller, dass es weiter geht."

Der Penner würde alles seinem Vater erzählen, und dann gab es wieder Ärger. Ben war der zweite in der Schlange und beobachtete den Jungen ganz genau. Mit der Kappe und dem Overall sah er ganz anders aus und er machte mit seinem Handy schnell ein Foto. Die Arbeit machte ihm keinen Spaß und das sah man auch an seinen Gesten. Als er dran war, lächelte er Kevin freundlich an und sagte:

„Ganz schön zu tun und dann noch diese Hitze."

Doch der Junge nickte nur und spritzte seinen Wagen ab. Als der Wagen fertig war, drückte er ihm fünf Euro in die Hand und er lächelte ihn verlegen an.

„Vielen Dank, brauchen Sie aber nicht."

Ben hatte genug gesehen, um sich ein Bild zu machen. Er würde sich den Jungen schnappen, wenn er auf dem Heimweg wäre, aber das hatte noch Zeit. Jetzt freute er sich auf den Bauernhof, denn auch er hatte von der Ziegelei genug.

Der Hof lag so versteckt, dass er zweimal dran vorbei fuhr. Ginger erwartete ihn und zeigte ihm alles. Da gab es noch allerhand zu tun und er machte sich eifrig Notizen. Dann erzählte er ihr von seinem Besuch in der Waschanlage und zeigte ihr die Fotos, die er gemacht hatte.

„In der Montur sieht er viel älter aus. Wie hat er auf dich gewirkt?"

Ben ging mit ihr in den Keller und war angenehm überrascht. Die Räume waren tadellos in Schuss und es war nicht halb so viel zu tun wie oben.

„Der Junge hat keine Lust zu arbeiten, außerdem wirkt er sehr verschüchtert, aber er strahlt eine immense Aggressivität aus."

Ginger nickte nur und es kam ihm so vor, als ob sie auf einmal das Interesse an dem Thema verloren hätte.

„Ben, hier gibt es noch einiges zu verändern, meinst du, wir sollten einen Wachdienst beauftragen?"

Er schüttelte den Kopf, das war nicht nötig, denn hierher würde sich so schnell keiner verirren.

Franziska hatte mit Frau Donata gesprochen und war erstaunt, dass die alten Leute sogar einen Internetanschluss besaßen.

„Mein Mann und ich waren an den neuen Medien immer sehr interessiert. Stellen Sie sich mal vor, wir hatten sogar einen schnelleren und besseren Computer als mein Schwiegersohn. Nach dem Tod meines Mannes habe ich ihm alles geschenkt, er hat sich sehr gefreut."

Aber mit der Mailadresse konnte sie nichts anfangen, obwohl Franziska ein kleines Zögern heraus gehört hatte. Sie hakte noch mehrmals nach, aber ohne Erfolg. Heute war endlich die Beerdigung von diesem Sommer, wurde auch Zeit. Sie würde alleine hingehen, weil Mike unterwegs war. Am Eingang stand der Polizeifotograf und rauchte eine Zigarette.

„Es sind drei Leute da, die habe ich fotografiert und jetzt bin ich weg."

Sie seufzte und ging langsam auf die drei Personen zu. Frau Sommer, Dr. Marx und eine junge Frau. Franziska tippte auf Elternvertretung und so war es auch. Sonst war weit und breit kein Mensch zu sehen. Die Beerdigung war schnell vorbei und als sie zu ihrem Wagen zurückging, holte sie der Schulleiter, Dr. Marx, ein.

„Hat die Polizei endlich eine heiße Spur? Sie ermitteln doch schon seit etlichen Wochen. Der Mörder läuft weiter frei herum, das hat der arme Rolf nicht verdient. Eine Schande ist das, was mit unseren Steuergeldern passiert."

Bevor sie etwas erwidern konnte, saß er in seinem Auto und fuhr weg. Sie lachte laut, weil sie dem Schulleiter so einen Wutausbruch gar nicht zu getraut hatte. Respekt. Dann sah sie die trauernde Witwe und entschied spontan, zu ihr zu gehen.

„Mein Beileid, Frau Sommer. Haben Sie den gar keine Verwandten, sind Sie ganz alleine?"

Doch sie schüttelte nur den Kopf, setzte sich ins Auto und war weg. Für heute hatte sie die Nase voll und wollte nur noch nach Hause. Vielleicht wartete da ja ein schönes Abendessen auf sie und wehe, wenn nicht.

Kapitel 9

Mike hatte seinen alten Freund Ingo beinah nicht erkannt, er trug jetzt einen langen Zopf und einen Spitzbart, außerdem war er ziemlich fett geworden. Er arbeitete bei einer großen IT-Firma als Chefentwickler.

„Na, du alter Sack, wie siehst du denn aus?"

Ingo haute ihm zu Begrüßung ordentlich auf die Schulter und er hörte es krachen.

„Die Frage gebe ich gerne zurück. Was wollen wir trinken?"

Sie bestellten Bier und setzten sich an einen ruhigen Tisch. Nach den üblichen Floskeln kam Mike direkt zum Thema. Er zeigte ihm die Adresse und Ingo steckte sie in seine Tasche.

„Meinst du, du kannst etwas in Erfahrung bringen? Meine Chefin will das BKA außen vor lassen. Verletzter Stolz."

Ingo lachte und bestellte noch ein Bier.

„Junge, verlass dich auf mich. Wenn ich nichts in Erfahrung bringen kann, können die das schon gar nicht. Da du keine Ahnung von der Materie hast, erkläre ich dir meine Vorgehensweise erst gar nicht.

Lass mich einfach mal machen, kann aber etwas dauern. Ist das okay für dich?"

Mike nickte und lehnte sich zurück. Mehr konnte er jetzt nicht tun, außer abzuwarten.

Seit Sophia das Feuerzeug gefunden hatte, behandelte man sie mit Respekt. Allerdings achtete sie auch darauf, nicht allzu übermütig zu werden. Leo war viel freundlicher und Anna ließ sie die meiste Zeit in Ruhe. Doch ihre beste Freundin war Frau Braun, aber es lag mehr an ihrem schlechten Gewissen, als an echter Zuneigung. Doch das war ihr egal. Die Idee, Leo von Burghausen zu entführen, kam ihr beim Putzen. Für einen Mann hatte er unzählige Pflege-produkte und Parfüms. Bei seiner Frau standen nur halb so viele Tiegel. Frau Braun hatte ihr erzählt, dass er jeden Samstag zum Fri-seur ging. Dort wurden die Haare gewaschen und einen Millimeter geschnitten, Augenbrauen gezupft, sowie sämtliche Härchen in den Ohren und in der Nase eliminiert. Natürlich legte er größten Wert auf seine Kleidung und Sophia musste unzählige Hemden bügeln, da er jeden Tag mindestens zwei anzog. Im Keller stand eine Son-nenbank, dort frischte er seinen Teint auf. Ein sehr gepflegter Mann. Das Vermögen der von Burghausens wurde auf zwanzig Millionen Euro geschätzt. Ganz schön viel Geld. Sophias letzter Arbeitgeber hatte einen Sohn, der das schwarze Schaf der Familie war. Georg, bekam sein Leben nicht in den Griff, egal was er machte. Sein Vater versuchte alles, um ihn noch auf den rechten Weg zu bringen. Vergeblich. Dann kam Georg auf die schiefe Bahn. Da waren die ersten Gefängnisaufenthalte und immer brauchte er Geld. Sein Vater unterstützte ihn so gut es ging, aber irgendwann war Schluss. Der alte Mann erzählte Sophia davon und war so enttäuscht, dass er sein ganzes Geld dem Tierschutz vererben wollte. Was ein Wahnsinn, es ging letztendlich um 100.000 Euro und was für eine Verschwendung. Als es dem alten Mann immer schlechter ging, änderte er sein Testament und bat sie, es auf zu bewahren. Sophia mochte George und so tauchte das neue Testament nicht mehr auf und er erbte alles. Aus Dankbarkeit schenkte er Sophia 20.000 Euro und so waren alle glücklich. Alle vier Wochen telefonierten die beiden und gingen auch mal einen Kaffee trinken. Natürlich waren die 80.000 Euro schnell weg und Georg war wieder auf der Suche nach einer Finanzspritze. Sie rief ihn an und schilderte ihre Idee in kurzen Worten, wie das so ihre Art war. Er versprach sich mal um zu hören und wollte sich wieder bei ihr melden. Zufrieden legte sie auf und überlegte sich, was sie mit dem Geld alles machen könnte. Sie hatte da einen Traum, sie wäre gerne wieder in Spanien, wo immer die Sonne schien und die Menschen so freundlich waren. Außerdem hatte sie Sehnsucht nach ihren Eltern. Sie wollte ein großes Haus mit einem schönen Garten kaufen. Aber das Beste war, dass sie Personal einstellen würde. Nie wieder putzen oder kochen, das würde sie sich gönnen. Als

Lösegeldsumme schwebten ihr fünf Millionen Euro vor. Nicht zu viel, aber doch ausreichend, um sich alles leisten zu können. Dann machte sie sich einen Plan und sie schrieb alles auf einen Block. Ein Foto von Leo brauchte sie auf jeden Fall, aber sie wusste schon woher sie es bekommen würde. Aus der untersten Schublade im Wohnzimmerschrank, da lagen unzählige Fotos und eins weniger würde keinem auffallen. Natürlich wollte Georg auch etwas und sie glaubte, dass ihn eine Million Euro zufriedenstellen könnte. Für sie bedeutete das grenzenlose Freiheit, endlich. Davon träumte sie schon so lange, aber sie hatte die Hoffnung nie aufgegeben. Sie rief ihre Eltern an und sprach eine Stunde mit ihnen. Danach fühlte sie sich richtig gut und sie konnte es kaum erwarten, dass Georg sich wieder bei ihr meldete.

Der Bauernhof war nach ihren Wünschen umgebaut worden und sie waren mit dem Resultat mehr als zufrieden. Zur Tarnung liefen im Hof ein paar Hühner herum und zwei Ziegen standen im Stall und blökten. In einem Nebenraum lagerten ihre Utensilien und einen Hochdruckreiniger gab es auch. Auf ihrem Kontrollgang überprüften sie alles akribisch und Ginger hatte immer noch Verbesserungsvorschläge. Ben notierte sich alles, aber sagte kein Wort dazu, warum auch? Es gab kein Zeitlimit, außer sie stellten sich selbst eins. Aber dafür gab es keinen Grund. Die Kellerräume gefielen Ginger am besten und sie lobte seine Arbeit in den höchsten Tönen.

„Ben, du hast wirklich an alles gedacht. Kompliment."

Er verneigte sich leicht und ging mit ihr nach oben in die Küche.

„Hast du dir schon überlegt, wie du Kevin bestrafen willst?"

Sie schüttelte den Kopf und belog ihn mit voller Absicht. Ben war manchmal wie ein altes Weib, er wollte immer weiter tratschen, schrecklich. Die Stille hier draußen war unheimlich beruhigend. Das Gackern der Hühner war einfach nur schön und sie fand gefallen an der Natur, obwohl sie von klein auf ein Stadtkind war.

„Diesem Tom geht es viel schlechter als vorher. Die Ärzte geben ihm nicht mehr lange, seine inneren Organe versagen. Was für eine Sauerei."

Daran wollte Ginger überhaupt nicht denken und sie nickte nur abwesend. Er schüttete sich noch einen Kaffee ein und dachte, dass er alle Zeit der Welt hatte.

Franziska und Mike saßen in ihrem Büro und sahen auf ihre Tafel. Alles, was sie in Erfahrung gebracht hatte, war in farbigen Zetteln angepinnt, aber sie waren noch keinen Schritt weiter gekommen. Sie stöhnte und warf ihren Kuli an die Wand.

„Scheiße, seit Wochen drehen wir uns im Kreis. Vielleicht sollte ich doch das BKA dazu holen, das dauert mir alles zu lange."

Mike sah sie verstohlen von der Seite aus an. Heute würde er sich mit Ingo treffen und er hatte allerhand Neuigkeiten für ihn.

„Warte noch ein paar Tage, vielleicht gelingt uns ja doch noch der Durchbruch."

Sie verdrehte die Augen und lachte künstlich.

„Mein lieber Mike, dein Wort in Gottes Ohr, aber bei mir herrscht absolute Ahnungslosigkeit und ich bin total frustriert."

Er sah aus dem Fenster und hoffte, dass bald etwas geschah, sonst drehte seine Chefin noch durch und dann war alles zu spät. Er verabschiedete sich und ging zu McDonalds, wo Ingo schon auf ihn wartete. Vor Ingo stand ein doppeltes Big Mac Menü und ein halber Liter Erdbeere Shake, das erklärte auch sein unheimliches Gewicht. Mike kam sich mit seinem Becher Kaffee richtig doof vor.

„Also, da gibt es einiges zu berichten, wir haben es hier mit Vollprofis zu tun. Die Homepage kann nicht zugeordnet werden, weil die IP-Adresse sich stündlich aktualisiert. Die Mails kann man nicht lesen, weil sie durch ein sehr gutes Schutzprogramm geschützt werden. Wenn ich eine Festplatte hätte, von der aus eine Mail abgeschickt worden ist, könnte ich es knacken. Sollte der Kontakt aber telefonisch stattgefunden haben, null Chance. Das war es."

Er biss genüsslich in seinen Burger und Mike dachte über alles in Ruhe nach.

„Spielt es eine Rolle, wann der Kontakt stattgefunden hat?"

Ingo verdrehte die Augen und kaute in Ruhe zu Ende.

„Total egal, aber die Festplatte vom Computer ist notwendig. Verstehst du das?"

Aber er dachte an eine andere Möglichkeit, Tante Ginger näher zu kommen, aber dafür musste Franziska ihre Erlaubnis geben.

„Danke Ingo, du hast mir sehr geholfen. Ich melde mich wieder bei dir."

Franziska wohnte direkt um die Ecke und er wollte ihr einen Besuch abstatten. Leni öffnete ihm die Tür und sie sah wie immer toll aus, selbst im Trainingsanzug.

„Hallo, komm rein. Was führt dich zu uns? Hast du Sehnsucht nach Franziska? Sie ist heute sehr deprimiert und du wirst nicht viel Freude an ihr haben."

Sie führte ihn ins Wohnzimmer und schloss die Tür hinter sich. Franziska lag auf dem Sofa und sah ihn teilnahmslos an.

„Sag bloß, es gibt was Neues in unserem Fall?"

Er überlegte wie er ihr die Geschichte schmackhaft machen könnte.

„Ich habe tatsächlich eine Idee. Warum tun wir nicht so, als ob wir auch ihre Hilfe benötigen? Dann bekämen wir einen Einblick über ihre Vorgehensweise."

Sie stand auf und ging zum Computer, nach wenigen Sekunden öffnete sich die Seite mit der Homepage.

„Das ist zu gefährlich, auch wenn wir etwas fingieren. Dann wissen sie, dass wir hinter ihnen her sind und sie verdoppeln ihre Schutzmechanismen. Dann kriegen wir sie nie."

Mike verdrehte die Augen und betrachtete die Homepage. Dann erzählte er ihr was Ingo herausgefunden hatte.

„Was ist eigentlich aus der DNA in den Handschuhen geworden?"

Sie legte sich wieder aufs Sofa und nahm einen Schluck Bier.

„Noch nichts, leider, aber sie suchen weiter."

Leni kam mit zwei Flaschen Bier ins Wohnzimmer und drückte beiden eine in die Hand.

„Hier, ihr seht so aus, als ob ihr euch besaufen solltet. Nur zu, Bier haben wir genug."

Kapitel 10

Sophia und Georg saßen in ihrer Küche und besprachen die Entführung. Er hatte einen kompletten Plan erstellt und zwei gute Kumpels für ihr Projekt gewonnen. Seine größte Sorge galt natürlich dem Geld.

„Bist du wirklich sicher, dass sie so viel Kohle haben? Vielleicht sollten wir nur drei Millionen verlangen, ist doch auch schon viel Geld."

Sie schüttelte den Kopf, auf gar keinen Fall.

„Jetzt bleib mal locker, die haben Geld wie Heu. Die fünf Millionen zahlen die aus der Portokasse. Nein, wir bleiben bei der ursprünglichen Summe."

Georg sah sie bewundernd an und war überrascht, wie sehr sie sich verändert hatte. Soviel kriminelle Energie hätte er in ihr niemals vermutet. Sie gab ihm das Foto von Leo und beschrieb ihm, wo der Friseursalon war. Auch von der Tiefgarage war die Rede. Er steckte alles in seine Aktentasche und erläuterte ihr den Zeitablauf.

„Nächsten Samstag geht es los. Bis wir das Geld haben, verstecken wir Leo in einem unauffälligen Hochhaus in einem Vorort von Köln. Einer meiner Kumpels wohnt da. Das ist für unsere Zwecke genial.

Wenn wir die Kohle haben, packen wir ihn in ein Auto und lassen es in der Innenstadt stehen. Einer wird ihn da schon finden."

Sophia ging das alles ein bisschen zu schnell.

„Auf eine Woche später, kommt es doch wohl nicht an, oder? Du musst noch die Tiefgarage überprüfen, denk daran. Wo soll die Geldübergabe denn eigentlich stattfinden?"

Georg lächelte und zündete sich eine Zigarette an.

„Mitten auf der Domplatte, vor hunderten Touristen. Da werden wir ihnen durch die Lappen gehen, warte es nur ab, mein Plan ist bombensicher."

Sie hoffte nur, dass er Recht behalten würde. Jeden Tag bei den von Burghausens sehnte sie sich nach Spanien. Anna kontrollierte jeden Raum den Sophia geputzt hatte und zwar gründlich. Manchmal blieb sie fünfzehn Minuten drinnen und kam dann mit einem seltsamen Gesicht wieder heraus. Sie putzte so gründlich, dass sie schon feuerrote Hände hatte, was für ein Wahnsinn. Aber vielleicht bildete sie sich das alles auch nur ein. Egal, je eher es vorbei wäre, umso besser. Manchmal richtete sie in Gedanken das Haus ein. Alles sollte hell und leicht wirken. Die Böden mussten weiß gefliest werden und sie würde eine schöne große und bequeme Couch kaufen, damit sie und ihre Eltern gemütlich auf dem riesigen Flachbildschirm fernsehen konnten. Im Garten war ein kleiner Pool und es gab eine schattige

Terrasse, mit wildem Efeu als Spalier. Genau so und nicht anders, sollte ihr neues Heim aussehen.

Anna war sehr unglücklich, als sie merkte, dass alle Dienstboten schlampig arbeiteten. Ihr neuer Kontrollzwang hatte es an den Tag gebracht, jetzt war sie wütend und verletzt. Sie hatte alle immer fair behandelt und sehr gut bezahlt. Ihre Freundinnen hatten sich schon über sie lustig gemacht. Bei denen wehte ein anderer Wind, als bei den von Burghausens. Sie versuchte es sich nicht anmerken zu lassen, aber sie kontrollierte wirklich alles. Auf einmal fielen ihr Sachen auf, denen sie vorher keine Bedeutung zu gemessen hatte. Jürgen, der Gärtner klaute flüssigen Dünger. Sie hatte selbst gesehen, wie er einen fünf Liter Kanister in seinen Kofferraum gepackt hatte. Frau Braun kaufte immer zu viel ein und sie schmissen Unmengen von Lebensmittel weg, weil Leo sich weigerte etwas Aufgewärmtes zu essen. Doch Sophia war die schlimmste von allen. Sie putzte etwas sauberer, aber immer noch unterirdisch. Es verging kein Tag an dem Anna sich nicht darüber ärgerte. Doch leider konnte sie mit niemandem darüber reden, alle hätten sie nur ausgelacht und zu Recht. In ihrem Bekanntenkreis hörte sie sich schon mal nach einer neuen Putzfrau um, aber es war wie verhext. Keiner kannte eine und von Experimenten hatte sie die Nase gestrichen voll. So musste sie

Sophia notgedrungen behalten. Besser eine schlechte als gar keine Putzfrau. Doch jeden Abend surfte sie im Internet, ob es nicht eine Anlaufstelle für die perfekte Putzfrau gab. Dann entdeckte sie eine Homepage, die sie wirklich interessierte, *Tante Ginger kümmert sich*. Das war doch mal was für ihre geschundene Seele. Zuerst kam sie sich albern vor, aber dann überwand sie ihren eigenen Schweinehund und schrieb eine Mail. Als sie zu Ende getippt hatte, war sie sich nicht sicher, ob sie sie auch abschicken sollte. Idiotisch, was kann das schon bewirken? Doch dann klickte sie auf „senden" und fühlte sich schon viel besser. Mal sehen, was daraus werden würde.

Hallo Tante Ginger,

auch wenn Sie meinen Hilferuf belächeln werden, aber meine Putzfrau macht mich verrückt. Sie putzt unsauber und ich habe sie in Verdacht, dass sie das goldene Feuerzeug meines Mannes gestohlen hat. Obwohl sie es beim Saugen wieder gefunden hat, traue ich ihr nicht über den Weg. Sie heißt Sophia Zuzella und ist Spanierin. Wir bezahlen unser Personal sehr gut und behandeln es fair, deshalb bin ich so enttäuscht und verletzt. Ich weiß nicht was Sie genau für mich tun können, aber wenn Ihnen etwas einfällt, dann helfen Sie mir bitte.

Mit freundlichem Gruß,

Anna von Burghausen

Ginger las diese Mail und musste schmunzeln, da war doch tatsächlich eine Frau, die sich über ihre Putzfrau beklagte. Wieder dachte sie darüber nach, warum sie sich nur mit den spektakulären Fällen beschäftigten. Eine Bestrafung musste nicht unbedingt immer der Tod sein, oder? Ben kam herein und sie zeigte sie ihm. Er las sie sorgfältig durch und setzte sich neben sie.

„Du bist nicht davon abzubringen, oder? Versuche es mir zu erklären, damit ich es verstehen kann. Warum willst du unsere Strategie verändern? Ich werde mir auch Mühe geben, ich verspreche es."

Ginger versuchte ihm ihren Standpunkt zu erläutern und redete sich in Rage. Als sie fertig war, guckte sie ihn erwartungsvoll an. Ben war immer noch nicht überzeugt, ganz zu schweigen von der Gefahr, dass sie jederzeit auffliegen konnten. Aber es hatte keinen Sinn gegen ihre neue Auffassung zu arbeiten. Er nickte ergeben und zeigte auf die Mail.

„Also gut, dann wollen wir der Putzfrau mal einen kleinen Denkzettel verpassen. Was meinst du?"

Sie lachte und sah das erste Mal nach langer Zeit wieder glücklich aus.

Leo von Burghausen stieg in sein Auto und war bester Stimmung. Heute war Samstag und er freute sich auf seinen Friseurtermin, über den Ohren waren seine Haare eindeutig zu lang. Man konnte so gut entspannen und das war für ihn wie ein kleiner Kurzurlaub. Vielleicht würde er sich auch die Beine wachsen lassen, mal sehen. In der Tiefgarage stellte er sich auf seinen üblichen Stellplatz und stieg aus. Die beiden Männer, die auf ihn zukamen, bemerkte er erst gar nicht. Einer der Beiden hatte ein weißes Tuch in der Hand und als sie mit ihm auf gleicher Höhe waren, drückte ihm einer etwas ins Gesicht. Dann wurde alles schwarz um ihn herum und sein letzter Gedanke war, dass er zu spät kommen würde. Sie legten ihr Opfer in den Kofferraum und schauten schnell in alle Richtungen, aber kein Mensch war zu sehen.

„Mann, das war ja einfach, der hat sich ja gar nicht gewehrt."

Georg setzte sich ans Steuer und fuhr den Wagen aus der Tiefgarage. Bis jetzt hatte alles geklappt und wenn das so weiter gehen würde, war er bald stolzer Besitzer von etlichen Millionen Euro. In der Wohnung war schon alles vorbereitet für den hohen Besuch. Leo sollte es an nichts fehlen, aber er würde eine Augenbinde tragen müssen, damit er auch wirklich niemanden erkannte. Essen und Trinken gab es aus der Pommes Bude und ein Radio würden sie ihm auch hin stellen. Mehr ging nicht, doch das war ja auch kein fünf Sterne Hotel. Wenn seine Frau intelligent war, was Georg sehr hoffte, war er in spätestens drei Tagen wieder zu Hause. Wenn nicht, dann … Aber darüber hatte er sich noch keine richtigen Gedanken gemacht. Das Glas war immer halbvoll und nie halbleer. Hoffentlich.

Der Polizeipräsident, Dr. Jens Lehmann, sah sie über seine Hornbrille an und erzählte ihnen, was passiert war.

„Leo von Burghausen ist entführt worden, ich brauche Ihnen ja nicht zu erklären, wer das ist. Ab sofort arbeiten alle Teams an der Sache. Die anderen Fälle, an denen Sie dran sind, ruhen mit sofortiger Wirkung.“

Franziska machte den Mund auf und Lehmann unterbrach sie sofort.

„Frau Bialas, Sie haben keinen Verhandlungsspielraum, also sparen Sie sich ihre Kraft für den neuen Fall.“

Damit war das Gespräch für ihn beendet und sie gingen aus dem Büro.

„So ein Scheiß, wer ist der Typ überhaupt?“

Mike googelte das schnell mit seinem Handy.

„Sehr reiche Familie, bester Steuerzahler im Land und ein guter Freund unseres Polizeipräsidenten, noch Fragen?“

Franziska schüttelte nur den Kopf.

„Also gut, dann erstmal zu seiner Frau, las mich raten, Rodenkirchen oder Hahnwald?"

Mike lachte und zeigte mit dem Daumen nach unten.

„Sie haben null Punkte. Heute fahren wir ins schöne Marienburg. Gnädige Frau, darf ich bitten?"

Das Anwesen war riesig und alleine die Auffahrt war überwältigend. Es gab mindestens einhundert Buchsbäume, die links und rechts gepflanzt waren. Der absolute Wahnsinn. Hier hatte einer aber so richtig Geld und sie mussten beide schlucken. An der Tür begrüßte sie eine ältere Frau und führte sie in den parkähnlichen Garten. Dort saß eine jüngere Frau und weinte still in ein schneeweißes Taschentuch.

„Guten Tag, mein Name ist Bialas und das ist mein Kollege, dürfen wir Ihnen ein paar Fragen stellen? Es wird auch nicht lange dauern."

Frau Braun stellte ein Tablett mit Getränken auf den Tisch und verschwand geräuschlos. Anna wischte sich über die Augen und steckte sich eine Zigarette an.

„Leo, mein Mann, geht jeden Samstag zu einem Friseur in der Innenstadt. Sein Termin war um elf Uhr. Aber als er um ein Uhr noch nicht da war, rief mich der Inhaber Herr Daniele an, um zu fragen, wo er denn bleibt. Zuerst dachte ich mir nichts dabei, als er aber um 22:00 Uhr abends immer noch nicht zu Hause war, habe ich rumtelefoniert. An sein Handy ist er die ganze Zeit nicht gegangen. Gegen 23:00 Uhr klingelte es an der Tür und ein Zettel lag auf der Fußmatte. Da habe ich dann sofort die Polizei angerufen."

Mike sah sich um und räusperte sich.

„Frau von Burghausen, darf ich in der Zwischenzeit Ihr Personal befragen? Sie haben doch bestimmt Dienstboten?"

Anna nickte und verdrehte die Augen.

„Meine Haushälterin, Frau Braun, haben Sie ja schon kennen gelernt, sie müsste jetzt in der Küche sein. Jürgen, unser Gärtner, arbeitet am Pool, wenn sie den Weg gerade ausgehen und hinter dem Kirschlorbeer direkt rechts. Dann gibt es da noch Sophia, die Putzfrau, aber die ist heute noch nicht aufgetaucht. Vielleicht ruft sie noch an, aber mehr Angestellte haben wir nicht."

Mike ging Richtung Pool und Franziska schlug die Beine übereinander. „

Wer wusste alles von diesem Friseurtermin? Ging er jeden Samstag um die gleiche Zeit dahin?"

Anna drückte ihre Zigarette aus.

„Alle wussten davon. Es war fast ein ungeschriebenes Gesetz. Leo hat die Besuche geliebt und in den letzten Monaten nicht einen Termin versäumt."

Franziska beugte sich leicht nach vorne und sagte:

„Gab es schon mal andere Bedrohungen oder Einbrüche? Entschuldigen Sie meine Offenheit, aber Sie sind sehr vermögend und ich sehe nirgendwo Überwachungskameras. Haben Sie eine Alarmanlage?"

Anna schüttelte den Kopf.

„Nein, davon hält mein Mann nichts. Er hat immer gesagt, wenn uns jemand etwas Böses will, helfen keine Kameras oder Alarmanlagen."

Jetzt war Franziska sprachlos, das war selbst für sie zu viel Fatalismus.

„Die Entführer wollen fünf Millionen, können Sie das Geld so schnell auftreiben? In 24 Stunden?"

Die Frau vor ihr fing wieder an zu weinen und Franziska strich ihr leicht über den Arm.

„Ich zahle auch zehn Millionen für Leos Freiheit, wenn ich ihn nur wieder zurückbekomme."

Kapitel 11

Gingers richtiger Name war eigentlich Gerlinde Schmitz, aber den hatte sie schon vor Jahren abgelegt. Es erinnerte sie an eine Zeit, die die schönste und zugleich auch schrecklichste ihn ihrem Leben war. Sie wurde als einzige Tochter von Hans und Sybille Schmitz in Köln-Ehrenfeld geboren. Ihr Vater besaß eine Metzgerei und ihre Mutter stand hinter dem Verkaufstresen. Gerlinde wuchs in der Metzgerei auf und mit fünf Jahren zeigte ihr Vater ihr, wie man Fleischwurst herstellte. Das Geschäft lief gut und so konnten sie einmal im Jahr in Urlaub fahren. Es ging immer an den gleichen Ort nach Südtirol und immer ins gleiche Hotel, dem Ehrenberger Hof. Dann war die Metzgerei für zwei Wochen zu und sie genoss die Zeit mit ihren Eltern. Als sie in die Schule kam, verbrachte sie nur noch die Nachmittage im Laden und ihr Vater erklärte ihr, wie man das Fleisch für Gulasch schnitt und wie die Hausmacher Blutwurst entstand. Anfangs schlachtete Hans noch selber, aber das wurde ihm zu aufwendig und so bezog er seine Fleischwaren aus einer großen Schlachterei, die in Deutz auf der anderen Rheinseite war. Jeden Morgen um sechs Uhr kam ein großer LKW und lieferte das Fleisch an. Sybille sah es nicht so gerne, dass sich ihre Tochter soviel in der Metzgerei aufhielt. Sie wünschte sich für Gerlinde einen schönen und sauberen Beruf, z.B.

Schneiderin oder Sekretärin. Aber davon wollte ihr Mann und auch Gerlinde nichts wissen. Hans Schmitz war in der dritten Generation Metzger und seine Tochter sollte die Tradition fortführen. Obwohl sie nie sah, dass ihre Eltern Streit hatten, belauschte sie sie abends, wenn sie schon im Bett liegen und schlafen sollte. Ihr Vater trank jeden Abend zwei Flaschen Bier und sie hörte das vertraute Geräusch, wenn er eine Flasche öffnete.

„Soll das Kind nicht lieber ins Büro oder eine Schneiderlehre machen?"

Hans grummelte sich etwas in den Bart.

„Ach Frau, lass sie doch machen wozu sie Lust hat. Erst gestern hat sie mir gesagt, wie sehr sie die Metzgerei liebt, glaub mir."

Sie schlich leise ins Zimmer und legte sich zufrieden in ihr Bett. Ihr Vater hatte Recht, sie sehnte den Tag herbei, an dem sie endlich neben ihm in der Wurstküche stehen konnte. Gestern hatte er ihr gezeigt wie man richtig Koteletts hackt, die Messer und Äxte waren sehr scharf und er bläute ihr ein, dass sie immer sehr konzentriert arbeiten sollte. Mittlerweile besuchte sie die 5. Klasse einer Hauptschule, keine fünf Minuten von ihrem Elternhaus entfernt. In zwei Jahren könnte sie endlich bei ihrem Vater anfangen und die Zeit bis dahin, erschien ihr wie eine Ewigkeit. Die Metzgerei Schmitz war auf der Hauptstraße und da gab es noch die Bäckerei Schneider, den Tante Emma Laden von Frau Suhrbier, eine Tankstelle und zwei Kneipen. Was man hier nicht kaufen konnte, bekam man in der Stadt und Gerlinde durfte ihre Mutter einmal im Monat begleiten.

Direkt gegenüber der Metzgerei war ein Haus, was schon lange leer stand. Deshalb waren alle überrascht, als eine Baufirma anrollte und das Gebäude wieder instand setzte. Endlich war dieser hässliche Schandfleck beseitigt. Aber keiner wusste, wer jetzt in das Haus einziehen würde. Dann erzählte jemand Hans, dass es wohl ein Ladenlokal werden würde und er beobachtet die Arbeiten mit einem lachenden und weinenden Auge. Gegen Konkurrenz hatte er nichts, die Hauptstraße würde davon profitieren und er wäre auch Nutznießer. Doch noch eine Metzgerei wäre nicht gut, dafür war nicht genug Kundschaft vorhanden. Doch es kam noch viel Schlimmer. Drei Wochen später eröffnete der erste Supermarkt in Ehrenfeld. Dort gab es fast alles. Leider auch eine riesige Fleisch- und Wursttheke. Hans nahm seine Tochter an die Hand und verschaffte sich einen Überblick. Als er die Preise sah, drehte er sich um und ging wortlos nach Hause. Alles war fast halb so teuer wie bei ihm und er wusste was das bedeutet. Gerlinde verstand die ganze Aufregung nicht und fragte ihre Mutter.

„Geh mal rüber und guck nach, was 100 Gramm Fleischwurst kosten, du hast im Rechnen doch eine eins."

Sie lief rüber und war nach drei Minuten wieder zurück.

„Ich habe genau geguckt, weil ich es nicht glauben wollte, aber die Fleischwurst kostet nur 99 Pfennige, unsere 1,98. Die sind ja viel billiger."

Sybille nickte und strich ihr durch die Haare.

„Siehst du, deshalb ist dein Vater auch so schweigsam. Alle werden dort ihre Wurst kaufen und nicht mehr bei uns."

Gerlinde rannte hoch in die Wohnung und fand ihren Vater mit einer Flasche Bier im Wohnzimmer. Das hatte sie zuvor noch nicht erlebt, dass er tagsüber schon Bier trank. Er klopfte neben sich aufs Sofa und sie setzte sich neben ihn.

„Jetzt weißt du warum ich mir Sorgen mache, zu solchen Preisen kann ich keine Wurst machen, unmöglich. Ich kalkuliere jetzt schon sehr niedrig, aber diese Preise im Supermarkt, sind unser Ruin."

Am nächsten Tag in der Schule, erzählte sie ihrem besten Freund Benjamin, der Sohn des Bäckers, was sie erlebt hatte. Doch er winkte ab und berichtete ihr, was sein Vater gesagt hatte.

„Dieser scheiß Supermarkt macht die Preise kaputt, das Brot dort kostet nur halb so viel, wie das billigste bei uns. Einfach unglaublich."

Seit der Eröffnung des Supermarktes, brachen die Umsätze bis zu fünfzig Prozent ein. Nach vier Wochen musste Hans das Lehrmädchen entlassen, es rechnete sich nicht mehr. Aber dann hatte Sybille die rettende Idee.

„Warum machen wir nicht einen Imbiss auf, wir bieten zwei verschiedene Mittagsessen an. Ich koche jeden Abend für den folgenden Tag, dann muss es nur noch warm gemacht werden. Wir haben sowieso abends zu viel übrig." Hans war erst skeptisch, aber nach einer Woche kamen schon jeden Tag zehn Leute zum Mittagsessen. Gerlinde arbeitete jetzt jeden Tag in der Metzgerei und ihre Mutter machte den Mittagstisch, so konnten sie sich halbwegs über Wasser halten. Auch Benjamin musste in der Bäckerei aushelfen und die beiden sahen sich nur noch am Wochenende. Dann schrieb ihnen ihr Vermieter, Dr. August Möller, Rechtsanwalt, einen Brief. Seine Kanzlei war in der Stadt und ihm gehörten fast alle Immobilien auf der Hauptstraße, auch die Metzgerei Schmitz. Hans drehte den Brief in seinen Händen hin und her, aber dann reichte er ihn weiter an seine Frau.

„Mach du auf. Hoffentlich ist es keine Mieterhöhung, das können wir uns gar nicht leisten."

Aber genau so kam es, Dr. Möller wollte jeden Monat 200 Euro mehr. Hans stöhnte und holte sich eine Flasche Bier aus dem Kühlschrank.

„Jetzt hör das Trinken auf und überleg mal lieber, was wir jetzt machen sollen. Vielleicht solltest du ihm unsere Lage erklären und er gewährt uns einen Aufschub."

Hans sagte nichts und zwar aus gutem Grund, gestern beim Stammtisch hatte Ernst Schneider ihm erzählt, dass er jeden Monat 200 Euro mehr zahlen musste, warum sollte der Möller bei ihnen eine Ausnahme machen?

Dr. Möller saß an seinem Schreibtisch und arbeitete, wie jeden Tag. Er hatte allen seinen Mietern eine Mieterhöhung geschickt, es war die erste seit fünf Jahren. Durch die Verhandlungen mit den Supermarktbetreibern, sind ihm die Augen geöffnet worden. Sie boten ihm für einen Fünfjahresvertrag, eine monatliche Miete von 1.500 Euro an, was er natürlich sofort annahm. Aber jetzt wollte er von allen mehr Miete und seit Tagen klingelte sein Telefon. Die Mieter beschwerten sich und wollten mit ihm verhandeln, doch er blieb hart. Wem es nicht gefiel, der konnte ja kündigen. Wieder klopfte jemand an seiner Tür.

„Herein" rief er genervt und seine Sekretärin, Fräulein Eva, stand im Türrahmen.

„Entschuldigen Sie die Störung, aber hier sind Herr und Frau Schmitz, von der Metzgerei Schmitz. Sie wollen unbedingt mit Ihnen sprechen, es scheint sehr wichtig zu sein."

Er stöhnte und nickte.

„Führen Sie die beiden herein, Eva. Aber danach keine Störungen mehr. Außer der Papst steht vor unserer Tür, verstanden?"

Sie lächelte gequält und führte das Ehepaar herein. Möller musterte die beiden und fragte sich, warum ein Metzger immer wie ein Metzger aussehen musste, wahrscheinlich die viele Wurst und jeden Tag Fleisch.

„Guten Tag Herr Dr. Möller, wir stören sie sehr ungern, aber es geht um die Mieterhöhung, die Sie uns geschickt haben. Durch die Eröffnung des Supermarktes, ist unser Umsatz zurückgegangen, aber wir bieten jetzt einen Mittagsimbiss, der sehr gut angenommen wird. Wir wollten Sie bitten, die Mieterhöhung drei Monate zu verschieben. Das würde uns sehr helfen."

Hans lehnte sich nach der langen Rede zurück und sah Möller bittend an. Der holte aus der Schublade eine riesige Zigarre zündete sie an.

„Mein lieber Schmitz, es tut mir leid mit Ihrem Laden, aber so ist das im Geschäftsleben. Mal gewinnt man, mal verliert man. Glauben Sie mir, Sie zahlen noch sehr wenig, genau wie Ihr Freund mit der Bäckerei. Ich gebe ihnen einen Tipp, zahlen Sie und schweigen Sie."

Dabei lachte er und blätterte seine Unterlagen durch. Das Gespräch war für ihn damit beendet. Sybille gab sich einen Ruck, so schnell wollte sie sich nicht geschlagen geben.

„Dr. Möller, wir haben all die Jahre immer pünktlich gezahlt, nicht einen Tag mussten Sie auf die Miete warten. Jetzt bitten wir das erste Mal, nach all der Zeit um einen Aufschub und Sie behandeln uns wie Bittsteller!"

Möller guckte Sybille scharf an und die Zigarre rutschte ihm über die Lippe.

„Gnädige Frau, ich verdiene mein Geld mit Immobilien, Sie verkaufen Wurst und Fleisch. Jetzt entschuldigen Sie mich, ich habe zu arbeiten. Sie wissen ja, wo die Tür ist."

Die beiden erhoben sich und fuhren zurück nach Ehrenfeld und sie sprachen kein einziges Wort. Gerlinde war mit Benjamin im Kino. Und so setzten sie sich in die Küche und rechneten alles noch mal durch. Ihre Ersparnisse waren eigentlich für ihre Tochter, aber es half nichts, da mussten sie jetzt auch dran. Sie wären in drei Monaten pleite, wenn sich ihre Einnahmen nicht steigern ließen. Gerlinde kam nach Hause und überraschte ihre Eltern beim kochen des Mittagstischs.

„Hallo, morgen gibt es Schnitzel mit Kartoffelsalat oder Kotelett mit dicken Bohnen. Ist noch heiß, wenn du was willst."

Ihre Mutter sah sie wartend an, aber sie hatte keinen Hunger und ging auf ihr Zimmer. Nach dem Kino hatte ihr Benjamin erzählt, was bei ihm zu Hause los war.

„Mein Vater ist am Ende, der kann bald nicht mehr. Meine Eltern streiten sich jeden Tag und es geht immer ums Geld und die Mieterhöhung."

Er rauchte heimlich und bot ihr eine Zigarette an, aber sie schüttelte den Kopf.

„Bei uns ist es genauso. Der Mittagstisch bringt nicht genug Umsatz und kaum einer kauft noch Wurst bei uns. Schuld hat nur der Möller, als wenn der nicht genug Geld gescheffelt hat."

Beide dachten über ihr Problem nach, doch eine Lösung war nicht in Sicht.

„Man sollte den Möller umbringen, dann gibt es auch keine Mieterhöhung, wenn du mich fragst, Gerlinde."

Sie musste laut lachen, er war manchmal etwas brutal, das konnte
man nicht anders sagen. Doch wer sollte ihn umbringen, und wie?
Ganz so einfach war das alles nicht. Gerlinde kam da noch eine andere Idee.

„Schuld hat der neue Supermarkt, damit fing alles an. Warum bren-
nen wir denn nicht ab?"

Jetzt lachte Benjamin und schüttelte den Kopf.

„Das ist auch nicht so leicht. Stell dir vor, all die Menschen, die da
einkaufen könnten sterben. Wenn du mich fragst, zu viele unschul-
dige Opfer."

Aber sie dachte immer wieder über die Geschichte nach und es ließ
ihr keine Ruhe.

Dr. August Möller wohnte mit seiner Frau, der Apothekerin, in einem Einfamilienhaus in Bensberg, direkt am Schlosspark. Seit ihr
Sohn in Frankreich studierte, war es sehr ruhig im Haus und Möller
verlegte seinen Lebensmittelpunkt in seine Kanzlei und seine Frau
in Ihre Apotheke. Das sah man dem Haus allerdings auch an, der
Vorgarten war ungepflegt und das ganze Haus machte einen unbe-

wohnten Eindruck. Das Ehepaar sah sich nur am Wochenende und dann auch nur sehr kurz. Sie hatten sich auseinander gelebt. Nur die Gewohnheit hielt sie zusammen. Einmal die Woche kam eine Putzfrau, die auch die Wäsche machte. Der Gärtner wurde nur zweimal im Jahr bestellt. Und die gut betuchten Nachbarn, wunderten sich über das Familienleben der Möllers. Im Sommer saß Möller gern im Garten unter einem großen Sonnenschirm und las seine Aktenberge. Auf dem Tisch standen eine Thermoskanne mit Kaffee und ein riesiger Aschenbecher für seine Zigarren. Da ihn hier keiner störte, erledigte er seine Arbeit doppelt so schnell, als in seiner Kanzlei. Es geschah selten, dass er Besuch bekam und unangemeldet schon mal gar nicht. Wenn es läutete, dann wartete er meistens ab, ob die Störenfriede nicht von selbst wieder verschwanden. Klingelte jemand Sturm, machte er sich missmutig auf den langen Weg zur Eingangstür. Er hatte sich gerade eine Zigarre angezündet, da klingelte es, einmal, zweimal, dreimal. Möller ging zur Tür, und sah einen Jungen und ein Mädchen, vielleicht dreizehn oder vierzehn Jahre alt.

„Was wollt ihr? Ich habe keine Zeit, ich muss arbeiten."

Das Mädchen zeigte ihm Postkarten mit verschiedenen Motiven.

„Guten Tag, wir verkaufen Grußkarten für UNICEF. Wenn Sie zehn kaufen, kommt der gesamte Erlös einem Hilfswerk in Afrika zu gute. Wenn Sie mal schauen wollen?"

Möller drückte ihr zehn D-Mark in die Hand.

„Behaltet die Karten ruhig und nehmt das Geld. So, auf Wiedersehen."

Dann schlug er ihnen die Tür vor der Nase zu und sie sahen sich verdutzt an.

„Was für ein Arschloch, hast du so etwas schon erlebt? Nicht zu fassen, der Typ."

Gerlinde hatte ihn sich ganz anders vorgestellt, der Mann hatte soviel Leid in ihre Familien gebracht, da wollte sie ihn doch wenigstens mal sehen.

„Glaubst du, er wohnt alleine?"

„Bestimmt, wer will schon mit so einem Ekel zusammen wohnen?

Benjamin wollte nach Hause, er hatte genug gesehen, die beiden gingen zur Bahnhaltestelle und mussten noch mal eine Stunde auf ihre Bahn warten. Als sie endlich in Ehrenfeld ankamen verabschiedeten sie sich und gingen ihrer Wege. Gerlinde bog um die Ecke und sah zwei Polizeiautos vor der Metzgerei parken. Seltsam. Im Laden war auch keiner und so ging sie hoch in die Wohnung. Ihre Mutter saß in der Küche und weinte, auf dem Boden lag ein Mensch, der aber mit einem Tuch abgedeckt war. Ein Polizist nahm sie an die Hand und führte sie wieder nach draußen.

„Was ist denn los und wo ist mein Vater?“

Er legte seinen Arm um sie und drückte sie an sich.

„Du bist bestimmt Gerlinde?“

Dann holte er eine Zigarettenschachtel aus seiner Tasche und steckte sich eine an.

„Tut mir Leid, aber dein Vater hat sich umgebracht, im Wohnzimmer.“

Sie wollte sich los reißen, aber er hielt sie fest und so weinte sie und durchnässte seine Uniform. Dann setzte sich ihre Mutter neben sie und die beiden fielen sich um den Hals.

„Ach meine Kleine, was sollen wir denn jetzt nur machen, ohne deinen Vater?“

Das war alles die Schuld von diesem Möller und es war so ungerecht, aber das würde er ihr büßen, ganz bestimmt. Sie drückte die Hand ihrer Mutter ganz fest und wollte nur noch Rache.

Die Beerdigung war eine Woche später und die ganze Hauptstraße nahm Abschied von Metzgermeister Hans Schmitz, auch Möller schickte einen Kranz und erlaubte ihnen weitere zwei Monate im Haus wohnen zu bleiben. Sehr großzügig. Ein befreundeter Metzger kaufte ihnen die komplette Ladeneinrichtung ab und so konnte Sybille wenigstens die Beerdigung bezahlen. Die Wurst und das Fleisch gaben sie Benjamins Vater, der eine riesige Kühltruhe hatte, der Rest wurde entsorgt. Sie wollten auch nicht mehr in dem Haus bleiben und so stellte Ernst Schneider ihnen kostenlos eine kleine Wohnung zu Verfügung, es gab zwar keine Heizung und das Bad war auf dem Flur, aber immer noch besser als auf der Straße zu wohnen. Sybille und Gerlinde halfen in der Bäckerei aus und als eine Lehrstelle zu vergeben war, zögerte Gerlinde nicht lange, sie lernte Bäckereifachverkäuferin. Benjamin überredete seinen Vater, dass er eine Lehre als KFZ Mechaniker machen durfte und nicht im Betrieb arbeiten musste. Langsam beruhigte sich das Leben von Gerlinde und Sybille Schmitz wieder etwas. Es verging aber keinen Tag, an dem sie nicht an Hans Schmitz dachten und wer schuld an seinem Tod war.

Kapitel 12

Sophia war wirklich krank und lag im Bett. Alle Glieder taten ihr weh und sie vermutete eine Sommergrippe. Sie versuchte sich bei Anne krank zu melden, aber Frau Braun kam ans Telefon und war total aufgelöst.

„Stellen sie sich vor, man hat Leo entführt und will fünf Millionen Euro Lösegeld. Anne weint die ganze Zeit und sie hat die Polizei eingeschaltet, aber die wissen auch noch nichts Genaues. Ist das nicht schrecklich?"

Sophia atmete tief durch bevor sie weiter sprach.

„Entführt, das ist ja entsetzlich. Bitte richten Sie Anne aus, dass ich krank bin, aber nächste Woche bin ich bestimmt wieder auf den Beinen."

Nachdenklich legte sie denn Hörer auf und wählte Georgs Nummer, wäre vielleicht interessant für ihn, wenn er wüsste, dass die Polizei mit an Bord war. Doch es meldete sich immer nur seine Mailbox. Entnervt legte sie auf. Vor einer Stunde hatte er ihr mitgeteilt, dass er mit Leo in der Wohnung angekommen sei und alles wäre ohne Probleme über die Bühne gegangen. Sie teilte seine Euphorie nicht, da es bis zur Geldübergabe noch ein weiter Weg war. Er hatte ihr den ganzen Plan immer noch nicht erzählt. Und so machte sie sich ihre Gedanken. Aber was sie besonders nervös machte, war ein schwarzer Golf, der seit Tagen vor ihrer Wohnung stand. Mal eine Stunde, dann aber auch mal den ganzen Tag, es war ganz unterschiedlich. Hinter dem Steuer saß ein großer dunkelhaariger Mann, meistens in schwarz gekleidet. Sonderbar. Langsam bekam sie schon Verfolgungswahn. Überall wo sie war, entdeckte sie einen schwarzen Golf. Dabei wusste sie, dass das ein Allerweltsauto war und Tausende davon in der Stadt herum fuhren. Heute Morgen stand er auch wieder vor ihrer Tür und sie ging ans Schlafzimmerfenster und schaute vorsichtig auf die Straße. Nichts, jetzt war er wieder weg. Gott sei Dank, das machte sie noch wahnsinnig, dieses Auto. Aber wer sollte sie schon beschatten, eine kleine Putzfrau aus Spanien. Nein, nein, das bildete sie sich bestimmt alles nur ein, weil sie so nervös war. Jetzt würde sie erstmal frühstücken, dann sah die Welt schon wieder anders aus. Aber sie brachte keinen Bissen herunter und trank langsam ihren Kaffee. Vielleicht würde ihr frische Luft helfen, schaden konnte das auf gar keinen Fall. Schnell zog sie sich an und spazierte ohne Ziel drauf los. Um genau zu sein, zweimal um den Häuserblock. Danach war sie allerdings so schlapp, dass sie sich nur mit Mühe nach Hause schleppen konnte und sich wieder hinlegen musste. Was war nur mit ihr los? Sie sank in einen leichten Schlaf und wurde durch die Türklingel wach. Als sie durch den Spion sah, standen eine Frau und ein Mann vor ihrer Tür. Sie öffnete schnell und sah die beiden fragend an.

„Guten Tag, Frau Zuzella, wir sind von der Polizei, dürfen wir kurz hinein kommen?"

Ihr blieb fast das Herz stehen und führte sie ins Wohnzimmer.

„Darf ich Ihnen etwas zu trinken anbieten?"

„Nein danke, mein Name ist Bialas und das ist mein Kollege. Sie arbeiten doch bei den von Burghausens. Ist Ihnen da in letzter Zeit etwas aufgefallen?"

Sophia schnäuzte in ihr Taschentuch und steckte es in ihre Kittelschürze.

„Ich habe mich heute krank gemeldet, wissen sie, so eine Sommergrippe. Aber Frau Braun, die Haushälterin, hat erzählt, dass man Leo gekidnappt hatte. Stimmt das wirklich?"

Mike verdrehte die Augen, dass die alten Klatschweiber einfach nicht den Mund halten konnten. Hoffentlich würde es nicht in den zwanzig Uhr Nachrichten zu hören sein. Franziska räusperte sich und schüttelte den Kopf.

„Das können wir nicht mit letzter Sicherheit sagen. Er wird vermisst und ich würde Sie bitten, davon nichts in der Öffentlichkeit zu erzählen. Doch zurück zu meiner Frage, haben Sie etwas bemerkt oder beobachtet?"

Sie nahm sich Zeit für ihre Antwort und überlegte demonstrativ.

„Jetzt wo Sie mich so fragen, fällt mir etwas ein. In letzter Zeit hat ein schwarzer Golf bei mir hier und in der Straße von den Burghausens geparkt. Das ist dort eine ganz noble Gegend und alle fahren Porsche oder Mercedes, niemand fährt dort einen Kleinwagen. Mal morgens aber auch abends, ganz unterschiedlich. Hilft Ihnen das weiter?"

Mike sah sich um, recht schäbig, die Behausung, aber als Putzfrau verdiente man ja auch nicht Reichtümer.

„Konnten Sie den Fahrer sehen? War es ein Mann oder eine Frau, oder haben Sie sich vielleicht sogar das Kennzeichen aufgeschrieben?"

Sie schüttelte den Kopf.

„Das Kennzeichen leider nicht, aber es war ein Mann, Mitte vierzig, dunkle Haare und schwarz gekleidet, das ist leider alles."

Sie verabschiedeten sich und gingen zu ihrem Wagen.

„Eine unsympathische Frau, da wird sie ausgerechnet an dem Tag krank, an dem ihr Arbeitgeber entführt wird. Seltsam."

Franziska tippte sich an die Stirn.

„Jetzt mach aber mal einen Punkt, die Frau war krank, hast du ihre Nase gesehen? Ich glaube nicht, dass sie mit der Entführung etwas zu tun hat. Manchmal siehst du schon Gespenster."

Leo von Burghausen saß gefesselt in einem Rollstuhl und konnte nichts sehen. Als er wach wurde, bekam er einen Riesen Schreck, da er im ersten Moment dachte, er wäre erblindet. Doch dann kam ein Mann und der erklärte ihm alles.

„Hallo Leo, du bist entführt worden und deine Augen habe ich verbunden, damit du nichts sehen kannst. Wenn dir danach ist, kannst du den ganzen Tag schreien, aber es wird dir nichts nutzen. Wir sind hier auf der ganzen Etage die einzigen Menschen. Du solltest deine Kräfte sparen, würde ich empfehlen. Wenn du dich ordentlich benimmst, gebe ich dir dreimal am Tag was zu essen und zu trinken. Ich gehe auch mit dir auf die Toilette, nachts kannst du auf einer Matratze auf dem Boden schlafen, natürlich gefesselt. Fernsehen geht ja leider nicht, aber ein Radio wird dir helfen, ein wenig die Zeit tot zu schlagen. Wir wollen von deiner Frau fünf Millionen. Wenn sie schlau ist, hält sie die Polizei raus. Sobald wir das Geld haben, lassen wir dich frei. Alles verstanden?"

Leo war sprachlos und musste die Neuigkeiten erstmal sacken lassen. Das er einmal ein Entführungsopfer sein würde, hätte er nicht für möglich gehalten. Ausgerechnet er, einfach lachhaft. Aber er hatte doch eine Frage, die ihm als sehr wichtig erschien.

„Was ist, wenn die Geldübergabe schief geht und Sie das Geld nicht bekommen?"

Georg betrachtete seinen Gast und lächelte.

„Daran solltest du keinen Gedanken verschwenden. Deine Frau macht einen intelligenten Eindruck, wieso sollte sie dein Leben gefährden? Denk positiv. Aber wenn was schief geht, bist du der Erste, der es erfährt. Das verspreche ich dir."

Leo dachte an seine Frau und das sie manchmal so leicht überfordert war. Jetzt hing sein Leben von ihr ab und er hoffte nur, dass sie alles richtig machen würde. Das Geld war kein Problem, wegen der Finanzkrise lohnte es sich nicht das Geld langfristig anzulegen, und so lag sein Geld auf einem Tagesgeldkonto, wo er jederzeit dran konnte. Gott sei Dank. Aber würde sie wirklich die Polizei aus dem Spiel lassen? Da war er sich nicht sicher.

„Wie lange muss ich noch hier bleiben, ich meine, wenn alles gut geht?"

Georg freute sich über die schnelle Auffassungsgabe und grinste.

„Nur ein paar Tage, nicht länger. Dann kannst du dein altes Leben wieder aufnehmen und mit nur einem Schönheitsfehler, du hast fünf

Millionen weniger. Doch ich weiß, dass ihr trotzdem keine staatliche Hilfe beantragen müsst. Du musst dich nur anständig aufführen und dann bringen wir das hier locker über die Bühne. Okay?"

Leo nickte und ihm schossen noch tausend Fragen durch den Kopf, aber für heute hatte er genug erfahren. Georg machte eine Dose Suppe warm und schmierte ein Brot, dann fütterte er Leo, vorsichtig wie ein Baby. Behutsam wischte er ihm den Mund ab und als Nachtisch gab es heute einen Himbeerpudding.

„So, Leo und jetzt mache ich noch ein schönes Foto von dir, damit alle wissen, dass es dir gut geht. Bitte lächeln."

Heute Abend würde er Anne eine neue Nachricht zu kommen lassen, mit Zeitpunkt und Ort der Geldübergabe. Darüber hatte er lange gegrübelt und dann war ihm ein genialer Gedanke gekommen. Natürlich konnte er nicht ausschließen, dass sie die Polizei informiert hatte, aber das machte ihn nicht sonderlich nervös. Er hatte sich für einen Ort entschieden, der alle Kriterien erfüllte, um garantiert fliehen zu können. Bei einem Spaziergang durch die Innenstadt entdeckte er einen Platz, der mehr als optimal war, die Domplatte. Es gab vier verschiedene Richtungen zum Abhauen und die unzähligen Touristen gaben genügend Sicherheit, um die Polizei daran zu hindern, Schusswaffen ein zu setzen. Es bestand nur die Gefahr, dass alle Straßen gesperrt wären, aber daran glaubte er nicht. Wenn

doch, würde er die Aktion abbrechen und sich etwas anderes überlegen. Natürlich hatte er Anne als Geldübergeber ausgesucht, wen
auch sonst. Als Zeitpunkt wählte er 14:00 Uhr, wenn so richtig was
los war, nicht nur die Touristen, sondern auch Schüler usw. Er hatte
zehn Helfer und Helfershelfer und die waren voll des Lobes über
seinen genialen Plan. Er konnte es fast nicht mehr abwarten, wenn
es nach ihm ginge, könnte es losgehen und zwar sofort.

Kapitel 13

Ginger und Ben saßen auf der Terrasse und tranken Kaffee. Es war ein heißer Tag und beide trugen Sonnenbrillen, so sehr blendete die Sonne.

„Was ich dir jetzt erzähle, wird dir nicht gefallen, Ginger, aber Sophia Zuzella ist im Moment kein Kandidat für uns. Ein Kumpel hat mir erzählt, dass man Leo von Burghausen entführt hat und sie arbeitet dort als Putzfrau. Wir können nicht ausschließen, dass sie von der Polizei überwacht wird."

Sie verdrehte die Augen und stöhnte laut auf.

„So ein Scheiß, ausgerechnet jetzt, wo wir alle Vorbereitungen abgeschlossen haben. Nicht zu glauben."

Ben stand auf und stellte sich in den Schatten.

„Kein Problem, dann kümmern wir uns erstmal um diesen Kevin, der ist sowieso überfällig, wenn du mich fragst. Die Putzfrau muss eben warten, wenn sich die Lage entspannt hat knöpfen wir uns die kleine Sophia vor. Was sagst du?"

Leo von Burghausen war eine bekannte Persönlichkeit und die Polizei würde Himmel und Hölle in Bewegung setzen, um ihn zu befreien. Jetzt hatte sie sich so lange geweigert diesen Kevin zu bestrafen, aber sein Schicksal schien vorbestimmt zu sein und ein Spielverderber war sie auch nicht.

„Okay, du observierst ihn und wenn es eine Möglichkeit gibt, dann schnapp ihn dir. Wir benutzen den Bauernhof, der ist noch nicht eingeweiht und es wird höchste Zeit. Ob wir ihn töten oder nur bestrafen, entscheide ich spontan. Mal sehen, wie der Junge sich so macht. Die Putzfrau stellen wir auf unbefristete Zeit zurück, ich will nicht selber die Polizei auf unsere Fährte setzen. So, mein Lieber, jetzt endschuldige mich, ich möchte einen Spaziergang machen, wir sehen uns dann später.“

Das war das Zeichen sich zu verabschieden und er hatte noch genug zu erledigen. Er musste noch die Masken besorgen und das stellte ihn vor eine Herausforderung. Ginger hatte sich wie immer nicht näher geäußert und jetzt lag es an ihm eine kleine, aber feine Vorauswahl zu treffen. Sein erster Weg würde ihn in einen Sexshop führen, vielleicht gab es etwas Passendes in der Sadomaso Ecke, mal sehen. Doch zuerst musste er in einen Baumarkt. Ginger wollte verschiedene Hämmer haben und er konnte sich schon gut vorstellen, wofür sie sie brauchen würde. Laut pfeifend stieg er in seinen Wagen, endlich ging es wieder los.

Anne saß mit Frau Braun und einer jungen Polizistin in der Küche und weinte. Seit sie das Foto von Leo gesehen hatte, konnte sie nicht wieder aufhören zu schluchzen. Er sah so hilflos aus, dann sein unrasiertes Gesicht und die schreckliche Augenbinde verlieh seinem Aussehen etwas Groteskes. So hatte sie ihn noch nie gesehen und sie hoffte inbrünstig, dass keiner ihm wehtat. Heute Morgen war sie in der Bank, um das Geld abzuholen und es ging alles reibungslos vonstatten. Das Geld war in zwei Aluminiumkoffern und befand sich in der Obhut der Polizistin, die sie nicht aus den Augen ließ. Die Polizei machte sich um die psychische Verfassung von Anne große Sorgen. Hoffentlich würde sie dem Druck standhalten können, davon hing sehr viel ab. Die Entführer bestanden auf Anne als Überbringer und es war keine Kontaktaufnahme möglich. Die Polizistin hatte mit ihr die ganze Szene auf der Domplatte etliche Male durch gespielt.

„Machen Sie sich nicht zu viele Gedanken, Sie sind dort nicht alleine. Meine Kollegen in Zivil überwachen jeden Ihrer Schritte, es kann Ihnen nichts geschehen.“

Dabei machte sie sich um sich selbst keine Sorgen, eher um Leo.

„Was ist, wenn die Entführer mitbekommen, dass ich die Polizei eingeschaltet habe. Sie werden meinen Mann umbringen und alles ist meine Schuld.“

Dann fing sie wieder an zu weinen und Frau Braun streichelte ihr beruhigend über den Rücken.

„Nicht weinen, Anne, alles wird wieder gut. Vertrauen sie doch der Polizei, die weiß schon was sie tut."

Obwohl die Polizistin beruhigend nickte, war sie da gar nicht so sicher. Im Polizeipräsidium hatte die neue Nachricht von den Entführern wie eine Bombe eingeschlagen, vor allem der Ort der Geldübergabe. Als Franziska und Mike das hörten, konnten sie das auch nicht glauben und fragten noch zweimal nach.

„Mitten auf der Domplatte, das ist doch wohl ein schlechter Witz."

Mike lachte und schlug sich auf die Oberschenkel. Er hatte ja schon viel erlebt, aber das war die Höhe, echt. Aber Franziska sah ihn ernst an.

„Das ist kein Witz, sondern ganz schön clever. Es ist unmöglich alle Zugänge zu sperren, geschweige zu überwachen. Sonst merken die Entführer sofort, dass wir mit im Boot sitzen und brechen die Aktion direkt ab. Schusswaffen können wir auch nicht einsetzen, weil viel zu viele Passanten unterwegs sind, wie willst du da einen Querschläger ausschließen?"

Mike hörte schlagartig auf zu lachen und legte einen Stadtplan von der Innenstadt auf den Tisch. Man konnte in alle Richtungen fliehen und es gab zahlreiche Straßen und kleine Gassen. Er tippte mit dem Finger auf die Hohe Str.

„Okay, wenn wir diese Straße sperren, ist die größte Möglichkeit für die Entführer weg."

„Dann kommen auch keine Passanten mehr und sie wissen, dass wir im Spiel sind."

„Dann sperren wir eben den Hauptbahnhof, das wäre die effektivste Möglichkeit."

„Auch dann könnten wir direkt ein Schild aufstellen, dass wir mit dabei sind. Oder hast du, außer bei einer Bombendrohung, den Hauptbahnhof je abgesperrt gesehen?"

„Bleibt noch das Museum, dahinter sind zahlreiche Straßen. Mit einem Wagen ist man da schnell weg."

„Geht auch nicht, weil dann Heerscharen von Touristen zurück auf die Domplatte laufen und das wäre dann Almabtrieb."

Mike wischte wütend den Plan vom Tisch.

„Dann mach mal selbst einen Vorschlag, statt alles ab zu lehnen. Die perfekte Lösung gibt es nicht."

Aber auch Franziska hatte keine Idee und machte aber trotzdem einen Vorschlag.

„Wir fahren jetzt auf die Domplatte und machen uns einen eigenen Eindruck. Vielleicht haben wir, wenn wir vor Ort sind, eine geniale Idee."

„Dann los, packen wir es an, ich will jetzt endlich mal Nägel mit Köpfen machen. Außerdem haben wir nicht mehr viel Zeit, um genau zu sein, noch eine Stunde."

Auf der Domplatte war die Hölle los, nicht nur unzählige Touristen, die den Dom fotografierten, sondern auch zahlreiche Reisende, die vom Hauptbahnhof Richtung Innenstadt liefen. Vor dem Museum tummelte sich eine Gruppe von Skateboard Fahrern, die ihre Kunststücke probten. Nach einer halben Stunde hatten sie genug gesehen und setzten sich in ein Café.

„Chefin, was machen wir jetzt? Zu welcher Entscheidung hast du dich durch gerungen?"

„Wir lassen Hauptbahnhof und Museum auf und sperren den Rest. Es ist ein Wagnis, das schief gehen kann, aber das erscheint mir die klügste Entscheidung."

Er sah sie zweifelnd an.

„Wenn da mal der Polizeipräsident mit macht. Du kennst ihn doch, nur kein Risiko eingehen."

Sie zuckte mit den Schultern.

„Dann soll er einen besseren Vorschlag machen, oder jemand anders. Ich bin mit dem Thema durch, war sowieso nie unser Fall."

Sie bestellten Kaffee und Kuchen, dafür war das Café in der ganzen Stadt bekannt.

„Gibt es denn endlich etwas Neues über unser DNA-Material, Mike?"

Er legte die Gabel auf den Teller.

„Hätte ich beinah vergessen, das Material konnte einem Mordfall in Köln zugeordnet werden, aber das ist schon zwanzig Jahre her. Da man die Täter nie gefasst hat, ist das unser Pech. Die DNA ist uninteressant für uns."

Franziska war der festen Überzeugung, dass die Welt sich gegen sie verschworen hatte. Sie kam sich langsam wie ein Amateur vor, aber auch nichts schien stimmig zu sein. Verdammt.

Sophia wollte Georg anrufen und ihm mitteilen, dass Anne die Polizei informiert hatte, aber sie bekam nur seinen Anrufbeantworter. Egal, er würde ihre Nummer sehen und dann zurück rufen. Nach einer halben Stunde meldete er sich endlich.

„Die Polizei war bei mir und hat mich wegen Leo befragt, seine Frau hat also doch Verstärkung geholt."

132

Er lachte leise. Das war ihm sowieso klar, von Anfang an, aber es machte ihm nichts aus.

„Jetzt entspanne dich mal, ich habe alles unter Kontrolle. Kein Wunder, dass man dich befragt hat, du arbeitest ja wohl auch dort. Also, kein Grund zur Sorge, denk lieber daran was du mit all dem Geld machen willst, das du bald hast und stell den Sekt kalt."

Sophia wünschte sich, sie hätte etwas von dem Optimismus, den Georg eindeutig besaß.

„Du hast mir immer noch nicht den ganzen Plan erzählt. Ist das ein Geheimnis, oder warum sagst du es mir nicht?"

Ihre Sommergrippe war immer noch nicht weg. Sie fühlte sich einfach nicht gut.

„Sophia, halte mal den Ball flach. Je weniger du weißt, umso weniger brauchst du dir Sorgen zu machen. Es läuft gut, vertrau mir."

Wenigstens tauchte dieser schwarze Golf nicht mehr auf. Seit zwei Tagen hatte sie ihn nicht mehr gesehen. Alles Einbildung, bestimmt. Doch ihre innere Stimme sagte ihr etwas anderes, dieses Auto hatte etwas zu bedeuten, aber was? Jetzt bekam sie auch noch Kopfschmerzen, das konnte sie gar nicht gebrauchen. Sie ging ins Bad, nahm eine Tablette und legte sich wieder hin. Langsam fielen ihr die Augen zu und ihr Gehirn war dankbar für die kleine Pause.

Leo hörte Radio und konnte nicht mehr sitzen. Er verlagerte sein Gewicht von links nach rechts und wieder zurück, aber langsam wurde alles taub. Die aufgewärmten Suppen schmeckten ihm nicht und er bekam nicht genug zu trinken, weil sein Betreuer, keine Lust hatte, dauernd mit ihm auf die Toilette zu gehen.

„Ich will jetzt was zu trinken, ich verdurste sonst."

Georg drückte ihm eine Flasche Wasser in die Hand.

„Leo, ich muss weg, heute Abend komme ich noch mal kurz vorbei. Trink also nicht so viel, denn es ist keiner da, der mit dir aufs Klo gehen kann."

Georg war mit seinen Skateboard-Jungs verabredet. Die würden einen maßgeblichen Anteil an der Lösegeldübergabe haben. Daniel, ihr Anführer, war ein schlaksiger, sechzehnjähriger, verpickelter Junge, der immer Geld brauchte. Er und seine Freunde würden jeder tausend Euro bekommen, wenn sie Georg einen kleinen Gefallen tun würden. Er traf ihn in einem Burger King und die beiden waren sich schnell einig.

„Wichtig ist, dass ihr um 13:00 Uhr auf der Domplatte seid. Kann ich mich darauf verlassen?"

134

Der Junge lächelte ihn an und man konnte seine Zahnklammer sehen.

„Kein Problem, Alter. Denk an die Kohle, für jeden einen Tausender."

Georg nickte feierlich und schlug ihm auf die Schulter. Die Polizei würde morgen ihr blaues Wunder erleben, dessen war er sicher. Sein nächster Weg führte zu Sophia, mit der musste er unbedingt sprechen und sie wieder etwas motivieren. Am Telefon hatte sie sich gar nicht gut angehört und er musste sich selbst über ihre Verfassung ein Bild machen. Er klingelte an ihrer Tür und nach einer gefühlten Ewigkeit öffnete sie ihm.

„Was willst du denn hier, ich habe geschlafen und du hast mich geweckt."

Missmutig führte sie ihn in die Küche und machte Kaffee.

„Ich wollte nur mal nach dir sehen, am Telefon hast du dich nicht gut angehört. Außerdem möchte ich mit dir noch über ein paar Verhaltensregeln sprechen, wenn wir das Geld haben. Du musst unbedingt noch weiter arbeiten, wenigstens noch zwei Wochen, sonst könnte jemand Verdacht schöpfen. Verstehst du? Erstmal keine größeren Summen ausgeben, kein teures Auto oder ein Haus in Spanien. Alles erst später, wenn ein wenig Gras über die Sache gewachsen ist. Okay?"

Sie schaute ihn belustigt an und schüttelte den Kopf.

„Pass du nur auf, dass du nicht wie ein Irrer mit dem Geld um dich wirfst. Um mich brauchst du dir keine Sorgen zu machen, wirklich nicht."

Georg war bestimmt nicht der Schlauste, aber so langsam fragte er sich, warum Sophia vier Millionen bekommen sollte und er nur eine? Die ganze Arbeit hatte er gemacht, bis auf die Idee und ein paar Infos hatte sie nichts dazu beigetragen.

„Könnte sein, dass ich doch mehr als nur eine Million brauche, ich muss so viele Leute bezahlen, da bleibt für mich selbst zu wenig übrig."

Sophia war noch nicht mal überrascht, das hatte sie von Anfang an gewusst.

„An was für eine Summe hast du gedacht, Georg? Du hast ja recht, du machst die ganze Arbeit und ich nichts, was hältst du von zwei Millionen?"

Er nickte und dachte, dass er vier Millionen wollte und für eine spanische Putzfrau war eine Million immer noch viel Geld.

Kapitel 14

Gerlinde absolvierte ihre Lehre und lernte einen Mann kennen. Roy Smith war Leutnant bei der amerikanischen Armee und kam aus Alabama. Er sah blendend aus, sprach sehr gut Deutsch und war in Düsseldorf stationiert. Benjamin mochte ihn auch, und so unternahmen sie viel zu dritt. An einem schönen Sommerabend saßen sie in einem Biergarten und Gerlinde erzählte ihm die Geschichte ihres Vaters. Roy hörte aufmerksam zu und war sehr betroffen. Als sie zu Ende erzählt hatte, bestellte er für alle eine Runde Bier und Schnaps.

„Was ist aus diesem Möller geworden? Lebt er noch?"

Benjamin nickte. Einmal im Monat fuhr er nach Bensberg und guckte nach, ob der Name noch an der Tür stand. „

Wir wollten ihm immer mal einen Denkzettel verpassen, aber wir wussten nicht wie" sagte Gerlinde und schaute ihm tief in die blauen Augen.

„Ich könnte ihn ordentlich verprügeln, wenn du willst, Darling."

Gerlinde lachte und Benjamin stimmte mit ein.

„Das reicht uns nicht, wir wollten ihn umbringen."

Jetzt sah Roy sie beide scharf an.

„Dafür kann man ins Gefängnis gehen und zwar sehr lange. Ist es euch das wirklich wert?"

Benjamin winkte ab, er hatte sein neues Leben und war mehr als zufrieden, aber Gerlinde wollte immer noch Rache für den Verlust ihres Vaters.

„Roy, du hast doch eine Pistole, oder?"

Mittlerweile waren alle schon richtig betrunken und es wurde viel Quatsch erzählt.

„Darling, natürlich habe ich eine und wenn du lieb zu mir bist, zeige ich dir, wie man damit schießt."

Alle lachten und Gerlinde hatte auf einmal eine Idee. Am nächsten Tag fuhr sie zu Benjamin in die Werkstatt. Er besaß schon ein eigenes Auto, auch wenn es ziemlich alt war, aber es war sein ganzer Stolz. In seiner Mittagspause setzten sie sich auf eine Wiese und machten ein Picknick.

„Du Benjamin, kannst du dich noch an das Gespräch mit Roy erinnern? Als wir über die Pistole gesprochen haben, meine ich?"

„Na klar, so blau war ich schon lange nicht mehr, heute Morgen bin ich zu spät zu Arbeit gekommen, so einen Brummschädel hatte ich."

„Morgen bringt er mir die Pistole mit und im Wald will er mir zeigen, wie man damit schießt, jetzt bist du platt."

Er sah sie total verdutzt an und runzelte die Stirn.

„Du willst den alten Möller doch nicht wirklich erschießen, oder?"

Sie sah ihm fest in die Augen und nickte mit dem Kopf.

„Doch, aber dafür brauche ich deine Hilfe. Wir müssen in seine Villa und dann schnell wieder weg, du hast doch den Wagen. Hilfst du mir?"

Benjamin sah seine Freundin lange an und er wusste jetzt, dass sie über den Tod ihres Vaters immer noch nicht hinweg gekommen war. Sie tat ihm leid und er machte sich Sorgen um sie. Wenn er in ihrer Nähe blieb, könnte er vielleicht Schlimmeres verhindern.

„Na gut, ich bin dabei. Aber wir machen einen Plan, hast du mich verstanden? Außerdem gibt es keine Alleingänge von dir, das musst du mir versprechen."

Sie fiel ihm um den Hals und küsste ihn auf die Wangen.

„Prima, komm nach der Arbeit zu mir, meine Mutter ist Kegeln, dann können wir in Ruhe reden."

Eine Woche später war es soweit und sie fuhren nach Bensberg. Der Plan war gut, aber es durfte nichts Unvorhergesehenes passieren. Denn dann wären sie aufgeschmissen und das beunruhigte Benjamin ein bisschen. Die ganze Fahrt über sprachen sie kein Wort miteinander. Er parkte den Wagen zwei Straßen weiter und so hatten sie noch einen kleinen Fußmarsch vor sich. Endlich standen sie vor der Tür und Gerlinde klingelte dreimal. Ein alter Mann öffnete ihnen die Tür und sie mussten zweimal hinsehen, um fest zu stellen, dass aus Möller ein Greis geworden war. Er ging am Stock, hatte eine Glatze und rauchte immer noch diese stinkigen Zigarren.

„Wer sind Sie und was wollen Sie? Ich arbeite und habe keine Zeit."

Immer noch das gleiche Arschloch wie früher, dachte Benjamin und sah Gerlinde aus den Augenwinkeln an.

„Guten Abend Herr Möller, wir sind vom Gas- und Elektrizitäts-werk und haben die Meldung bekommen, dass ihre Leitung ein Leck hat. Daher müssen wir mal kurz in Ihren Keller, dauert auch nicht lange."

Möller stöhnte, ließ sie aber herein und Benjamin in einem blauen Overall und seinen Werkstattkoffer in der Hand sah sich suchend um.

„Wo ist der Keller? Nein, Sie brauchen nicht mit runter, warten Sie mit meiner Kollegin hier oben, dauert nur drei Minuten."

Möller ging mit Gerlinde ins Wohnzimmer. Beim Gehen hinkte er stark und bot ihr einen Platz an.

„Junges Fräulein, haben Sie denn auch einen Ausweis dabei?"

Sie schüttelte den Kopf und lächelte ihn freundlich an. „Sie kennen mich, ich war vor Jahren schon mal hier. Mein Name ist Gerlinde Schmitz. Erinnern Sie sich?"

Er sah sie verständnislos an und nuckelte hektisch an seiner ekligen Zigarre.

„Nein, ich kenne Sie nicht und habe Sie noch nie gesehen."

„Aber meinen Vater haben sie gekannt, Metzgermeister Schmitz aus Ehrenfeld, wegen Ihnen hat er sich umgebracht und jetzt bringe ich sie um."

Gerlinde schoss ihm dreimal in den Kopf und seine Zigarre flog ihm aus dem Mund. Eine Blutfontäne traf ihren Arm und sie zog angeekelt die Hand weg. Da er in einem Ledersessel saß, tropfte das Blut von der Lehne auf den hellen Teppich. Benjamin kam ins Wohnzimmer und sah, wie Gerlinde dem Möller mit der Hand durchs Gesicht wischte und das Blut an ihrer Hand bestaunte.

„Nicht anfassen, denk doch an die Fingerabdrücke. Wie siehst du denn aus? So können wir nicht zum Wagen gehen. Zieh deine Klamotten aus und meinen Overall an, ich habe darunter eine Jeans und ein Shirt an."

Sie zog sich schnell um und wischte sich die Hände an den Vorhängen ab. Benjamin riss sie mit sich und so liefen sie so schnell sie konnten zum Auto. Auf der Rückfahrt sprachen sie kein Wort mit einander und es sollte lange dauern, bis sie sich über diesen denkwürdigen Abend unterhalten würden. Möller wurde am nächsten Morgen von seiner Putzfrau tot aufgefunden. Die Polizei sicherte die Spuren und stellte DNA sicher, aber die Tatwaffe wurde nicht gefunden. Ein Nachbar hatte zwei Männer beobachtet, die zu der Tatzeit die Straße entlang gelaufen sind, aber da es dunkel war, konnte er keine brauchbare Täterbeschreibung abgeben. Der Mord an Dr. August Möller wurde nie aufgeklärt Aber das DNA Material kam zu den Akten, sicher war sicher. In den Zeitungen wurde tagelang über den Mordfall berichtet und als Sybille Schmitz ihrer Tochter die Zeitung zeigte, zuckte die nur mit den Schultern.

„Dass es doch noch ausgleichende Gerechtigkeit auf dieser Welt gibt."

Das war alles, was Gerlinde dazu zu sagen hatte, mehr nicht. Zwei Wochen später hielt Roy um ihre Hand an und Gerlinde stimmte freudig zu. Sie heirateten in Las Vegas und Benjamin war ihr Trauzeuge. Der Laienpriester schrieb in die Hochzeitsurkunde Ginger statt Gerlinde und Benjamin unterzeichnete mit Ben. So wurde aus Gerlinde Schmitz, Ginger Smith, Roy gefiel Ginger auch sehr gut. Danach ging es weiter nach Alabama und das gefiel ihr überhaupt nicht. Roy hatte eine große Farm und sie bekam furchtbares Heimweh. Jeden Tag schrieb sie ihrer Mutter und Benjamin lange Briefe und auch Roy sah, dass seine junge Frau nicht glücklich war. Nach sechs Monaten trennten sie sich, aber im Guten, doch sie behielt ihren neuen Namen, da er ihr sehr gut gefiel. Ihre Mutter war außer sich vor Freude und Ben holte sie vom Flughafen ab.

„Na meine Kleine, froh wieder den Dom zu sehen?"

Sie lachte ihn an und kuschelte sich an ihn.

„Das kannst du wohl sagen, Amerika hat mir nicht gefallen und ich bin überglücklich wieder hier zu sein."

Zu Hause angekommen wartete die nächste Überraschung auf sie. Ernst Schneider wollte sich zu Ruhe setzen und übertrug ihr die Leitung der Bäckerei. So war alles geregelt und sie konnte ihre Freizeit wieder mit Ben verbringen, genauso wie früher.

Anne hatte die ganze Nacht kein Auge zu getan und war jetzt schon am Ende ihrer Kräfte. Heute war der Tag der Geldübergabe und sie wünschte sich nichts mehr, als dass sie endlich Leo wieder in die Arme schließen konnte. Die Profis vom BKA hatten an den Koffern einen Sender angebracht und das beunruhigte sie noch mehr. Was würde passieren, wenn die Entführer das bemerkten? Franziska war noch mal bei Anne vorbei gefahren und hoffte nur, dass die arme Frau durchhielt. Alle Beteiligten waren sehr nervös und das machte sich jetzt auch bei ihr bemerkbar, weil sie ständig auf ihre Uhr sah.

Bei der Abschlussbesprechung im Präsidium war es zu einem Eklat gekommen, da keiner sich festlegen wollte, was denn nun abgesperrt werden sollte. Franziska und Mike verfolgten das Spektakel, äußerten sich nicht dazu. Schließlich entschied man sich, gar keinen Zugang zu sperren und dafür die Polizisten in Zivil von 100 auf 200 Mann zu erhöhen. Am Dom wurde eine Kamera befestigt, die die ganze Zeit aufnehmen sollte, was um Anne herum passierte. Die ganze Umgebung vom Bahnhof bis zum Dom war ein Hochsicherheitstrakt und eigentlich durfte nichts schief gehen. Anna sollte mit ihrem eigenen Wagen zum Hauptbahnhof fahren und dort parken. Dort würde sie mit den beiden Koffern, die man rollen konnte, auf die Domplatte gehen und warten. Direkt neben ihr würde man zwei Polizisten, die als Gaukler verkleidet waren, platzieren. Anne war etwas zu früh da und setzte sich in ein Café, vier Beamte waren in ihrer Nähe und folgten ihr unauffällig. Der Einsatzleiter, Peter Kuhn, saß im Ü-Wagen und koordinierte den ganzen Einsatz. Auf zwei großen Monitoren konnte er sehen, was die Kamera gerade aufzeichnete. Er war mit allen Beteiligten über Funk verbunden und Franziska und Mike, die vor dem Hotel Ernst Stellung bezogen hatten, konnten den Sprechkontakt verfolgen. Außerdem konnten sie die komplette rechte Domseite beobachten.

„Wenn das heute schief geht, könnte das Lehmanns Kopf kosten. Es war ein Fehler die Straßen nicht abzusperren. Du wirst sehen."

Sie nickte ihm nur zu und wollte jetzt nicht mehr sprechen. Bald würde es losgehen und dann musste man einfach abwarten. Hoffentlich ging nichts schief.

Georg saß schon seit Stunden in einem Lieferwagen hinter dem Römischen Museum. Ein unauffälliger weißer Ford Transit, wie sie zu Tausenden in der Stadt rum fuhren. Er hatte den Wagen bei Europcar geliehen und die Schiebetüren waren gut geölt, das perfekte Gefährt für die Aktion. Er konnte seine Freunde mit ihren Skateboards sehen, die ihre Runden drehten und über Hindernisse sprangen. Sehr gut, alles lief wie am Schnürchen. Heute Morgen war er noch mal bei Leo gewesen, der langsam unruhig wurde. Er konnte nachts nicht auf die Toilette und hatte sich nassgemacht. Das war eine schöne Sauerei. Georg musste ihn duschen und neue Klamotten anziehen. Dann fing Leo an zu jammern und das konnte Georg schon gar nicht leiden.

„Ich will jetzt nach Hause, bitte lassen Sie mich gehen. Ich kann nicht mehr."

Wie ein altes Waschweib und er bekam eine Kopfnuss verpasst.

„Jetzt beruhige dich mal, Donnerwetter. Wenn alles gut geht, bist du morgen wieder zu Hause. Aber hör mit der Heulerei auf, sonst klebe ich dir den Mund zu. Hast du das verstanden?"

145

Leo schluchzte leise vor sich hin und versank im Selbstmitleid. Wie ein Schwein kam er sich vor, er konnte sich nicht erinnern jemals so ungepflegt gewesen zu sein. Die Klamotten stanken nach Mottenkugeln und sein ganzer Körper juckte, bestimmt wegen dem billigen Duschgel, das er immer noch in der Nase hatte. Die ständige Dunkelheit setzte ihm langsam zu und er sehnte sich nach Licht. Georg betrachtete das Häufchen Elend und er empfand doch etwas Mitleid mit diesem armen reichen Mann.

„Pass auf, es dauert doch nicht mehr lange. Du musst nur noch ein bisschen durchhalten. Okay?"

Er wischte ihm die Tränen mit einem Geschirrhandtuch ab und dann putzte er ihm die Nase. Er war ja kein Unmensch, da legte er großen Wert drauf. Jetzt saß er im Lieferwagen und wartete auf die Dinge, die da kamen. Sie hatten bestimmt einen Sender an den Koffern befestigt und er durfte nicht länger als eine Minute brauchen, um die Koffer wieder los zu werden. Er musste einfach schnell sein, das war die Lösung. Langsam zog er sich die hauchdünnen Lederhandschuhe an und bewegte alle Finger. Ein Blick auf die Uhr sagte ihm, dass er noch eine gute halbe Stunde Zeit hatte. Er atmete tief ein und aus, das beruhigte die Nerven und dann zählte er bis hundert, danach war er die Ruhe selbst und es konnte losgehen. Endlich.

Kapitel 15

Kevin lag in seinem Bett und sein Vater trommelte an die Tür.

„Aufstehen, du Versager, die Waschanlage wartet auf dich. Du hast zwei Minuten, dann will ich dich in der Küche sehen."

Er verfluchte den Tag, an dem er diesen Tom zusammen getreten hatte. Was führte er vorher für ein angenehmes Leben. Natürlich war es blöd, dass er die Lehrstelle verloren hatte und dass die Pia ihm weg gelaufen war. Aber das war kein Vergleich zu jetzt. Er zog sich an und schlich in die Küche, wo ihm seine Mutter über die Haare streichelte.

„Frau, das hat unser missratener Sohn nicht verdient. Du solltest ihm lieber eine runter hauen, der Junge, den er verprügelt hat, liegt im Koma."

Seine Mutter schmierte ihm ein Brot und stellte ihm eine Tasse Kaffee neben den Teller. Kevin schlang alles in einer Minute runter, denn sein Vater klopfte auf seine Armbanduhr. Er sprang auf und nickte seiner Mutter kurz zu, dann machte er sich auf den ungeliebten Weg Richtung Waschanlage. Sein Vater wollte ihm kein Geld für den Bus geben und so musste er eine halbe Stunde Fußmarsch einrechnen, um nicht zu spät zu kommen. Aber er nutzte die Zeit, um über seine Zukunft nach zu denken. Er wollte von zu Hause weg und zwar so schnell wie möglich, das war sicher. Dafür brauchte er Geld und das ganze Trinkgeld was er bekam, versteckte er in einer Blechdose in seinem Spind. Er musste durch ein großes Gewerbegebiet mit unzähligen Firmen, aber immer wenn er sich vorstellte und sagte, dass er vorbestraft sei, war das das Ende der Unterhaltung. Es war zum Verzweifeln, wirklich. Dann erblickte er die Waschanlage und eine große Hoffnungslosigkeit machte sich in ihm breit, er musste sich etwas einfallen lassen, so konnte er nicht mehr weiterleben.

Ben zeigte Ginger seine Schätze und bereitete alles auf dem Boden aus, die Hammerkollektion war schon auf dem Bauernhof deponiert. Ginger sah sich alles an und war wenig begeistert.

„Das ist ja alles aus Gummi, da schwitzt man ja wie ein Schwein, das geht schon mal gar nicht."

Er zeigte ihr eine Stoffmaske und sie betrachtete sie von allen Seiten.

„Das geht vielleicht, muss ich ausprobieren, gab es denn nichts anderes?"

Ben schüttelte den Kopf und antwortete verärgert.

„Glaubst du etwa, dass es einen speziellen Laden für Masken gibt? Manchmal hast du echt einen Vogel, ehrlich."

Dann drehte er sich um und verließ wortlos die Wohnung. Wenn er wütend war, musste er Dampf ablassen, unbedingt. Die Launen von Ginger waren unerträglich für ihn und sie hatte sich sehr verändert. Seine alte Gerlinde war nicht wieder zu erkennen und das machte ihm sehr zu schaffen. Seine Stammkneipe *Bei Rosi* war um die Ecke und er hatte große Lust sich ordentlich zu betrinken. Normalerweise trank er um die Uhrzeit nie, aber heute musste es sein, sonst passierte noch ein Unglück. Er war schließlich auch nur ein Mensch und Ginger sollte sich mal etwas beruhigen. Auch Ginger war wütend, mehr auf sich selbst, als auf Ben. Sie war ungerecht und schämte sich wegen ihres Verhaltens. Die Freundschaft mit Ben war das Kostbarste was sie besaß und wegen diesem Maskenquatsch stritten sie sich. Schwachsinn. Alles war ihre Schuld, warum wollte sie überhaupt etwas am funktionellen Konzept verändern? Sie musste unbedingt mit Ben sprechen und wusste auch schon, wo sie ihn finden würde. Bei Rosi brannte schon Licht und die Besitzerin, Rosi Skoffronek, wischte wie immer mit Hingabe ihren Tresen. Die Kneipe war seit ihr Mann gestorben war ihr Zuhause, und sie hatte eigentlich immer auf, selbst Heiligabend. Als Ginger rein kam, unterhielten sich die beiden und aßen die obligatorische Frikadelle zusammen.

„Ben, es tut mir leid, bitte entschuldige. Rosi, gib mir auch eine Frikadelle und noch zwei Kölsch."

Er sah sie streng an und dann umarmten sie sich.

„Weißt du noch? Dein Vater hatte die besten Frikadellen in der Stadt. Rosi, deine sind auch sehr gut, aber die vom alten Schmitz waren die Besten. Sorry."

Rosi lachte und stellte das Bier neben ihre Teller.

„Kein Problem, damit kann ich leben, wenn man jung ist, schmeckt sowieso alles besser."

Dann ging sie ans andere Ende der Theke und drehte das Radio etwas lauter.

„Ben, wir machen alles so wie immer, vergiss die Masken und den ganzen Blödsinn"

Er atmete tief durch.

„Bist du dir auch sicher? In letzter Zeit änderst du im fünf Minuten Takt deine Meinung. Das ist für mich einfach unerträglich. Vielleicht ist unsere Mission zu Ende, hast du darüber schon mal nachgedacht?"

Sie verdrehte die Augen und schlug ihm hart auf die Schulter.

„Jetzt mach aber mal halblang, nur weil ich mal meine Meinung ändere, heißt das noch lange nicht, dass alles neu überdacht werden muss. Ich habe es dir jetzt erklärt und gut ist, okay?"

Rosi beobachtet sie und wunderte sich, dass die beiden so einen Disput hatten, das kannte sie gar nicht. Sonst herrschte immer eitler

Sonnenschein, aber das waren auch nur Menschen und ein bisschen Streit reinigte ja bekanntlich die Luft. Ben bestellte noch zwei Kölsch und biss in seine Frikadelle.

„Also gut, morgen hole ich mir diesen Kevin und dann sehen wir mal, ob du immer noch so denkst wie heute."

Kapitel 16

Es ging wirklich alles schief, was schief gehen konnte, dabei lief alles nach Plan. Anne stand mit den beiden Koffern vor dem Domeingang, es war genau 14:00 Uhr und alle waren auf ihren Positionen. Die Überwachungskamera lieferte gestochen scharfe Bilder und der Peilsender gab ordentliche Signale ab. Im Umkreis von 200 Metern befanden sich 200 Polizisten und beobachteten alle Passanten, die vorüber eilten. Dann plötzlich änderte sich das Szenario und zwar schlagartig. Fünf Skateboard Fahrer rollten auf Anne zu und schnappten sich die Koffer. Dann brach das Chaos aus, alle stürzten sich auf die Jungen. Aber sie waren so schnell, dass sie sie nicht einholen konnten. Die Jungen rollten Richtung Museum und waren auf einmal wie vom Erdboden verschluckt. Der Einsatzleiter brüllte in sein Mikrofon und orientierte sich am Peilsender, er schickte alle Beamten hinter das Museum, aber keiner sah die Skateboard Fahrer. Georg wartete im geöffneten Wagen und nahm die beiden Koffer entgegen. Dann kippte er den Inhalt der Koffer auf den Boden, gab Daniel das Geld und stellte die leeren Koffer auf die Straße, gab ihnen einen Schubs und sie rollten im gemächlichen Tempo in entgegengesetzte Richtung. Dann kletterte er seelenruhig in den Wagen und fuhr ganz langsam Richtung Stadtautobahn. Im Rückspiegel sah er die Koffer immer noch rollen. Dann kamen ihm etliche Polizeiautos entgegen und er schmunzelte. Alles war hervorragend gelaufen, ganz besonders für ihn.

Franziska und Mike hatten alles beobachtet und standen beim Einsatzleiter, der immer noch den Kopf schüttelte.

„Das war von langer Hand geplant und die Skateboard Fahrer waren eine geniale Idee, auf die hat natürlich keiner geachtet. Was für eine Pleite, besonders die leeren Koffer mit Peilsendern, die fast einen Kilometer auf der Straße unterwegs waren. Nicht zu fassen."

Mike nickte anerkennend. Das war das Gerissenste, was er je gesehen hatte, unglaublich. Auch Franziska war schwer beeindruckt und bedauerte den Einsatzleiter. Seine Schuld war es nicht, dass sie so ein Fiasko erlebt hatten. Mittlerweile waren alle Straßen abgesperrt, die leeren Koffer wurden auf Spuren untersucht und nach den Jungs mit den Skateboards lief die Fahndung. Das war natürlich hilfloser Aktionismus. Aber so war das immer, gerade, wenn etwas richtig in die Hose gegangen war. Endlich kam jemand auf die Idee, die arme Anne nach Hause zu fahren. Sie war nach der Aktion fix und fertig und konnte sich nicht mehr auf den Beinen halten. Das war alles zu viel für sie und wer konnte ihr das verübeln? Franziska freute sich schon auf die Besprechung, nachher im Präsidium. Einer müsste dafür die Verantwortung übernehmen und vielleicht würde es diesmal den richtigen treffen, ihrer Meinung nach, den Polizeipräsidenten. Lehmann war ein dilettantisches Arschloch und hatte das mit der heutigen Aktion eindrucksvoll bewiesen. Mike pfiff leise die Melodie von *Time to say goodby* und sie lächelte ihn kurz an. Im Präsidium war die Hölle los und alle liefen aufgeregt durcheinander. Lehmann saß in seinem Büro und hatte die Krawatte ausgezogen. Das sah man wirklich selten, außerdem glänzte seine Stirn vor Schweiß. Als er sie sah, winkte er sie hektisch zu sich und sie setzten sich vor seinen Schreibtisch.

„So einen Scheiß habe ich ja noch nie erlebt. Wie konnte das passieren, haben Sie eine Erklärung Frau Bialas?"

Das war wieder typisch Lehmann, die Tatsachen verdrängte er gerne.

„Sie brauchen sich nur das Video der Überwachungskamera an zu sehen, dann wissen Sie alles. Dass wir die Straßen nicht gesperrt haben, dürfte die Entführer mehr als gefreut haben. Das war eine idiotische Aktion von uns und außerdem noch sehr dilettantisch."

Lehmann zog eine Augenbraue hoch und zündete sich eine Zigarette an.

„Der Einsatzleiter ist suspendiert worden, er hätte die Aktion besser koordinieren müssen. Die Koffer hatten Peilsender und er hat es nicht geschafft, die Einsatzkräfte schnell genug zum Ziel zu bringen. Wenn Sie mich fragen, menschliches Versagen."

Mike stand auf und sein Stuhl kippte nach hinten.

„Sorry, ich muss noch mal in die Gerichtsmedizin, Herr Lehmann."

Weg war er und Franziska war mit dem aufgeblasenen Affen alleine im Büro.

„Sie wissen genau, dass der Einsatzleiter keine Schuld hat. Wir haben uns austricksen lassen und waren nicht gut vorbereitet. Sie waren doch für den Einsatz verantwortlich, oder?"

Lehmann drehte seinen Stuhl zum Fenster und wischt sich den Schweiß von der Stirn.

„Danke Frau Bialas, das war alles. Sie können jetzt gehen. Ich habe das BKA hinzu gezogen. Sie hören von mir."

Franziska stand auf und verließ wortlos das Büro. Sie ging in die Kantine, wo Mike auf sie wartete.

„Das war so ein dummes Gequatsche, dass ich es nicht mehr ertragen habe. Ich musste an mich halten, sonst hätte ich mich vergessen."

Franziska strich ihm über den Arm.

„Jetzt beruhige dich erstmal, du weißt doch wie er ist. Aber das BKA ist jetzt mit an Bord, da wird er noch reichlich Druck kriegen. So leicht wird er nicht davon kommen. Ist doch auch schon mal was."

Für heute war die Luft raus und sie hatte auch keine Lust mehr über den Fall zu sprechen. Sie würde ihre Freundin heute Abend schön zum Essen ausführen und Urlaubspläne machen.

„Mike, wir machen mal Pause, und zwar mindestens zwei Tage, wir brauchen Abstand, dann geht es mit neuem Schwung wieder weiter. Was sagst du dazu?"

Er nickte und trank seinen Kaffee. Er war auch platt und sehnte sich nach etwas Ruhe. Sie drehten sich im Kreis und das brachte nichts.

Sophia wartete jetzt schon seit zwei Stunden auf Georg, aber er erschien einfach nicht. Vielleicht war es doch ein Fehler gewesen, ihm eine Million zusätzlich zu geben. Aber was blieb ihr anderes übrig? Aber dass er sich so gar nicht meldete, machte sie stutzig. Wieder wählte sie seine Nummer und wieder hatte sie nur seinen Anrufbeantworter dran. Sie hinterließ keine Nachricht, das war ihr zu blöd. Wenn sie sich nicht krank gemeldet hätte, wäre sie bei den von Burghausens und bekäme alles mit. Schön blöd, so war sie total auf Georg angewiesen, wenn er sich dann mal meldete. Oder sollte sie Frau Braun anrufen? Aber den Gedanken verwarf sie sofort wieder. Sie würde sich selbst verdächtig machen und das wollte sie auf gar keinen Fall. Um sich ein wenig abzulenken, dachte sie an ihr Traumhaus in Spanien. Zuerst würde sie bei ihren Eltern wohnen und dann die Bombe platzen lassen. Als Erklärung für ihren plötzlichen Reichtum würde sie einen Lottogewinn vortäuschen. Es gewannen so viele Leute, warum nicht auch sie. Endlich klingelte das Telefon, es war Georg.

„Hi Sophia, alles hat super geklappt und ich habe das Geld hier bei mir. Nachdem ich Leo seine Freiheit zurückgegeben habe, komme ich vorbei. Stell schon mal den Sekt kalt."

Sie atmete tief durch und ihr Puls beruhigte sich allmählich.

„Ich dachte schon, du hättest mich vergessen. Vergiss nicht das Geld mit zu bringen."

Er setzte zu einer langatmigen Erklärung an und sie hörte nur noch halb zu. Vor Jahren hatte sie sich ein Konto bei einer spanischen Bank besorgt, immer, wenn sie etwas übrig hatte, zahlte sie kleine Beträge ein. Sie besaß vier Vornamen und unter Maria Zuzella lief das Bankkonto. Dorthin würde sie das Geld transferieren und keiner konnte ihr etwas nachweisen. Dann zog sie sich an und machte sich auf den Weg in den Supermarkt. Wenn Georg Sekt wollte, sollte er ihn auch bekommen. Sie selbst trank nie Alkohol und wenn doch, dann nur in Spanien. Ein Glas Rotwein zum Essen, aber nie mehr.

Sie konnte es kaum erwarten endlich in den Scheinen zu wühlen, dann wurde aus ihrem Traum endlich Realität.

Leo hatte ein Nickerchen gemacht und als die Tür aufging, wurde er wach. Endlich. Hoffentlich ist alles gut gegangen bei der Geldübergabe. Dann hörte er seinen Peiniger fröhlich pfeifend ins Zimmer kommen.

„Nun Leo, deine Frau sieht nicht nur toll aus, sondern sie ist auch sehr intelligent. Ich habe das Geld und du kannst entspannen. Wenn es dunkel ist, werde ich dich in der Innenstadt in die Freiheit entlassen. Was hältst du davon?"

Vor lauter Freude liefen ihm die Tränen über die Wangen und er konnte kein Wort von sich geben. Mann, was hatte er für ein Glück gehabt, sagenhaft. Georg wischte ihm die Tränen weg und drückte seine Schulter.

„So, genug geflennt, ich will dich jetzt mal ein Lächeln sehen. In zwei Stunden bist du wieder mitten im Leben. Das ist doch toll, oder?"

Doch Leo nickte nur und sagte kein einziges Wort. Er hatte Angst, dass in der letzten Minute noch etwas schief ging. Wenn er wieder zu Hause sein würde, dann hatte er vor sein Leben zu ändern. Georg ging ins Schlafzimmer und verstaute eine Million Euro in einer

Reisetasche, die er günstig in einem Kaufhaus bekommen hatte. Das restliche Geld war immer noch im Lieferwagen, der Kofferraum besaß einen doppelten Boden. Der Wagen war für zwei Wochen gemietet worden. Und dann musste er einen anderen Wohnort ausfindig machen. Sobald er Leo abgesetzt hatte, würde er sich ein Zimmer in einem richtig guten Hotel nehmen. Dort gab es immer eine Tiefgarage, die gut bewacht war. Jetzt hatte er jedoch ein kleines Problem und das hieß Sophia. Er wollte sie mit einer Million abspeisen, aber was war, wenn sie richtig Theater machen würde? Egal, darüber würde er sich dann Gedanken machen, wenn es soweit wäre. Er zog sich Handschuhe an und schrieb auf ein weißes Blatt Papier. „Mein Name ist Leo von Burghausen, bitte rufen Sie die Polizei. Danke." Dann steckte er alles in eine Klarsichthülle und das war es. Vorläufig. Jetzt musste es nur noch dunkel werden und niemand durfte ihn sehen. Zur Sicherheit würde er den Wagen zwei Stunden vorher abstellen. Aber erst musste er in der Wohnung Ordnung schaffen. Wieder zog er sich Handschuhe an und putzte und wischte, dass Sophia ihre wahre Freude gehabt hätte, wenn sie ihn sehen könnte. Zum Schluss kam der Rollstuhl dran, in dem Leo die ganze Zeit gesessen hatte. Eine Spezialbehandlung ließ er den Griffen angedeihen, in dem er einfach neue drauf steckte.

„So Leo, alles schön sauber, keine verdächtigen Fingerabdrücke von mir und jetzt geht es los."

Kapitel 17

Kevin lag auf einer Stahlliege und war an Armen und Beinen fixiert. Er konnte sich nicht mehr erinnern, wie er hier hingekommen war. Das Letzte, woran er sich erinnern konnte, war, dass er auf dem Weg zur Waschanlage war. In einem Horrorfilm hatte er mal gesehen, dass man in solchen Situationen besser nicht die Augen aufmachen sollte. Die Peiniger sollten denken, dass er immer noch ohnmächtig war. Er konzentrierte sich auf seine Ohren, aber es herrschte absolute Stille. Das Metall war ganz schön kalt und er bemerkte erst jetzt, dass er wenigstens noch seine Boxershorts an hatte. Vorsichtig versuchte er sich zu bewegen, aber es war zwecklos, die Fesseln bohrten sich nur schmerzhaft in Arme und Beine. An seinem Oberkörper war etwas befestigt, aber er konnte nicht sehen was es war. Dann kam jemand in den Raum und er schloss schnell wieder die Augen.

„Er muss schon wach sein, ich habe ihm nur eine mittlere Dosis gespritzt. Verstehe ich nicht."

Ginger küsste Kevin auf die Wange und augenblicklich öffneten sich seine Augen. Eine attraktive Blondine schaute ihn freundlich an und er lächelte zurück.

„Siehst du, so weckt man kleine Jungs. Hallo Kevin, schön, dass du da bist. Wir dachten, dass dir etwas Abwechslung gut tun würde, also haben wir dich in unser kleines Versteck mitgenommen."

Er dachte nur in was für einer abgefuckten Freakshow er da gelandet war. Oh Mann. Besonders beunruhigend war, dass der Mann und die Frau keine Masken trugen. Es war ihnen egal, ob er sie wieder erkennen könnte. Ganz schlecht für ihn, auch das wusste er aus einem Film.

„Ist unser junger Freund vielleicht stumm? Er hat noch kein einziges Wort gesagt, komisch. Wenn ich in seiner Lage wäre, würden mir tausend Fragen durch den Kopf gehen."

Kevin fragte sich, ob es nicht an der Zeit war sein Schweigen auf zu geben.

„Was wollt ihr von mir?" fragte er so cool wie möglich.

Dann sah er Bens Gesicht und er erinnerte sich wieder an ihn, die fünf Euro Trinkgelder waren ihm direkt komisch vorgekommen.

„Der Kleine kann ja sogar sprechen, was für ein Segen, aber ein Mann großer Worte ist er nicht, eher ein Mann der Tat, was? An der Bushaltestelle hast du mehr deine Füße sprechen lassen, als deine Zunge."

Kevin erstarrte, darum ging es also. Wie oft hatte er diesen Tag schon verflucht und wenn es in seiner Macht gelegen hätte, dann gäbe es diesen Scheißtag gar nicht mehr. Er versuchte eine gewisse Härte in seine Stimme zu legen, als er antwortete.

„Dafür habe ich meine Strafe verbüßt und zwar nicht zu knapp. Mein ganzes Leben ist im Eimer und ich werde bis an mein Lebensende dafür bluten."

Ginger nahm den Kinderhammer aus dem Koffer und klopfte spielerisch auf die Stahlliege.

„Hör doch mal, was für ein schönes Geräusch das ist. Wenn ich dir damit auf den kleinen Finger haue, was für ein Geräusch das wohl macht?"

Kevin sah wie die Frau mit dem Hammer ausholte und zog seine Finger ein. Beinahe wäre es ihm gelungen, aber der Hammer streifte seine Fingerkuppen und vor Schmerz, keuchte er kurz.

„Das macht aber keinen Spaß. Hast du gesehen, unser Freund hat die kleinen Finger weg gezogen, einfach so und wehgetan hat es ihm auch nicht, oder hast du ihn schreien hören? Reich mir doch mal den Gummihammer rüber. Nicht den kleinen, ruhig den Großen."

Diesmal traf ihn der Schlag sehr überraschend und er heulte auf vor Schmerzen. Verdammt, das tat sehr weh und seine ganze Hand fühlte sich taub an. Ben spazierte um die Liege herum und lächelte ihn an.

„Das sind echte Schmerzen, was? Zum Glück kannst du sie empfinden, dann ist es auch für uns unterhaltsamer. Als du diesen Tom zusammen getreten hast, kannst du dich da noch an seine Schmerzensschreie erinnern? Überleg mal in Ruhe, ich komme später auf das Thema zurück."

Jetzt bekam es Kevin mit der Angst zu tun. seine Hand klopfte. Und das waren echte Irre, mit denen er es zu tun hatte. Nicht so ein Scheißfilm, sondern die Wirklichkeit. Die wollten ihn wirklich foltern. Jetzt weinte er und versuchte die Frau anzusehen, von ihr erhoffte er sich wenigstens etwas Mitleid.

„Bitte quälen Sie mich nicht weiter, ich bereue meine Tat wirklich. Ich mache alles was Sie wollen, aber nicht mehr mit dem Hammer hauen. Bitte."

Ginger sah ihm direkt in die Augen.

„Tja, das ist wirklich Pech, mein Kleiner. Leider hast du an der Bushaltestelle schon alles getan und jetzt kommt die Rechnung. Man muss im Leben für alles bezahlen und für dich ist heute Zahltag."

Ginger und Ben arbeiteten sich langsam durch ihr zahlreiches Werkzeug und endlich waren sie bei den richtig schweren Hämmern angekommen. Ben trug mittlerweile einen Mp3 Player, weil ihm das

Gekreische von dem Jungen auf die Nerven ging, aber Ginger war immun dagegen. Als ob sie ihr Gehör einfach abstellen konnte, unglaublich. Kevin wusste mittlerweile, dass er hier sterben würde. Die Frau und der Mann waren wie in einem Rausch und das war ihm selber nicht fremd, wenn es auch kein Trost war. Sie hatten ihm schon etliche Finger zertrümmert und die Schmerzen waren bestialisch. Einmal war er sogar schon in Ohnmacht gefallen. Doch der Mann goss ihm einen Eimer mit kaltem Wasser über den Kopf und so dauerte seine Abwesenheit nicht lange. Leider. Besonders brutal war die Frau, sie hatte richtig Spaß bei der Sache. Seine beiden Hände spürte er nicht mehr, sie waren taub und er glaubte auch zu wissen, warum. Alle Knochen waren zermalmt und sein Gehirn hatte sich abgestellt, zu viel Schmerz. Jetzt zog ihn jemand am rechten Fuß und erschrocken sah er an sich herunter.

„Bitte nicht, lassen sie mich doch in Ruhe. Sie hatten doch ihren Spaß, oder? Meine Hände sind doch schon kaputt, nicht meine Füße, bitte."

Ginger sah ihn tadelnd an.

„Na, na, wer wird denn so schnell aufgeben? Mit deinen Händen ist nicht mehr viel los, das stimmt. Deine Füße werden das gleiche Schicksal erfahren wie deine Hände. Aber das Wichtigste, dein Kopf ist noch einwandfrei, im Gegensatz zu deinem Opfer. Denk mal darüber nach, in was für einer privilegierten Lage du dich befindest."

Dann holte sie weit aus und zertrümmerte mit einem gezielten Schlag seinen rechten Knöchel. Kevin hörte das fürchterliche Geräusch, schrie kurz auf und fiel in Ohnmacht. Ben wischte sich den Schweiß von der Stirn.

„Ginger, lass uns mal eine kleine Pause machen, ich muss unbedingt was trinken."

Sie gingen in die Küche und machten Kaffee. Im Hof sah man die Hühner rumlaufen und aus dem Stall kam das Gemecker der Ziegen, das reinste Kontrastprogramm.

„Du weißt, dass wir ihn nicht leben lassen können? Das Risiko wäre einfach zu groß."

Sie nahm ihre leere Tasse und stellte sie in die Spüle.

„Dann los, bringen wir es zu Ende. Vielleicht könnten wir die Leiche an der besagten Haltestelle entsorgen. Was meinst du?"

Er schüttelte den Kopf.

„Ich kümmere mich darum, wie immer. Willst du es alleine machen oder soll ich noch mal mit kommen?"

Ginger verließ wortlos den Raum und Ben drehte seinen Mp3 Player lauter. Für heute hatte er einfach genug und er wünschte sich, dass das die endgültig letzte Aufgabe war, die es zu erledigen gab.

Leo von Burghausen wurde am nächsten Morgen, total unversehrt, im Stadtwald gefunden. Trotzdem brachte man ihn sofort in ein Krankenhaus, wo er gründlich untersucht wurde. Doch er hatte keinerlei Verletzungen, wenn man mal davon absah, dass er streng roch und der ungepflegte Bart sein Gesicht verunstaltete. Als Anne ihn sah, brach sie in Tränen aus und schloss ihn in ihre Arme.

„Was bin ich froh, dass du wieder da bist. Geht es dir gut? Bist du auch nicht verletzt?"

Er ließ die Liebkosungen über sich ergehen. Auch er war mehr als froh, die Geschichte so gut überstanden zu haben.

„Nein, meine Liebe, alles okay. Das Essen war grottenschlecht, aber der Entführer war ganz manierlich. Aber lass uns von was anderem reden, ich freue mich so auf unser zu Hause."

Franziska beobachtete die Szene und entschied spontan das Paar nicht weiter zu behelligen. Bei der ersten Befragung war schon nichts raus bekommen, was sollte ihm jetzt noch Neues eingefallen sein?

Das hatte Zeit, eindeutig. Mike kam aus dem Aufzug und stellte sich neben sie.

„Wieder mal nichts. Der Rollstuhl in dem er saß, wurde gereinigt und zwar gründlich. Der Jogger, der ihn entdeckt hat, hat niemanden in der Nähe gesehen. Man kann sich auch an diesen Zustand, der absoluten Ahnungslosigkeit, gewöhnen."

Sie fuhren zum Präsidium und sie gingen noch mal alle Fakten durch.

„Ich glaube, dass Tante Ginger die Opfer bestraft hat und zwar nachdem man sie per Mail dazu aufgefordert hat. Der Entführungsfall hat etwas mit unseren Fällen zu tun, aber mir fehlt ein klitzekleines Puzzelteil."

Im Büro schrieb Mike noch mal alle Opfer und ihre vermeintliche Täter an die Tafel.

„So, hier sind die Teilnehmer, aber wer hat Leo entführt? Ist Tante Ginger alleine oder hat sie Komplizen? Wir wissen einfach zu wenig."

Sie sah noch mal auf die Tafel und bemerkte, dass ein Name fehlte, Sophia Zuzella.

„Woher wusste der Entführer von diesen regelmäßigen Friseurbesuchen? Das wusste nicht jeder, die Ehefrau können wir ausschließen, die Haushälterin ebenfalls und der Gärtner ist unterbelichtet. Die einzige Person, die in Frage kommt, ist die Putzfrau, die ausgerechnet an dem Tag krank wird, als Leo entführt wird. Das ist doch komisch, oder?"

Mike schrieb den Namen zu den anderen.

„Traust du das der kleinen Spanierin wirklich zu? Sie war sehr unsympathisch, aber das sie so ein Ding durchzieht, eher unwahrscheinlich." Franziska glaubte fest daran, dass die Putzfrau etwas mit der Sache zu tun hatte. „Wir werden der Dame noch mal einen Besuch abstatten. Sie muss einen Komplizen gehabt haben. Da stimme ich dir zu." Mike schrieb ihren Namen noch mal auf die Tafel, diesmal auf die Seite der Täter. „Warum ist sie Täter, sie könnte auch Opfer sein." Mike schüttelte den Kopf. „Ich glaube sie ist Täter und Opfer. Auch wenn sie nicht tot ist, wie alle anderen Opfer."

Kapitel 18

Sophia lief aufgeregt in der Wohnung hin und her, immer wieder sah sie auf die Uhr, aber die Zeiger bewegten sich so gut wie gar nicht. Endlich klingelte es an der Tür und Georg kam freudestrahlend herein.

„Gnädige Frau, ich habe Ihnen etwas mit gebracht. Darf ich mich setzen?"

Sie führte ihn in die Küche, wo zwei Gläser Sekt auf dem Tisch standen.

„Schön, dass du da bist. Lass uns erstmal anstoßen und dann musst du mir alles ganz genau erzählen."

Er lächelte sie an und schilderte in den schönsten Farben sein Meisterwerk und wie er die Polizei ausgetrickst hatte. Die Jungs mit dem Skateboard waren eine geniale Idee und sie musste schmunzeln, weil sie sich früher über das rücksichtslose Verhalten immer geärgert hatte. Aber in diesem Fall, ein Glücksgriff. Auch dass Leo nicht zu Schaden gekommen war, machte sie froh. Sie verabscheute körperliche Gewalt in jeglicher Form.

„Nun mein Lieber, Kompliment, das hast du wirklich elegant hin bekommen. Jetzt lass mich aber mal einen Blick auf die Scheinchen werfen. Da freue ich mich schon den ganzen Tag drauf."

Er öffnete die Reisetasche und zählte ihr eine Million Euro auf den Tisch. Das dauerte eine ganze Weile und sie zog eine Augenbraue hoch.

„Fehlen noch zwei, Georg."

Er prostete ihr zu und schüttelte mit dem Kopf.

„Nein, das ist alles was ich dir geben werde. Da ich die ganze Arbeit getan habe, steht mir auch der größte Anteil zu. Du bekommst für den Tipp, den du mir gegeben hast, eine Million Euro und das ist mehr als großzügig von mir."

Das hatte sie schon geahnt und daher ließ sie sich auch nichts anmerken. Dieser miese kleine Gauner wollte sie bescheißen, nicht zu glauben.

„Nun, ich könnte der Polizei einen anonymen Hinweis geben, was sagst du dazu?"

Er lächelte sie an und war sich seiner Sache sicher.

„Sophia, die Zeit läuft dir davon. Bevor du etwas unternehmen kannst, bin ich über alle Berge. Warum nimmst du nicht das Geld und freust dich? Stell dir mal vor wie viele Jahre du putzen müsstest, um die Summe zu haben."

Beide starrten sich an und keiner senkte den Blick. Er nahm sein Glas und leerte es mit einem Zug.

„So, ich muss los. Es hat mir großen Spaß gemacht, mit dir Geschäfte zu machen. Alles Gute und man sieht sich vielleicht, irgendwann."

Sie brachte ihn noch zur Tür und nickte ihm zu. Er hatte sie über den Tisch gezogen und das wurde ihr jetzt schmerzlich bewusst. Doch langes Hadern war nicht ihre Sache und so ging sie zum Tisch und ließ die Finger über die Geldbündel gleiten. Obwohl der ganz große Reibach an ihr vorbei gegangen war, konnte sie sich dennoch ihren Lebenstraum erfüllen. Wie so oft in solchen Situationen rief sie ihre Eltern an und telefonierte zwei Stunden mit ihnen, danach ging es ihr besser. Auch Georg fühlte sich richtig gut. Das Gespräch mit Sophia war relativ einfach gewesen und er dachte mit einem Schmunzeln daran, was er sich für unnötige Sorgen gemacht hatte. Wie immer. Seine Zukunft lag vor ihm und sie war so rosig wie ein Kinderpopo. Als erstes wollte er in Urlaub fahren, vielleicht nach Rom, da wollte er schon immer mal hin. Das Geld würde er auf verschiedene Bankkonten transferieren, im Zeitalter des Internets kein großes Thema mehr. Gott sei Dank. Schade, dass sein alter Herr das nicht mehr erleben konnte. Das schwarze Schaf der Familie hatte es doch tatsächlich zu etwas gebracht. Mit vier Millionen Euro konnte man allerhand anfangen und er glaubte nicht, dass er je wieder ohne Geld sein würde. Unmöglich. Doch er durfte nicht leichtsinnig werden.

Daniel und seine Freunde feierten jeden Tag eine Party. Georg hatte sie gebeten, die Domplatte fürs Erste zu meiden. Doch Daniel brauchte die Bühne und hielt sein Versprechen eine ganze Woche, dann übten sie ihre Kunststücke wie zuvor. Sie waren eine gute halbe Stunde auf der Domplatte, als ein Polizeiwagen vor ihnen anhielt. Es war zu spät um abzuhauen und so blieb ihnen nichts anderes übrig, als mit aufs Präsidium zu fahren. Daniel und seine Freunde taten ahnungslos und auch die Einzelverhöre brachten sie nicht aus dem Konzept. Nach zwei Stunden wurden sie wieder zur Domplatte gefahren und man entschuldigte sich bei ihnen. Franziska und Mike waren auf dem Weg zu den von Burghausens, als sie die Nachricht über die Skateboard Jungs erhielt und sie war sauer.

„Selbst wenn das unsere Kandidaten gewesen sind, wir können nichts mehr machen, weil sie alle minderjährig sind und die Verhöre ohne Eltern stattgefunden haben. Unglaublich."

Die nette Frau Braun öffnete ihnen die Tür und brachte sie in den Garten. Anne und Leo frühstückten und lächelten sie an.

„Guten Morgen, wir haben noch ein paar Fragen an Sie, es wird aber nicht lange dauern."

Anne schüttete ihnen Kaffee ein und nahm dann wieder Leos Hand.

„Fragen Sie ruhig, aber Sie haben Glück, dass Sie uns hier noch antreffen. Wir haben das Haus verkauft und gehen auf Weltreise. Wir wollen diese schreckliche Geschichte so schnell wie möglich vergessen und hier erinnert uns einfach alles immer wieder daran."

Mike holte sein Notizbuch aus der Tasche.

„Haben Sie schon mal was von der Homepage *Tante Ginger kümmert sich* gehört?"

Leo schüttelte den Kopf, aber Anne wurde rot und sah auf ihre Tasse.

„Das habe ich, weil ich mich über das Verhalten meiner Putzfrau geärgert habe, Sophia Zuzella. Im Internet bin ich auf die Seite gestoßen und habe mein Leid beklagt, per Mail. Ich müsste die Mail noch im Postausgang haben, warten Sie, ich schaue mal nach."

Leo erzählte ihnen von der Putzfrau und das sie sie entlassen hätten, so wie das übrige Personal. Dann erschien Anne und überreichte ihnen einen Ausdruck.

„Das können Sie gerne behalten, wenn es Ihnen weiterhilft."

Franziska steckte das Papier in die Tasche und stand auf.

„Vielen Dank, Sie haben uns sehr geholfen. Wissen Sie vielleicht, was Frau Zuzella jetzt vorhat?"

Leo schüttelte den Kopf.

„Die Kündigungen sind von meinem Anwalt verschickt worden. Alle haben eine schöne Abfindung bekommen und ein sehr gutes Zeugnis."

Im Wagen lasen sie noch mal die Mail. Das war doch schon mal was, ein richtiger Beweis, dass es eine Adresse gab.

„So Mike, die Menschen schicken Tante Ginger eine Mail und klagen ihr Leid und dann wird sie tätig, aber nicht immer. Sie sucht sich die Fälle genau aus und handelt dann. Noch nicht die ganz große Lösung, aber besser als nichts."

Mike hing seinen eigenen Gedanken nach, er wusste, dass er dieser Ginger eine Falle stellen konnte, aber dafür brauchte er das Okay von seiner Chefin.

„Dadurch, dass Anne die Mail abgeschickt hat, befindet sich unsere Putzfrau in Lebensgefahr. Muss nicht, kann aber, richtig? Warum lassen wir sie nicht beschatten? Bei unserem Besuch hat sie doch von einem schwarzen Golf gesprochen. Vielleicht wollte Ginger da schon zuschlagen, aber dann kam ihr was dazwischen."

Franziska schloss die Augen und stellte sich die Szene bildlich vor. Nein, ausgeschlossen, das war zu amateurhaft. Die ganzen Morde erinnerten sie an absolute Profis, die keinerlei Skrupel an den Tag legten.

„Mal was anderes. Dieser Name Ginger wird nicht ihr richtiger sein. Da alle Morde in Köln und Umgebung stattgefunden haben, liegt es nahe, dass sie hier lebt. Sag mal im Büro Bescheid, dass das überprüft wird. Ich will wissen wie viele Frauen in Köln mit dem Vornamen Ginger wohnen."

Er machte sich Notizen und sie fuhren zu Sophia, auf die andere Rheinseite. Franziska klingelte und nach gefühlten zwei Sekunden öffnete Sophia ihnen die Tür.

„Sie schon wieder. Was gibt es denn jetzt? Verschonen Sie mich mit Fragen zu meinem letzten Arbeitgeber, der hat mir gerade gekündigt."

Sie gingen wortlos an der Frau vorbei und setzten sich ins Wohnzimmer.

„Das wissen wir schon. Heute sind wir wegen etwas anderem hier. Haben Sie noch mal den Golf gesehen? Oder hat sich etwas anderes ungewöhnliches zu getragen? Überlegen Sie, es könnte von größter Wichtigkeit für Sie sein."

Sophia funkelte sie an und war sehr erregt.

„Wie reden Sie denn mit mir? Nein, ich habe das Auto nicht mehr gesehen und meine Arbeitslosigkeit interessiert ja auch keinen."

Mike baute sich vor ihr auf und hatte die Schnauze voll.

„Es geht hier um Ihr Leben, verstehen Sie das nicht?"

Dann entdeckte er den Koffer in der Ecke.

„Sie wollen verreisen? Ich dachte, in so einer Situation muss man sein Geld zusammen halten?"

Sie stand auf und sprach jetzt nur noch zu Franziska.

„Ich werde meine Eltern in Spanien besuchen, da brauche ich nur den Flug. Aber ich weiß nicht, was Sie das überhaupt angeht."

Franziska gefiel die aufgeheizte Stimmung gar nicht und lächelte die Putzfrau freundlich an.

„Darf ich fragen, wie lange Sie dort bleiben werden?"

Mike setzte sich wieder und schmollte.

„Circa zwei Wochen, zum Glück habe ich noch eine Abfindung bekommen."

Mike stand wieder auf und stellte sich ans Fenster.

„Waren die von Burghausens mit Ihrer Arbeit zufrieden, oder gab es Reibereien mit der Dame des Hauses?"

Jetzt stand Franziska ebenfalls auf und wünschte ihr einen schönen Urlaub. Im Auto sah sie Mike fassungslos an.

„Was ist denn mit dir los? Wir sind hier nicht bei der Stasi und wenn sie wirklich was mit der Entführung zu tun hat, ist sie jetzt gründlich vorgewarnt. Das hast du wirklich gut hin bekommen, vielen Dank."

Mike verdrehte die Augen. Diese Sophia hatte etwas, was ihn auf die Palme brachte. Er wusste, dass er zu weit gegangen war. Aber er war eben auch nur ein Mensch.

Kapitel 19

Ben wickelte Kevin sorgfältig in Folie ein und versiegelte alles mit doppelseitigem Klebeband. Der Junge war nur 1,65 m groß und wog gerade mal 65 Kilo. Die Beseitigung der Leiche dürfte diesmal ein Kinderspiel sein. Er hoffte nur, dass Ginger keine Fingerabdrücke oder etwas Ähnliches an ihm hinterlassen hatte. Dann nahm er ein Wegwerf-Handy und rief Andrea an, die Freundin von Tom.

„Hallo Andrea, Tante Ginger hat sich gekümmert."

Danach entfernte er die SIM-Karte, zerschnitt sie in tausend Teile und zertrümmerte mit einem Hammer das Handy. Die Einzelteile würde er in einer Abfalltonne entsorgen. Sicher war sicher. Ginger hatte wieder angefangen zu rauchen. Auch das war ein sicheres Zeichen, dass mit ihr etwas nicht stimmte. Schweigend beobachtete sie ihn und er arbeitete sehr konzentriert.

„Ben, weißt du noch als wir angefangen haben? Kurz nachdem ich in der Lotterie das große Los zog."

Natürlich wusste er das noch. Manchmal kam es ihm vor, als ob es erst gestern gewesen wäre.

„Du hast zwölf Millionen gewonnen und wolltest deinem Leben einen Sinn geben. Ich erinnere mich genau."

Ginger lachte und drückte ihre Zigarette aus. Heute bezweifelte sie ihre eigenen Absichten stark. War die Welt durch ihre Taten wirklich besser geworden?

„Das ist jetzt fünf Jahre her, wie denkst du darüber?" Er drehte sich zu ihr herum und sah sie zweifelnd an.

„Am Anfang dachte ich, dass wir etwas Gutes tun, aber heute habe ich da so meine Zweifel. Unser Leben erscheint mir sehr monoton und ich will noch etwas anderes machen. Das kann noch nicht alles gewesen sein. Geht es dir nicht manchmal ähnlich?"

Sie wusste genau was er meinte, aber in ihr war eine große Leere und sie wusste nicht was sie machen sollte, wenn sie nicht mehr die Rächerin spielen konnte. Die Aufgabe gab ihrem Leben Struktur und die brauchte sie unbedingt, sonst wurde sie verrückt.

„Ben, was würdest du am liebsten tun? Sei einfach ehrlich, ich will es wirklich wissen."

Jetzt lächelte er und es gab ihr einen Stich. Er wusste schon genau was er machen würde, wenn ihr Projekt zu Ende war.

„Eine kleine Autowerkstatt wäre ein Traum, ich könnte den ganzen Tag an Autos schrauben. Eine richtige Arbeit mit der man sogar Geld verdienen konnte. Außerdem müsste ich auch keine Angst mehr haben, irgendwann im Gefängnis zu landen. Ich brauche unser Projekt nicht mehr, es war toll und wir haben vielen Leuten geholfen, aber wir hatten auch großes Glück. Ich glaube es ist an der Zeit damit auf zuhören. Kannst du dir vorstellen, etwas anderes zu tun, als Menschen zu töten?"

Sie zuckte mit den Schultern. Das war eine Frage, die sie sich nicht stellen wollte. Da bekam sie es mit der Angst zu tun und das schob sie gerne ganz weit weg.

„Meinst du, du kannst ihn an der Haltestelle deponieren? Wäre eine nette Geste, aber wenn es zu gefährlich ist, mach was anderes."

Ben bemerkte, dass sie seine Frage nicht beantwortet hatte.

„Entweder Waschanlage oder Haltestelle, mal sehen. Andrea habe ich schon angerufen. Was machst du jetzt? Fährst du nach Hause?"

Ginger wollte einen langen Spaziergang machen und über ihr Leben nachdenken. Es musste doch etwas geben, wofür sie sich so richtig begeistern konnte. Verdammt.

„In der Nähe ist ein kleiner Gasthof, der auch Zimmer vermietet. Gib mir zwei Tage, dann melde ich mich bei dir, Ben. Wenn was ist, ruf mich einfach an. Okay?"

Er nahm ihre Hand und hielt sie ganz fest.

„Nein Ginger, es ist nicht okay. Das hier war meine letzte Aktion, aber ich werde immer dein Freund sein. Wir drehen uns im Kreis und du bist nicht in der Lage eine Entscheidung zu treffen. Ich habe eine getroffen und du solltest die zwei Tage nutzen, um über meine Worte nach zu denken. Mach es gut."

Franziska und Mike standen in der Pathologie und betrachteten die Überreste von Kevin Schulz. Jeder Knochen in seinem Körper war gebrochen und man konnte unzählige Hämatome sehen. Doch letztendlich gestorben war er an seinen schweren Kopfverletzungen. Franziska war erschüttert und schickte Mike, der schon wieder ganz blass wurde, zurück ins Präsidium. Sie wusste sofort, dass sie ein neues Opfer von Tante Ginger vor sich hatte.

„Untersuchen Sie den Körper nach DNA-Material. Das ist für uns das Wichtigste. Die Verletzungen sind gravierend und das bringt uns nicht weiter. Wann kann ich mit Ihrem Bericht rechnen?"

Der Pathologe sah sie von oben nach unten gelangweilt an.

„Das kann dauern, die Hämatome sind so zahlreich, dass wir eine gute Woche brauchen werden. Jeder Zentimeter muss untersucht werden."

Wütend stapfte sie aus dem Institut und fuhr zurück ins Präsidium. Die Zeit lief ihnen davon, kaum gab es etwas Neues, schon mussten sie wieder warten und die Spur wurde jedes Mal kälter. Verdammt. Mike telefonierte und zeigte ihr das Victory-Zeichen, erwartungsvoll sah sie ihn an.

„Bingo, dieser Kevin hat vor einem halben Jahr einen jungen Mann halb totgeschlagen Seitdem liegt er im Koma, die Freundin musste alles mit ansehen. Sie hat um 18:00 Uhr Büroschluss und will uns treffen. Wenn du mich fragst, sieht es eindeutig danach aus, als ob Tante Ginger wieder zu geschlagen hätte."

Sie nickte und schrieb drei neue Namen auf die Tafel.

„Was ergab die Suche nach dem Namen Ginger? Hat sich da etwas Neues aufgetan?"

Er reichte ihr zwei Computerausdrucke.

„Mehr als uns lieb sein können. Es gibt fünfzig Frauen im Großraum Köln, alle in der Altersgruppe zwischen 25 bis 55 Jahren. Wie willst du weiter fort fahren?"

„Es wäre zu schön wenn man DNA an Kevin finden würde, dann müsste es nur noch eine Übereinstimmung mit dieser Ginger geben und der Fall wäre gelöst."

„Wir müssen behutsam vorgehen, wenn diese Ginger erfährt, dass wir ihr auf den Fersen sind, wird sie noch vorsichtiger. Was meinst du?"

Er sah sich die Ausdrucke noch mal an und legte sie dann auf den Schreibtisch zurück.

„Wir sollten ein Profil von Ginger erstellen, auch wenn wir noch nicht viel von ihr wissen. Die Pathologie braucht eine Woche, also brauchen wir nichts zu überstürzen."

Na endlich, es ging voran, wenn auch ziemlich langsam. Dann fuhren sie zu dieser Andrea. Diesmal mussten sie nach Meschenich, eine Neubausiedlung, am Reißbrett geplant und direkt am Kölnberg. Nicht gerade individuell, alle Reihenhäuser sahen gleich aus, nur die Haustüren waren unterschiedlich farbig angestrichen. Mike verfuhr sich trotz Navi und fluchte wie ein Verrückter. Dann waren sie endlich da und stellten den Wagen ab. Andrea wohnte in einem Rohbau und es sah mehr als trostlos aus. Eine blasse, junge Frau öffnete ihnen die Tür und führte sie in ein halbfertiges Wohnzimmer.

„Entschuldigen Sie die Unordnung, aber seit Tom in der Klinik ist, wird an diesem Haus nicht mehr weiter gearbeitet. Das Haus war sein Traum, aber wenn er nicht mehr zurückkommt, will ich hier auch nicht mehr bleiben. Leider hat sich sein Zustand weiter verschlechtert."

Mike hatte einen Kloß im Hals, soviel Leid war kaum zu ertragen und er fragte sich, wie man hier leben konnte. Franziska gab sich einen Ruck und sah Andrea freundlich an.

„Frau Weinberger, es tut uns sehr leid, was passiert ist. Aber es muss für Sie ein großer Schock gewesen sein, als Sie erfahren haben das Kevin Schulz wieder auf freien Fuß ist."

Sie sah aus dem Fenster und sprach mit sehr leiser Stimme.

„Wissen Sie, ich glaube an Gott und der wird ihn dafür bestrafen. Das weiß ich."

Franziska stellte sich neben sie.

„Unsinn, Tante Ginger hat die Arbeit gemacht, so war es doch, oder? Andrea, wir wissen Bescheid und Ihnen wird nichts passieren, aber Sie müssen uns alles über diese Ginger erzählen."

Eine Träne lief ihr die Wange runter und sie wischte sie schnell weg.

„Na und? Ja, es stimmt, gestern habe ich einen Anruf bekommen, dass sie sich gekümmert hat."

Sie setzte sich auf einen Stuhl und schlug trotzig die Beine übereinander. Mike sah sie ernst an.

„Es muss die Hölle gewesen sein, so etwas zu erleben. Aber uns interessiert, ob diese Ginger noch mal Kontakt mit Ihnen auf genommen hat."

Andrea sah ihn kalt lächelnd an und Mike musste den Blick senken, er hielt es einfach nicht aus.

„Sie wissen nichts, oder haben Sie schon mal etwas Ähnliches erlebt? Wohl kaum. Die Polizei hat nichts gemacht, das Gericht hat die Strafe zu Bewährung verhängt. Mit welchem Recht? Toms Leben ist zerstört, meins und das unserer Familie. Tante Ginger war meine letzte Rettung, ich wollte mich schon umbringen. Ich habe diese Mail geschrieben und abgeschickt, dann kam dieser Anruf und das war es."

Franziska stand wortlos auf und verließ mit Mike dieses schreckliche Reihenhaus. Im Auto atmeten sie beide erstmal tief durch. Das war wirklich hart und grausam. Mike zündete sich eine Zigarette an und reichte ihr das Päckchen.

„Mann, das war das Grauen, aber der Fall hat Ginger bestimmt gut gefallen."

Sie schüttelte den Kopf und blies den Rauch aus dem Fenster.

„Weißt du, wenn unsere Gesetze anders wären und Täterschutz nicht immer vor Opferschutz stehen würde, hätten Menschen wie Tante Ginger nicht so einen Zulauf. Versetz dich in ihre Lage, du hättest auch nach jedem Strohhalm gegriffen."

Mike drückte seine Zigarette aus und sah sie von der Seite an.

„Du klingst ja fast so, als ob du Verständnis für diese Ginger hast. Sie ist eine Killerin, um genau zu sein, eine Auftragskillerin."

Manchmal wünschte sie sich eine Frau als Assistentin.

„Manchmal hast du ein Herz aus Stein, Mike."

Er lachte und drehte das Radio lauter.

„Chefin, in einer halben Stunde haben wir Feierabend. Dann geh ich einen trinken, aber ohne dich, für heute habe ich einfach genug von Frauen."

Kapitel 20

Georg musste unbedingt den Lieferwagen loswerden, er hatte ein komisches Gefühl und auf sein Bauchgefühl konnte er sich immer verlassen. Das Geld deponierte er am Kölner Hauptbahnhof in einem Schließfach. Er war zwar in einem der besten Hotels in der Stadt, aber man wusste ja nie. Er fuhr in eine Autowaschanlage und besorgte die Innenreinigung selber, das konnte er einfach am besten. Dann brachte er den Wagen zur Autovermietung zurück und nach fünf Minuten, eine freundliche, junge Dame bediente ihn, war er wieder draußen. Sofort fühlte er sich besser und er schlenderte durch die Stadt, dabei kam er auch an der Domplatte vorbei. Als er Daniel und seine Freunde sah, ging er schnell in eine andere Richtung. Solche Scheißkerle, er hatte ihnen doch gesagt, dass sie für zwei Wochen hier nicht mehr auftauchen sollten. Das war der Grund, warum er so ungern mit Amateuren arbeitete. Ärgerlich. Das Hotelzimmer würde er erstmal behalten, er fühlte sich dort sehr wohl. Als er an einem Kino vorbei kam, entschied er sich spontan, in eine Vorstellung zu gehen. Mann, wann war er das letzte Mal in einem Kino gewesen? Es gab sogar Popcorn und er kaufte sich eine große Tüte, dann setzte er sich und ließ sich zwei Stunden berieseln, einfach nur herrlich. Als das Licht wieder anging, war er fast ein wenig traurig. Aber es half nichts, er musste wieder zurück in die richtige Welt. Zurück im Hotel nahm er noch einen Absacker und unterhielt sich mit dem Barkeeper. Der kam gerade aus New York zurück und erzählte ihm, was das für eine tolle Stadt war. Georg war noch nie da gewesen und hatte spontan Lust hin zu fliegen. Genug Geld hatte er ja jetzt und er dachte mit großer Freude an seine vier Millionen Euro. Sagenhaft. Die finanziellen Transaktionen würde er später durchführen, jetzt hieß es erstmal die Füße still zu halten und noch etwas Zeit vergehen zu lassen. Bis zum heutigen Tag war alles glatt gegangen und er musste selbst darüber staunen. Er gab dem Barkeeper ein schönes Trinkgeld und ging auf sein Zimmer. New York, die Stadt, die niemals schlief oder so ähnlich. Georg legte sich auf sein Bett und träumte. Der Tag war lang und anstrengend, jetzt war Zeit für ein wenig Entspannung.

Ginger checkte die Mails und musste Ben zustimmen, sie drehten sich im Kreis. Vielleicht verfolgte sie diese Rächerin-Geschichte auch deshalb so intensiv, weil sie nichts anderes in ihrem Leben hatte. Keinen Mann, keine Kinder und vor allem, keine richtige Aufgabe. Wenn sie ehrlich war, musste sie sich eingestehen, dass sie vor ihrem Lotteriegewinn glücklicher war. Die Arbeit in der Backstube fehlte ihr und der tägliche Kontakt mit Menschen genauso. Sie konnte sich noch gut an diesen schicksalhaften Tag erinnern. Ihre Mutter lebte noch bei ihr und sie musste noch schnell in den Supermarkt. Auf dem Weg war ein Lottoladen und als sie genau davor stand, wollten ihre Füße nicht mehr weiter gehen. Fassungslos blieb sie stehen und versuchte ihre Füße zu bewegen. Doch es ging nur in eine Richtung, direkt in den Lottoladen. Wie in Trance füllte sie einen Schein aus und gab ihn ab. Der Besitzer schwatzte drauflos, aber sie hörte davon kein einziges Wort. Er gab ihr die Quittung und ihre Füße brachten sie sicher zu ihrer Wohnung. Sie erzählte ihrer Mutter nichts von diesem Erlebnis und steckte den Lottoschein in eine Schublade in der Küche. Samstagabend saßen sie gemeinsam vor dem Fernseher und als die Ziehung der Lottozahlen kam, notierte sich Ginger alle auf der Fernsehzeitung.

„Kind, hast du denn gespielt? Wie heißt es so schön, Pech in der Liebe, Glück im Spiel. Hoffentlich gewinnst du was."

Ginger lachte und machte eine Flasche Wein auf. Das war wieder typisch ihre Mutter, was für ein uralter Spruch.

„Ach Mama, ich und Glück, das wäre es noch. Aber wer nicht spielt, kann auch nicht gewinnen, lassen wir uns einfach überraschen."

Am nächsten Tag hatte sie so viel zu tun, dass sie total vergaß die Zahlen zu kontrollieren. Erst am Abend setzte sie sich an den Tisch und fiel beim Durchsehen beinah in Ohnmacht. Sie hatte tatsächlich sechs Richtige mit Zusatzzahl. Im Stillen hoffte sie auf eine Million und sie überlegte schon, was sie mit dem Geld machen sollte. Die Bäckerei musste dringend renoviert werden und sie liebäugelte mit einer schönen Eigentumswohnung, vielleicht mitten in der Innenstadt. Außerdem würde sie mit ihrer Mutter eine schöne Reise machen. Irgendwohin, wo die Sonne schien. Noch immer sagte sie keinem ein Wort, weil sie zuerst die Quote sehen wollte. Es waren zehn Millionen Euro und ihr wurde schwindelig, das war einfach unglaublich viel Geld. Danach war nichts mehr so wie es war. Ihre Mutter wollte in einer schönen Seniorenresidenz wohnen und Ginger erfüllte ihr dem Wunsch. Sie selbst fuhr eine Woche in die Sonne, aber das reichte ihr auch. Die Wohnung kaufte sie sich, weil es auch eine gute Geldanlage war. Dann traf sie Ben wieder und sie beide kamen auf die Idee, verzweifelten Menschen in Not zu helfen. Er dachte sich den Namen Tante Ginger aus und so entwickelte sich ein Projekt, was sie beide ziemlich erfüllte. Bis jetzt, weil Ben etwas anderes machen wollte. Das konnte sie ihm noch nicht mal verübeln und sie würde ihn natürlich dabei finanziell unterstützen, das war nicht die Frage. Aber was sollte sie mit ihrem eigenen Leben anfangen? Drei große Fragezeichen taten sich auf und sie konnte sich die Frage nicht beantworten. Leider. Auf einmal kam eine neue Mail rein und sie überflog sie flüchtig. Dann konzentrierte sie sich und las aufmerksamer und war Feuer und Flamme. Das war eindeutig ein Fall für Tante Ginger, sie rief Ben an, der sich nach dem ersten

Klingeln meldete. Doch er war gerade auf Besichtigungstour, um endlich seine Werkstatt zu finden. Und Ginger traf ganz spontan eine Entscheidung. Diesen allerletzten Fall würde sie alleine durchziehen, ohne seine Hilfe. Sie holte einen Block aus der Schublade und schrieb einen Namen auf die erste Seite. Dann startete sie ein wildes Brainstorming und tausend Ideen jagten durch ihren Kopf. Das war eindeutig die Krönung ihres Daseins als Tante Ginger und sie dachte mit Freude aber auch mit Respekt an die neue Aufgabe.

Professor Dr. Julius Weber hatte vor fünf Jahren die Klinik, *Schönheitspalast*, aus dem Boden gestampft und er führte sie mit harter Hand. Der Name war Programm und er wollte nicht den geringsten Zweifel aufkommen lassen, worum es ihm hier ging. Er war für Schönheit und Attraktivität zuständig. Krankheit und Verfall interessierte ihn überhaupt nicht. Außerdem behandelte er nur Privatpatienten und Selbstzahler. Für Normalsterbliche und gesetzlich Versicherte war hier kein Platz. An der Rezeption im Eingangsbereich saßen fünf bildhübsche junge Damen, die nur die Aufgabe hatten, unrentable Kunden abzuwimmeln. Weber weigerte sich hartnäckig allein aus humanitären Gründen zu operieren. Er war einer der jüngsten Professoren überhaupt und sein handwerkliches Können wurde ihm von allen gerne bescheinigt. Aber seine marktradikalen Überzeugungen machten ihm nicht nur Freunde, ganz im Gegenteil. Er lebte mit seiner Frau und seinen drei Kindern, in einer Villa am Stadtrand. Seine Frau war ein ehemaliges Topmodel und zehn Jahre jünger als er. Seine Söhne waren noch klein und alle im Alter zwischen zwei und fünf Jahre alt. Doch er hatte ein kleines Geheimnis. Seit seiner Jugend war er schwul und er war nur aus alibitechnischen Gründen verheiratet. Nach der Geburt seines jüngsten Sohnes, eröffnete er seiner Frau, dass er ab sofort auf getrennte Schlafzimmer bestand. Julia war erst überrascht, tröstete sich aber schnell mit wechselnden Affären. Geld war genug da und er ließ ihr alle Freiheiten. Es gab zwei Kindermädchen und ein Haushälterin, die sich um alles kümmerten. Er arbeitete wie ein Verrückter und flog jedes zweite Wochenende nach Amsterdam oder Casablanca, wo er sich den einen oder anderen Lustknaben gönnte. Dabei ging es ihm immer nur um Sex und sonst gar nichts. Das war neben seiner Arbeit, die einzige Leidenschaft, die er besaß. Er war sehr geschickt darin, dass sein kleines Geheimnis auch eins blieb. Aber ein verheirateter Mann mit drei Söhnen stand eh nicht unter Verdacht ein Homosexueller zu sein. Julius suchte sich seine Toy-Boys nur im Ausland und nie in Deutschland, sicher war sicher. Jahrelang ging alles gut, die Klinik warf gute Gewinne ab, seine Frau schenkte ihm drei Söhne, aber immer öfter fühlte er sich schlapp und müde. Als sich sein Zustand immer weiter verschlechterte, machte er verschiedene Untersuchungen bei sich selber. In seiner Klinik gab es ein CT und ein MRT, also konnte er Krebs sehr schnell ausschließen. Je mehr Krankheiten er streichen konnte, umso mulmiger wurde ihm, dann blieb nur noch eine schreckliche Diagnose übrig. Nach etlichen umfangreichen Blutuntersuchungen, wusste er was er hatte. Aids. Noch im Anfangsstudium, mittlerweile gut mit Medikamenten zu behandeln, aber immer noch ein sicheres Todesurteil. Er stellte sich selber eine Medikamentenkombination zusammen, die vor allem seine ständige Müdigkeit bekämpfen sollte. Dann nahm er unter einem Vorwand, angeblich war eine gefährliche Darmgrippe im Umlauf, seiner Frau und den Kindern Blut ab. Gott sei Dank waren sie negativ. Er veränderte sich. Ob es an der Krankheit oder den Medikamenten lag, seiner Umwelt gegenüber wurde er unausstehlich. Wenn er selber am OP-Tisch stand, herrschte unter den Ärzten und Schwestern Alarmstufe eins. Der Umgangston war sehr rau und einer der Assistenzärzte verglich eine OP mit Professor Weber mit einem Fronteinsatz im zweiten Weltkrieg. Zu allem Übel wurde Julius zum Hygienefanatiker, er trug zwei Paar Handschuhe übereinander und ließ sich nicht mehr anfassen. Normalerweise tupfte ihm eine Schwester den Schweiß von der Stirn, doch selbst das erledigte er jetzt selbst. Alle lachten hinter seinem Rücken über ihn, aber er wusste natürlich warum er das alles tat. Eigentlich hätte er gar nicht mehr operieren dürfen, da er HIV-Positiv war, doch er versuchte alles, um seine Patienten und Kollegen zu schützen. Der beste Schutz wäre, gar nicht mehr zu operieren, aber das konnte er einfach nicht. Genauso gut hätte er sterben können. Durch die Medikamente nahm er auch zu, obwohl er so gut wie fast nichts mehr aß. Also fing er wieder mit dem Rauchen an und konnte so sein Gewicht in Schach halten. Er nahm nur noch Astronautenkost zu sich, die einen Nährwert von fünfhundert Kalorien hatte, dazu trank er Unmengen von Kaffee. So konnte er sich über Wasser halten. Wenn da nicht diese großen und blutigen Eingriffe gewesen wären. Sie machten ihm immer mehr zu schaffen und er konnte auch nicht mehr gut Blut sehen, was ihm früher nie etwas ausgemacht hatte. Daher delegierte er oft an seine Assistenzärzte und stand als stiller Beobachter neben ihnen. Wenn einer der Kollegen sich ungeschickt anstellte, wurde er laut und ein anderer Arzt musste weiter machen. Julius neues Steckenpferd waren jetzt kleine, aber feine Operationen. Bei Nasenkorrekturen, Lidstraffungen und Fettabsaugungen konnte er sein ganzes Können zeigen und musste nicht so viel Blut sehen. Heute war ein guter Tag, da Julia mit den Kindern für sechs Wochen in ihr Sommerhaus nach Cannes fahren würde. Endlich hätte er das ganze Haus für sich alleine und das brauchte er jetzt auch einfach. Das Personal hatte er auch in Urlaub geschickt und er freute sich schon auf die Ruhe, die ihn zu Hause erwarten würde. Jetzt saß er mit seiner Sekretärin, Frau Zimmermann, in seinem Büro und studierte den OP-Plan für die kommenden Tage.

194

„Herr Professor, Dr. Börner ist zuständig für zwei Brustvergrößerungen. Dr. Seitz operiert zwei Nasen und Dr. Meinhard hat ein
Facelifting sowie zwei Lidstraffungen. Bei welcher OP wollen Sie
dabei sein?"

Julius zündete sich eine Zigarette an und trank einen Schluck Kaffee.
Sie sah ihren Chef besorgt an und machte sich Sorgen um ihn. Sie
arbeiteten jetzt seit fünf Jahren zusammen und so schlecht wie im
Moment hatte er noch nie ausgesehen. Auch seine ständige Rauche-
rei beunruhigte sie sehr, wo er es sich doch vor Jahren erfolgreich
abgewöhnt hatte.

„Frau Zimmermann, meine Frau fährt mit den Kindern für sechs
Wochen in Urlaub, vielleicht sollte ich auch mal Urlaub machen. Bitte richten Sie Dr. Meinhard aus, dass ich bei der Lidstraffung dabei
sein werde."

Sie nickte und machte sich eine Notiz. Früher war Julius bei jeder
OP anwesend, er sprang von OP zu OP. Doch das war Schnee von
gestern. Er hatte sich total verändert, als ob er ein anderer Mensch
geworden war. Manchmal dachte sie auch, ob er vielleicht heimlich trank, doch er hatte nie eine Fahne. Er wirkte immer unendlich
müde, als ob er nicht richtig schlafen würde. Erst gestern hatte sie
mit Dr. Meinhard darüber gesprochen und er stimmte ihr zu, irgendwas stimmte mit dem Professor nicht.

„Wenn Weber von heute auf morgen schlapp macht, ist das für uns alle das Ende. Viele Patienten kommen nur wegen ihm in die Klinik. Jedes Mal, wenn ich mit ihm ins Gespräch kommen will, blockt er ab."

Sie nickte und sagte nichts mehr zu dem Thema. Schließlich war Julius der Chef, immer noch, und er wusste hoffentlich was er tat.

Kapitel 21

Bingo, sagte Mike und zeigte auf seinen Monitor, Ginger Smith, 45 Jahre, wohnhaft in Köln, geschieden, keine Kinder, Geschäftsführerin der Bäckerei Schneider in Köln. Franziska konnte nicht verstehen, warum Mike so euphorisch war.

„Glaubst du im Ernst, dass das alles eine Frau gemacht hat? Allein körperlich, recht unwahrscheinlich, sie muss einen Komplizen haben."

Mike notierte sich die Adresse und zog seine Jacke an.

„Los, lass uns hin fahren, sie wohnt in einem der Kranhäuser, die wollte ich mir schon immer mal von innen ansehen."

Sie nickte ergeben und nach einer kurzen Fahrt parkten sie in einem sehr vornehmen Parkhaus, wo Besucher für eine Stunde, sage und schreibe zehn Euro zahlen mussten. Im Eingangsbereich war eine Rezeption, wo ein kleiner, älterer Mann saß und sie freundlich anlächelte.

„Guten Tag, zu wem möchten Sie? Sind Sie angemeldet?"

Sie zeigten ihre Ausweise.

„Das dürfte ja wohl kein Problem sein, oder?"

Der Mann nahm sein Telefon, drückte eine Nummer und sprach leise in den Hörer, dann legte er auf.

„Bitte folgen Sie mir, Frau Smith erwartet Sie."

Er tippte eine vierstellige Nummer ein und drückte dann auf den zehnten Stock, bevor sich die Aufzugtür schließen konnte, war er auch schon wieder draußen. Sie fuhren fast geräuschlos nach oben. Mike lachte sich kaputt und sie musste auch grinsen. Was für ein Theater, unfassbar. Doch sie wusste, dass hier jede Menge Prominenz wohnten und da war so ein Pförtner natürlich Gold wert. Als der Aufzug sich öffnete, stand eine sehr gepflegte und attraktive Blondine vor ihnen.

„Guten Tag, mein Name ist Ginger Smith, bitte kommen Sie doch rein, da sind wir ungestört."

Auf der ganzen Etage gab es nur zwei Wohnungen und es musste schon sehr teuer sein, hier zu wohnen.

„Bitte setzen Sie sich doch. Darf ich Ihnen etwas zu trinken anbieten? Einen Kaffee oder ein Wasser?"

Mike war sprachlos und sah nur noch aus dem riesigen Panoramafenster. Der Blick über Köln war in der Tat beeindruckend. Franziska bat um zwei Kaffee und auch sie konnte sich der Aussicht nicht völlig entziehen. In dieser Wohnung war wirklich alles vom Feinsten, das sah Franziska mit einem Blick. Ginger kam aus der Küche und stellte zwei Tassen auf den Tisch.

„Frau Smith, wir suchen jemand, die eine Homepage betreibt, die *Tante Ginger kümmert sich* heißt. Da der Name Ginger nicht so oft vorkommt, sind wir auf Sie gekommen, aber wir besuchen noch andere Frauen mit diesem Namen. Kennen Sie vielleicht die Seite?"

Ginger schüttelte den Kopf und sah sie lächelnd an. „

Leider nein. Tut mir leid. Ich bin Geschäftsführerin einer Bäckerei in Köln und habe es eher mit Brötchen und Kuchen zu tun. Diese neuen Medien sind nicht mein Fall, ich bin froh, dass ich mein Handy bedienen kann."

Mike stand auf und stellte sich vor die riesige Glaswand.

„Entschuldigen Sie meine direkte Frage, aber wie viel Brötchen muss man verkaufen, bevor man sich so eine Wohnung leisten kann?"

Sie sah ihn scharf an und nippte an ihrer Tasse.

„Vor Jahren hatte ich Glück im Spiel, mit dem Verkauf von Brötchen, ist diese Wohnung nicht zu finanzieren. Der Ausblick hat mich fasziniert und so konnte ich nicht widerstehen. Heute ist es natürlich auch eine Kapitalanlage, jedes Jahr steigt der Wert der Wohnung um zehn Prozent. Soviel bietet einem keine Bank der Welt."

Egal was man diese Ginger fragte, alle ihre Antworten waren plausibel und schlüssig. Aber jetzt wollte Franziska sie provozieren.

„Frau Smith, warum mussten Peter Lind und Rolf Sommer sterben?"

Ginger machte große Augen und lächelte wieder.

„Ich weiß nicht was Sie meinen. Aber vielleicht kann mich Ihr Kollege aufklären?"

Mike wurde knallrot und rutschte unruhig auf dem Sofa rum. Typisch Mann. Eine Blondine, intelligent und dazu noch reich, das war eindeutig zu viel für Mike.

„Eine letzte Frage habe ich noch an Sie. Wohnen Sie hier ganz alleine?"

Ginger schüttete sich mit ruhiger Hand eine Tasse Kaffee ein.

„Nein, manchmal wohnt ein alter Freund von mir hier, Ben Schneider. Er ist im Moment nicht in der Stadt, aber ich kann Ihnen seine Telefonnummer geben."

Wieder eine gute Antwort und Franziska notierte sich alles. Dann stand Ginger auf und rief den Pförtner an.

„Ich hoffe, dass ich Ihre Fragen beantwortet habe. Wenn Ihnen noch etwas einfällt, rufen Sie mich an, oder besuchen mich einfach. Sie wissen ja, wo Sie mich finden."

Mike schüttelte ihr die Hand einen Moment zu lange und Franziska nickte ihr nur zu. Schweigend fuhren sie herunter und erst im Auto fand Mike seine Stimme wieder.

„Was für eine Wahnsinnsbraut, und die soll Menschen töten? Im Leben nicht."

Dabei fing er an zu sabbern, wie ein altes Pferd und sie musste gegen ihren Willen laut lachen. Was für ein Idiot.

„Mein Lieber, da bin ich aber ganz anderer Meinung. Sie ist Tante Ginger, ganz bestimmt und ihr guter alter Freund ist der Komplize. Sie ist reich und kann so ein Hobby ausüben, weil sie genug Zeit hat. Deine Wahnsinnsbraut ist ab sofort unsere Hauptverdächtige. Tut mir leid."

Mike schaute sie betrübt an und nickte dann kurz.

„Du hast Recht, zu viele Indizien sprechen gegen sie, aber wir haben immer noch keine Beweise und wenn sie ein Alibi hat, was dann?"

Franziska antwortete ihm nicht und dachte über die Geschichte nach. Sie hatte Ginger mit Absicht nicht zu sehr unter Druck gesetzt, sie sollte ruhig weiter machen, aber eine kleine Warnung musste schon sein. Solche Menschen hörten mit dem Töten nicht einfach so auf, sie mussten immer weiter machen. Dann würden sie eine legitime Chance haben sie zu erwischen und zwar auf frischer Tat. Diesen

Ben Schneider würde sie sich als nächstes vornehmen. Mal sehen, ob er auch so gelassen ist, wie seine Freundin war.

Ben war endlich fündig geworden und hatte seine Werkstatt gefunden. Der jetzige Besitzer wollte sich zu Ruhe setzen und suchte einen Nachfolger. Er konnte das ganze Werkzeug übernehmen und der Standort war einfach genial. Es war zwar ein Gewerbegebiet, aber dafür war die Miete niedrig und es gab jede Menge kostenlose Parkplätze. Die beiden Männer waren sich schnell einig und in drei Monaten konnte Ben starten. Das musste gefeiert werden und er verabredete sich mit Ginger beim Chinesen. Sie bestellten dort immer das gleiche Gericht, Peking Ente süß-sauer, als Vorspeise eine Frühlingsrolle und dazu tranken sie frisch gezapftes Pils. Ginger wollte nicht mit der Tür ins Haus fallen und erzählte erst beim Nachtisch, dass sie heute Besuch von der Polizei hatte. Ben fiel die Gabel aus der Hand und er schaute sie entsetzt an.

„Das erzählst du mir erst jetzt? Ich fasse es nicht, erzähl mal richtig und lass dir nicht alles aus der Nase ziehen."

Sie wunderte sich über seine Reaktion und erzählte ihm alles in Ruhe. Er war immer noch außer sich.

„Weißt du, Ginger, das war eine Warnung, die wir ernst nehmen sollten. Die müssen etwas gegen uns in der Hand haben und ich will nicht ins Gefängnis wandern."

Sie nickte ihm beruhigend zu und drückte seinen Arm.

„Reg dich nicht auf, wir hören damit auf und das war es. Okay? Sie wollten deine Telefonnummer, nur damit du Bescheid weißt."

Er trank sein Bier aus und seufzte schwer. Auch das noch, die Polizei würde ihn anrufen, verdammt.

„Sie werden mich bestimmt danach fragen, in was für einem Verhältnis wir stehen. Was soll ich dazu sagen?"

Ginger lachte und verdrehte die Augen.

„Wir sind gute alte Freunde, erzähl ihnen was von früher, oder von der Bäckerei, solche Geschichten lieben die Bullen."

Ben bemerkte, dass alle anwesenden Männer sehnsüchtig auf ihren Tisch sahen. Ginger sah atemberaubend aus, ihr blondes Haar leuchtete wie Gold und der blaue Kaschmirpulli unterstrich ihre blauen Augen. Sie trug keinen Schmuck, nur eine teure Uhr. Sie sah toll aus. Doch Ben sah in ihr nie eine Frau, sondern nur die eiskalte Killerin. Wenn er die Augen zu machte, sah er, was sie mit Rolf Sommer angestellt hatte und das war es dann. Schade. Der Kellner kam an ihren Tisch und er bestellte noch mal eine Runde.

„Was hast du für Pläne? Wirst du auf Reisen gehen, oder was machst du mit der freien Zeit?"

Ginger lachte wieder und guckte an sich herunter.

„Ich werde mir die Brüste vergrößern lassen, das wollte ich schon immer tun. Da gibt es doch diese tolle Klinik *Schönheitspalast*, dort habe ich nächste Woche einen Termin. Jetzt guck mich nicht so an, auch an mir nagt der Zahn der Zeit. Aber davon hast du keine Ahnung."

Er sah sie entgeistert an und tippte sich an die Stirn.

„Du hast sie nicht mehr alle. Jeder Mann im Raum starrt dich an und bewundert dich. Sind solche Eingriffe nicht auch gefährlich?"

„Nur nicht wenn Professor Julius Weber selber am OP-Tisch steht und das Skalpell schwingt."

Doch sie schüttelte nur den Kopf und sagte nichts mehr dazu. Das war ihr Baby und Ben war außen vor. Eigentlich machte es ihr sogar Spaß, sie musste an alles denken und sich um alles kümmern, das tat ihr richtig gut. Dass die Polizei ihr auf den Fersen war, verpasste ihr einen richtigen Adrenalinschub.

„Ben, jetzt erzähl mal von der Werkstatt. Willst du mich nicht als stillen Teilhaber? Überlege es dir. Du weißt doch, Geld spielt keine Rolle."

Dann war es wie früher, sie steckten die Köpfe zusammen und erzählten, aber diesmal ging es nicht um Täter und Opfer, es ging um etwas ganz Alltägliches und das war auch gut so. Aus Ben wurde Benjamin und aus Ginger Gerlinde. Er war gerade dabei ihr den Kaufvertrag zu zeigen, als sein Handy klingelte. Er wurde blass und sagte immer nur ja, dann einmal nein und dann auf Wiedersehen.

„Mensch, wer war das denn, du bist ganz blass geworden."

Er sah sie traurig an und steckte den Vertrag wieder weg.

„Das war die Polizei, eine Frau Hauptkommissarin Bialas. Sie will, dass ich morgen ins Präsidium komme. Sie wollen mich zu Rolf Sommer befragen. Was sagst du jetzt?"

Ginger war erstaunt darüber, dass die Polizei auf einmal so schwere Geschütze auffuhr.

„Reg dich nicht auf, ich rufe meinen Anwalt an, Dr. Wöllner, er begleitet dich morgen."

Ben hatte Angst und das sah man ihm auch an. Leider. Fieberhaft überlegte er, ob er einen Fehler gemacht hatte. Spuren hinterlassen, oder etwas ähnliches. Aber er konnte sich nicht daran erinnern, ganz im Gegenteil, er war doch immer so vorsichtig.

„Ben, hör mir mal genau zu. Du brauchst keine Angst zu haben, weil du nichts falsch gemacht hast. Sie haben nur meine DNA, wenn überhaupt, aber du darfst nicht so schuldig gucken, hast du das verstanden?"

Er rief den Kellner und zahlte. Danach gingen sie noch zu Rosi, einen Absacker trinken, doch die Stimmung war hinüber. Jeder hing seinen eigenen Gedanken nach und sie sprachen nicht viel. Rosi beobachtete die beiden und machte sich ihre Gedanken. Sie erinnerten sie an ein altes Ehepaar, was sich nicht mehr viel zu sagen hatte. Früher unterhielten sie sich stundenlang miteinander, aber in letzter Zeit beschränkten sie sich aufs trinken. Noch nicht mal ihre Frikadellen wollten sie heute essen, eine Schande war das. Ginger war beunruhigt, dass Ben so durcheinander war. Sie glaubte immer noch nicht, dass sie ernsthaft Grund zu Sorge haben mussten.

„Jetzt lass mal nicht den Kopf hängen, die haben nichts gegen dich in der Hand. Wie oft soll ich das noch sagen?"

Er blickte aus dem Fenster und dachte an eine Zeit zurück, die ihm unendlich weit weg vorkam. Aber auch seine neue Zukunft rückte immer weiter weg.

Kapitel 22

Julia hatte nicht vor zu ihrem Mann zurück zu kehren, ganz im Gegenteil. Die Kinder konnten mit Julius nichts anfangen und umgekehrt genauso. Ein liebevoller Vater war er noch nie, aber in letzter Zeit entwickelte er sich zu einem Ekel. Sie führten schon lange keine richtige Ehe mehr und sie tröstete sich mit wechselnden Liebhabern. Julius ließ ihr alle Freiheiten und sie versuchte sich so gut es ging zu amüsieren. Aber irgendwann wurde es langweilig und sie sehnte sich nach einem richtigen Familienleben. Die Kinder litten unter der merkwürdigen Stimmung im Haus und nächstes Jahr würde ihr Ältester in die Schule kommen. Dann könnte sie auch nicht mehr so viel reisen und so dachte sie immer öfters über ihre eigene Situation nach. Julius hatte früher viel Wert auf sein Äußeres gelegt, aber seit einiger Zeit, schien das für ihn keine Rolle mehr zu spielen, wie er aussah. Sogar das Rauchen hatte er wieder angefangen und sie wusste, dass er fast sechs Liter Kaffee am Tag trank, unfassbar. Ihre Fragen beantwortete er nicht, er wich ihr aus, wann immer es ging. Doch so langsam war sie es leid Fragen zu stellen, wenn sie sowieso nie eine Antwort bekam. Früher brachte er manchmal die Kinder zu Bett, jetzt kam er erst nach Hause, wenn sie schon im Bett lagen. Der Putzfrau hatte er verboten sein Arbeitszimmer und Schlafzimmer zu betreten. Er wollte selbst für Ordnung sorgen. Aber wenn er in der Klinik war, nahm sie sich das Recht, wenigstens zu lüften. Er rauchte Kette und das ganze Haus roch nach kaltem Zigarettenrauch. In jedem Raum stellte sie Duftkerzen auf, aber selbst die waren machtlos gegen so viel Gestank. Wie schädlich das Passivrauchen für die Kinder war, darüber wollte sie gar nicht nachdenken. Eines Tages hörte er auf mit ihnen Abendbrot zu essen. Er erklärte ihr, dass er jetzt immer mittags in der Kantine aß und abends keinen Hunger mehr hatte. Sie war so verblüfft, dass sie nicht wusste, was sie dazu sagen sollte. Also schwieg sie und dachte sich ihren Teil. Es gab nur einen Verbündeten und das war seine Sekretärin Frau Zimmermann. Die beiden telefonierten einmal am Tag miteinander, damit Julia überhaupt etwas von Julius Leben mit bekam. Durch Zufall, einer der Jungen vermisste ein Auto, ging sie in sein Arbeitszimmer und entdeckte eine große Menge von Medikamenten, fein säuberlich aufgereiht. Morgens nahm er zehn, mittags neun und abends noch mal zehn Tabletten. Geschockt verließ sie das Zimmer und rief Frau Zimmermann an. Doch auch sie hatte keine Erklärung dafür, erwähnte aber wieder seine ständige Müdigkeit. Als er nach Hause kam, stellte sie ihn zu Rede, aber er deklarierte sie als harmlose Nahrungsergänzungsmittel und danach war sein Zimmer immer abgeschlossen. Die Idee nach Südfrankreich zu fahren, kam ihr ganz spontan und als sie Julius davon erzählte, merkte sie ihm an, dass er geradezu erfreut war.

„Fahrt ruhig, warum haben wir das Haus denn überhaupt. Das Wetter wird super sein und die Jungs können sich richtig austoben. Ich komme schon zurecht, in der Klinik ist viel los."

Er lächelte sie an und sie dachte, wenn er lächelte, sah er wie ganz früher aus, als sie ihn kennen gelernt hatte.

„Julius, warum kommst du nicht mit? Kannst du dir nicht wenigsten eine Woche freischaufeln? Du hast schon so lange keinen Urlaub mehr gemacht."

Er schüttelte den Kopf.

„Ich habe dir doch gerade gesagt, dass ich viel zu tun habe. Wie kann ich mich dann eine Woche mit dir an den Pool legen? Tut mir leid, aber es geht wirklich nicht. Aber du solltest unbedingt fahren."

Einen Tag vor ihrer Abreise, rief Frau Zimmermann an.

„Frau Weber, sie haben doch die Medikamente gesehen. Ich war heute in seinem Büro, weil ich eine Akte gesucht habe und in einer Schublade hat er genauso viele Tabletten. Dabei habe ich einen Blick drauf geworfen und es tut mir leid es Ihnen zu sagen, aber es sind alles Medikamente gegen HIV, sprich Aids."

Als Julia das hörte, stockte ihr der Atem, dann fiel ihr die Aktion wieder ein, als er allen Blut abgenommen hat, angeblich, um einen Magen- und Darmvirus auszuschließen.

„Sind Sie sicher? Das ist eine schwere Anschuldigung und er dürfte nicht mehr in den OP. Könnte es denn nicht etwas anderes sein?"

Frau Zimmermann hatte ein Jahr auf der Palliativstation eines Krankenhauses gearbeitet und sie kannte sich mit Medikamenten gut aus.

„Frau Weber, ich werde natürlich keinem Menschen ein Wort davon sagen, aber wir müssen etwas unternehmen. Wenn er im OP jemanden infiziert, ist das das Todesurteil als Mediziner für ihn. Das können Sie sich ja denken."

Für Julia brach eine Welt zusammen, dass er krank war, hatte sie vermutet, aber doch nicht todkrank. Sie setzte sich an ihren Computer und startete eine umfangreiche Recherche. Schnell wurde sie fündig, seine ständige Müdigkeit und die Gewichtszunahme waren alles Nebenwirkungen der Medikamente. All seine anderen Symptome passten zu dem Krankheitsbild. Es war völlig ausgeschlossen, dass er weiter operierte und wenn er da gewesen wäre, hätte sie es ihm ins Gesicht geschrien. Aber er war noch in der Klinik, wegen einer Besprechung. Manchmal übernachtete er auch dort und morgen früh würde sie nach Südfrankreich fliegen. Sie musste etwas unternehmen und zwar bevor sie flog. Aus der Küche holte sie sich einen

Kaffee und surfte durchs Internet. Es gab allerhand Schwachsinn, aber dann entdeckte sie etwas und sie sah sich die Seite genauer an. *Tante Ginger kümmert sich* klang irgendwie tröstlich. Julia überlegte nicht lange und schrieb eine Mail.

Hallo Tante Ginger,

mein Mann ist Arzt in der Klinik Schönheitspalast und hat Aids. Da er immer noch operiert, gefährdet er das Leben seiner Patienten. Da ich morgen in Urlaub fahre, weiß ich nicht was ich unternehmen kann, um ihn zu stoppen. Können Sie mir helfen, Sie kümmern sich doch? Vielen Dank.

Julia Weber

Dann drückte sie auf senden und sie fühlte sich auf einmal viel besser. Endlich hatte sie etwas unternommen und nicht nur tatenlos zugesehen. Sie schaltete den Computer aus und ging nach den Kindern sehen. Die Koffer standen schon in der Diele und warteten auf sie.

Julius stand im OP und attestierte Dr. Meinhard bei einer Lidstraffung. Die Stimmung war wieder mal sehr gereizt und alle wagten sich nicht mehr als unbedingt nötig zu reden.

„Meinhard, schneiden Sie nicht so viel Haut weg, sonst muss unsere Patientin demnächst mit offenen Augen schlafen."

Meinhard atmete tief durch und sagte nichts dazu, aber die junge OP-Schwester, die heute das erste Mal dabei war, kicherte leise. Julius drehte sich zu ihr um und da sie gerade Dr. Meinhard ein neues Skalpell reichen wollte, schnitt sie Julius in den Handschuh. Er fluchte und deckte die Wunde mit der anderen Hand ab.

„Wie blöd sind Sie eigentlich? Was meinen Sie wo Sie hier sind? Dumme Gans."

Meinhard hörte auf zu schneiden und wand sich an Julius.

„Professor, ich bin hier in einer Minute fertig, wenn Sie wollen, können Sie schon gehen. Schwester, der Professor hat Recht, Sie müssen sich besser konzentrieren."

Julius stampfte wütend aus dem OP und riss sich die Handschuhe runter. Die Wunde war nicht so tief, wie er befürchtet hatte, aber drei Zentimeter lang und er blutete wie ein angestochenes Schwein. Er desinfizierte die Wunde und klebte ein Pflaster drauf, dann zog er noch einen Handschuh drüber. Wortlos ging er an Frau Zimmermann vorbei und schloss sich in seinem Büro ein. Auf dem Weg in die Kantine traf sie Dr. Meinhard und der erzählte ihr von dem Zwischenfall.

„Sie hätten ihn sehen müssen, ich dachte, er würde die Schwester schlagen, total unbeherrscht. Das arme Mädchen hat eine Stunde geweint und konnte sich gar nicht mehr beruhigen."

Sie sagte nichts dazu, weil sie ganz genau wusste warum er so aus der Hose gesprungen war. Sein eigenes Blut war sein größter Feind.

„Ich glaube, dass er urlaubsreif ist, seine Frau ist mit den Kindern nach Südfrankreich gefahren, vielleicht besucht er sie ja mal. Es würde ihm bestimmt gut tun."

Meinhard sah sie entgeistert an.

„Urlaubsreif? Der hat sich im letzte halben Jahr derart verändert, dass man eine psychische Erkrankung vermuten muss. Das er selber fast nicht mehr operiert, ist doch komisch, wo er sonst nur im OP gestanden hat. Außerdem sieht er sehr schlecht aus. Das muss Ihnen doch aufgefallen sein? Sie sehen ihn doch jeden Tag."

In dem Moment kamen zwei andere Ärzte an den Tisch und sie wechselten das Thema. Julius saß in seinem Büro und war total am Ende. Da versuchte er das Risiko so gering wie möglich zu halten und dann machte eine duselige Schwester alles zu Nichte. Verdammt, er sah auf seine Uhr und nahm seine Medikamente. Er musste sich etwas anderes einfallen lassen, es war nur eine Frage der Zeit, bis ihm jemand auf die Schliche kam. Vielleicht sollte er doch für eine Woche in die Sonne fliegen, die Wärme würde ihm gut tun, aber Julia würde ihn wieder auf seinen Gesundheitszustand ansprechen und davor scheute er sich. Doch er brauchte einen Tapetenwechsel, das war glasklar. In einer Fachzeitschrift war er auf eine Klinik in Chicago aufmerksam geworden, die sich auf HIV-Erkrankungen spezialisiert hatte. Es war die letzte Anlaufstelle für die hoffnungslosen Fälle, die Therapien waren alle neu, aber noch nicht hinreichend getestet. Trotzdem erzielte man gute Erfolge und konnte den Krankheitsverlauf nicht aufhalten, aber wenigstens verzögern. Heilung gab es eh keine, da machte er sich nichts vor. Er stand auf und ging zu seiner Sekretärin.

„Dr. Meinhard soll in mein Büro kommen. Sofort. Streichen Sie mich für die nächsten drei Wochen aus dem OP-Plan, ich werde in Urlaub fahren."

Sie sah ihn verdutzt an, was war denn jetzt los?

„Wird sofort erledigt, Herr Professor. Dr. Meinhard schicke ich Ihnen sofort rein, sobald er da ist."

Julius ging wieder in sein Büro und machte sich eine Zigarette an, die er am geöffneten Fenster rauchte. In der Klinik sollten sie alle glauben, dass er zu seiner Frau geflogen war. Den Flug nach Chicago würde er im Internet buchen, Frau Zimmermann musste nicht über alles informiert sein. Zufrieden setzte er sich in seinen Sessel und freute sich auf Amerika, endlich mal etwas anderes und raus aus dieser Klinik. Wer weiß, vielleicht könnte man ihm dort helfen, einen Versuch war es auf jeden Fall wert.

Kapitel 23

Ben und Dr. Wöllner betraten das Polizeipräsidium und die Stimmung war angespannt. Ginger hatte Wöllner über den Sachverhalt in Kenntnis gesetzt und er war bald durchs Telefon gesprungen. Da er einer der bekanntesten Strafverteidiger in der Stadt war, kannte er sich mit der hiesigen Polizei bestens aus.

„Herr Schneider, jetzt beruhigen Sie sich mal. Wir hätten gar nicht hierhin kommen müssen, da es keinerlei Verdachtsmomente noch Beweise gibt, diese Frau Bialas bewegt sich auf dünnem Eis."

Im Auto sprachen sie kein Wort und Ben kaute an seinen Fingernägeln herum. Franziska erwartete sie vor ihrer Tür. Sie würde das Gespräch alleine machen und Mike war beleidigt darüber, wie immer.

„Mensch Mike, wir haben nichts gegen ihn in der Hand. Sein Anwalt ist der Wöllner, der wird mich sowieso in der Luft zerreißen. Ich will nur mal auf den Busch klopfen, mehr nicht."

Sie begrüßte die beiden Männer mit Handschlag.

„Guten Tag meine Herren, bitte nehmen Sie doch Platz. Darf ich Ihnen etwas anbieten?"

Ben nahm eine Tasse Kaffee und Wöllner sah auf seine Uhr.

„Frau Bialas, ich wäre dankbar, wenn sie anfangen würden. Sie wissen doch, Zeit ist Geld. Jedenfalls in der realen Welt."

Sie lächelte freundlich in die Runde und setzte sich an den Tisch.

„Herr Schneider, vielen Dank dass Sie meiner Einladung zu diesem zwanglosen Gespräch gefolgt sind. Wir ermitteln in verschiedenen Mordfällen und ich würde Sie gerne dazu befragen."

Wöllner wollte gerade schon etwas sagen, aber Ben fiel ihm ins Wort.

„Wenn ich Ihnen behilflich sein kann, gerne, bitte fragen Sie."

Franziska holte Fotos der Opfer aus einem Ordner und schob sie Ben über den Tisch zu.

„Das sind alles Aufnahmen von den Opfern. Kennen Sie vielleicht jemanden? Die Namen stehen hinten drauf."

Wöllner warf einen Blick drauf und holte eine Tageszeitung aus seiner Aktentasche. Ben sah sich jedes Bild genau an und las auch die Namen auf der Rückseite.

„Haben Sie jemanden wieder erkannt? Rein zufällig?"

Er wurde etwas blass, das war aber noch kein Beweis. Die Opfer waren derart entstellt, dass jeder blass geworden wäre, der die Bilder das erste Mal sah.

„Nein Frau Bialas, ich kenne keinen dieser bedauernswerten Menschen, das ist ja schrecklich. Wer tut so was?"

Wöllner legte seine Zeitung zusammen und klopfte auf den Tisch.

„So, das war es ja dann wohl. Bedanken Sie sich bei meinem Mandanten, dass er sich die Zeit genommen hat diesen Hokuspokus mit zu machen. Guten Tag, Frau Bialas."

Franziska und Ben sahen sich an und mussten schmunzeln, dann drehte er sich zu Wöllner herum.

„Danke, dass Sie mich begleitet haben, aber den Rest schaffe ich jetzt auch alleine. Sie können ruhig gehen, wenn Sie noch einen anderen wichtigen Termin haben."

Wöllner zuckte mit den Schultern, warf beiden einen arroganten Blick zu und verließ wortlos das Zimmer.

„Diese Anwälte sind wirklich der Hammer, ich kenne Dr. Wöllner aus anderen Ermittlungen", sagte sie und bot ihm ein Plätzchen an.

Ben nahm eins und steckte es sich in den Mund.

„Lecker, haben Sie die gebacken?"

Sie schüttelte den Kopf und nahm sich selber eins.

„Ich kann leider nicht backen, aber eine Kollegin von der Sitte versorgt uns regelmäßig mit solch guten Sachen."

Sie schüttete ihm noch einen Kaffee ein und lächelte ihn wieder an.

„Darf ich Sie fragen in was für einem Verhältnis Sie zu Frau Smith stehen? Sie wohnen zusammen, das hat sie uns selber erzählt."

Er nickte und setzte sich bequem hin.

„Wir kennen uns schon seit unserer Kindheit. Ihr Vater hatte eine Metzgerei und meiner eine Bäckerei. Dann hat sich ihr Vater das Leben genommen und sie und ihre Mutter standen auf einmal auf der Straße. Mein Vater hat sich sehr um sie gekümmert und dann hat Frau Smith eine Ausbildung in der Bäckerei gemacht. Ich wollte nie in die Backstube und so hat mein Vater ihr die Bäckerei überlassen. Wir sind beste Freunde, mehr nicht."

Sie konnte ihn sich auch schlecht in der Backstube vorstellen.

„Was haben Sie denn für einen Beruf?"

Jetzt erschien ein breites Lächeln in seinem Gesicht.

„Ich bin Kfz-Mechaniker und habe mir eine eigene Werkstatt gekauft. Das war schon immer mein Traum und Frau Smith hat mir mit einem kleinen Darlehen ausgeholfen. Sie ist vermögend, weil sie vor Jahren im Lotto gewonnen hat."

Sie fand diesen Ben sehr sympathisch und wollte sich gar nicht vorstellen, dass er ein eiskalter Killer war.

„Warum nennen Sie Ihre Freundin Frau Smith? Heißt sie nicht Ginger mit Vornamen? Was für ein ausgefallener Name."

Seine Augen verdunkelten sich und er guckte an ihr vorbei, als er anfing zu sprechen klang seine Stimme sehr hart.

„In unserer Jugend hieß ich Benjamin und sie war Gerlinde Schmitz, aber das ist schon so lange her, dass ich es fast vergessen habe."

Dieser Stimmungswandel erstaunte sie, aber mehr fragen konnte sie nicht, das war einfach nicht mehr zulässig. Leider.

„Danke, es war sehr freundlich von Ihnen her zu kommen. Auf Wiedersehen."

Er stand auf und gab ihr die Hand.

„War nett Sie kennen gelernt zu haben. Alles Gute, Frau Bialas."

Franziska blieb noch lange im Zimmer sitzen und dachte über das Gespräch mit Ben nach. Er verbarg etwas vor ihr und sie würde hinter sein Geheimnis kommen. Sie spürte, dass sie nahe dran war die Mordfälle endlich aufzulösen und dieser Ben war die Schlüsselfigur dazu.

Sophia bekam die Kündigung mit der Post und drei Monatsgehälter als Abfindung, das war großzügig. In einem Brief bedankten sich ihre Arbeitgeber für ihre Arbeit und stellten ihr ein sehr gutes Zeugnis aus. Schade, dass sie es gar nicht mehr brauchen konnte. Sie hoffte doch stark, dass sie mit einer Million Euro nie wieder arbeiten musste, aber man wusste ja nie. Die letzten Tage war sie sehr fleißig, das Geld war in Spanien auf verschiedenen Bankkonten, aber einen Teil parkte sie auch auf einem deutschen Tagesgeldkonto. Ihre Wohnung wollte sie erstmal behalten, die Miete war niedrig und sie scheute sich alle Brücken hinter sich abzubrechen. Mit einem Makler in Barcelona verabredete sie verschiedene Besichtigungstermine für Häuser. Die Preise für Immobilien befanden sich im freien Fall, der Eurokrise sei Dank. Wenn kaufen, dann jetzt. Gut für sie, aber schlecht für das Land. Ein neuer Lebensabschnitt lag vor ihr und sie wollte ihn auch optisch neu einleiten. Sie hatte Lust auf eine Typveränderung, ein neuer Haarschnitt musste her, sie konnte sich selber nicht mehr sehen. Sie ließ sich ihre schulterlangen Haare Raspel kurz abschneiden und war von dem Ergebnis genauso verblüfft, wie ihre Friseurin. Dann suchte sie sich beim Optiker ein neues Brillengestell aus, eine feuerrote Brille verlieh ihrem Gesicht einen besonderen Pfiff. Anschließend besuchte sie ein Bekleidungshaus und gab auf einen Schlag so viel Geld für Klamotten aus, wie sonst nur in einem ganzen Jahr. Besonders angetan war sie von einer dunkelbraunen Lederjacke und als sie vor dem Spiegel stand, konnte sie ihren Augen kaum glauben. Aus der kleinen verhärmten und verhuschten Frau war eine selbstbewusste, modische Dame geworden. Zum Abschluss besuchte sie noch ein Kosmetikstudio und nach einer Gesichtsbehandlung, Maniküre und Pediküre, fühlte sie sich wie ein neuer Mensch. In ihrer Straße war eine Pizzeria, die sie hin und wieder besuchte. Sie setzte sich an einen freien Tisch und als der Kellner mit der Speisekarte kam sagte sie:

„Danke, Alfredo, wie immer, ich brauche die Karte nicht."

Alfredo stutzte und auf einmal erkannte er sie wieder.

„Madame Zuzella, Sie haben sich ja so verändert, ich habe Sie gar nicht wieder erkannt. Sie sehen einfach toll aus, waren Sie in Urlaub?"

Sie lächelte ihn an und schwieg, mehr konnte sie nicht erwarten und sie war das erste Mal nach langer Zeit richtig glücklich. Genauso hatte sie sich ihr neues Leben vorgestellt, alles war anders und das war gut so. Nach einem ausgiebigen Essen ging sie zu Fuß nach Hause, ein Verdauungsspaziergang würde ihr gut tun. Als sie vor ihrem Haus ankam, standen die beiden Polizisten vor ihrer Tür und warteten schon auf sie. Franziska sah die Spanierin an und war verblüfft, so eine Veränderung hatte sie ihr nicht zugetraut. Beeindruckend, ein ganz anderer Typ.

„Guten Abend, Frau Zuzella, wir haben noch ein paar Fragen an Sie. Dürfen wir eintreten?"

Das passte Sophia überhaupt nicht und sie zog ein dementsprechendes Gesicht. Zum Glück hatte sie nicht noch die Einkaufstüten in der Hand, das wäre mehr als verdächtig gewesen.

„Setzen Sie sich doch ins Wohnzimmer Ich mache mir einen Kaffee. Wollen sie auch einen?"

Mike sah sich um und konnte keine Veränderung in der Wohnung feststellen. Alles sah genauso schäbig wie das letzte Mal aus. Franziska bewunderte immer noch Sophia Verwandlung und teilte ihr das auch mit.

„Sie sehen richtig flott aus, die kurzen Haare stehen Ihnen gut. Ich habe noch ein paar Fragen zum Entführungsfall von Burghausen. Haben Sie gewusst, dass er jeden Samstag zum Friseur gegangen ist?"

Sophia lächelte und verdrehte die Augen.

„Das wussten alle im Haus, in seinem Badezimmer stehen mehr Tiegel und Duftwässerchen, als bei seiner Frau. Der Mann ist schon extrem eitel, wenn Sie mich fragen."

Mike rechnete mal schnell hoch, was das neue Outfit von der Spanierin kostete. Alles teure Markenkleidung und die Stiefel die sie trug, hatte er in einem Modejournal gesehen, für sage und schreibe tausend Euro. Das war für eine arbeitslose Putzfrau ein recht hohes Sümmchen.

„Frau Zuzella, dürfen wir den Grund für Ihre Typveränderung er-fahren? Gibt es etwas zu feiern oder waren Sie beim Pferderennen?"

Sie stand auf und guckte die Polizisten wütend an.

„Dürfen sie nicht. Oder ist es verboten sich neue Klamotten zu kau-fen und zum Friseur zu gehen? Wenn Sie noch Fragen haben, müs-sen Sie mich vorladen, aber dann bringe ich meinen Anwalt mit. Jetzt verlassen Sie bitte meine Wohnung, ich habe noch zu tun."

Franziska und Mike verließen wortlos die Wohnung.

„Weißt du was Franziska, die Klamotten waren richtig teuer, sie muss irgendwie zu Geld gekommen sein. Da frage ich mich doch, ob nicht ein Teil des Lösegelds in ihre Privatschatulle geflossen ist."

Sie nickte und dachte das gleiche.

„Leider können wir nichts beweisen und der Staatsanwalt würde uns niemals einen Haftbefehl für sie ausstellen. Doch ich bin davon überzeugt, dass sie mit der Entführung zu tun hat, garantiert."

Sie fuhren Richtung Innenstadt und Mike fragte sie, ob sie noch et-was zusammen trinken gehen wollten.

„Gute Idee, dieser Ben Schneider ist auch ein komischer Vogel. Gin-ger Smith hieß früher Gerlinde Schmitz, das war das einzig Inter-essante, was heraus gekommen ist. Als ich ihm die Bilder von den

Opfern gezeigt habe, hat er nicht verdächtig reagiert, aber er verheimlicht irgendwas, das habe ich gespürt."

Auch Georg war dabei sein Leben neu zu ordnen. Das Geld war auf verschiedenen Konten geparkt und auch er war Besitzer eines Tagesgeldkontos, bei einer deutschen Bank. In einem Reisebüro hatte er eine Reise nach New York gebucht, mit allem was dazu gehörte. Natürlich auch eine deutschsprachige Reiseleitung, sein Englisch war nämlich grottenschlecht. Dafür musste er sich natürlich noch neu einkleiden und auch er gab eine Menge Geld für neue Klamotten aus. Er ging shoppen und kaufte sich noch anständige Koffer sowie eine edle Lederbörse. Seine Einkäufe ließ er ins Hotel liefern, da er keine Lust hatte, alles mit sich rum zu schleppen. Dann spazierte er zum Dom und setzte sich in ein Café, die Sonne schien warm vom Himmel und er zog seine Sonnenbrille an. Dann sagte jemand, ganz leise in sein Ohr:

„Hallo Alter, ich brauche mehr Geld, der Tausender ist schon weg. Ein Freund von mir steht auf der anderen Straßenseite und filmt uns mit seinem Handy. Bleib also ganz locker und hör genau zu. Morgen, um die gleiche Zeit, sitz du wieder hier und hast 100.000 Euro bei dir, wenn du nicht kommst, geht ein Video von der Lösegeldübergabe an die Bullen. Verstanden? Nick nur mit dem Kopf, Georg."

Er hielt immer noch die Luft an und traute sich nicht sich zu bewegen. Dann sah er wie zwei Jungs mit einem Skateboard um die Ecke flitzten. Verdammte Scheiße. Jetzt musste er etwas unternehmen, Daniel würde ihn immer weiter erpressen und keine Ruhe geben. Zu früh gefreut und morgen würde er nach New York fliegen, eine Entscheidung musste er erstmal verschieben. Warum musste er auch unbedingt am Dom einen Kaffee trinken gehen?

Kapitel 24

Ginger traf eine Entscheidung nachdem sie mit Ben telefoniert hatte. Sie musste handeln, denn die Polizei rückte ihr langsam näher und näher. Sie wollte ihr ganzes Leben neu ordnen und das betraf vor allem ihre finanzielle Situation. Sie besaß noch drei Millionen Euro und die musste sie irgendwie verteilen. Ben bekam die Wohnung, sollte er damit machen was er wollte, das war dann sein Problem. Einen Teil des Geldes überwies sie der Seniorenresidenz, wo ihre Mutter lebte. Danach zog sie sich sorgfältig an, um zur Klinik *Schönheitspalast* zu fahren. Am Empfang saß eine sehr freundliche junge Dame und erklärte ihr die Aufnahmeformalitäten. Der ganze Eingangsbereich war in einem hellen Sonnengelb gestrichen, und man dachte gar nicht, dass das hier ein Krankenhaus ist.

„Frau Smith, da wir noch ein paar Voruntersuchungen machen wollen, wäre es gut, wenn Sie drei Tage vor dem Eingriff in die Klinik kommen könnten. Wir richten uns da ganz nach Ihnen. Haben Sie noch Fragen?"

Ginger nickte und lächelte, das Zimmer kostete jeden Tag zweihundert Euro und jede Untersuchung extra, geschweige die eigentliche OP.

„Ich möchte nur von Professor Weber persönlich operiert werden und nicht von einem Assistenzarzt. Da lege ich großen Wert drauf. Ich haben mir für die nächste vier Wochen nicht vorgenommen und bin sehr flexibel. Sie kennen bestimmt die Termine vom Professor und stimmen sie mit ihm ab. Außerdem würde ich gerne ein Gespräch mit ihm führen."

Die junge Frau nickte und begleitete sie in einen freundlichen Raum mit vielen Blumen.

„Darf ich Ihnen einen Kaffee bringen oder lieber ein Glas Champagner? Herr Dr. Meinhard, unser Oberarzt, steht ihnen in fünf Minuten für die ersten Fragen zur Verfügung."

Ginger nahm sich eine Zeitung und nach zwei Minuten kam der Kaffee. Zwei Minuten später erschien ein großer, blonder Mann im weißen Kittel.

„Guten Tag, Frau Smith, ich bin Dr. Meinhard, unser Professor Weber befindet sich im Moment in Urlaub und ich vertrete ihn. Erzählen Sie mir doch bitte, was wir für Sie tun können."

Ginger zog eine Augenbraue hoch und schüttelte den Kopf.

„Damit wir uns richtig verstehen, ich möchte nur vom Professor operiert werden. Nicht dass ich an ihren Fähigkeiten zweifeln würde, aber ich will nur den Professor. Er ist schließlich dafür bekannt, ein Meister für Brustvergrößerungen zu sein."

Meinhard ließ sich nichts anmerken, aber ein leichtes Lächeln konnte er sich nicht verkneifen.

„Gar kein Problem, Frau Smith, aber der Professor ist die nächsten drei Wochen nicht im Haus, wenn es Ihnen nichts aus macht, können wir heute einen Termin vereinbaren, dann wären Sie die Erste auf seiner OP-Liste."

Verdammter Mist, das hatte sie nicht ahnen können, drei Wochen musste sie noch warten, aber dagegen konnte sie leider nichts machen.

„Dr. Meinhard, ich warte gerne, ich habe mir den ganzen Monat freigeschaufelt, wissen Sie."

Dann erklärte er ihr den Eingriff, aber sie hörte gar nicht zu. Warum auch? In Wirklichkeit wollte sie sich gar nicht operieren lassen, aber ein persönliches Gespräch mit dem Professor, das wollte sie unbedingt. Dann verabschiedete sie sich und machte sich auf den Heimweg. Diese drei Wochen brachten ihren Zeitplan total durcheinander und sie musste umdisponieren. Als sie in ihrer Wohnung war, holte sie sich ein Bier aus dem Kühlschrank und rief Ihren Makler an.

„Hallo, hier ist Ginger Smith, bitte verkaufen Sie die Ziegelei, so schnell wie möglich. Den Mietvertrag für den Bauernhof können Sie auch kündigen. Nehmen Sie auf die Kündigungsfristen keine Rücksicht, es soll schnell gehen. Schicken Sie mir die Endabrechnung und überweisen Sie mir den Differenzbetrag. In vier Wochen trete ich eine längere Reise an und bis dahin muss alles erledigt sein. Danke."

So, nach diesem Gespräch ging es ihr viel besser. Sie brauchte nur noch einmal die Hilfe von Ben und rief ihn an.

„Hi Ben, hast du gerade Zeit? Ich möchte unser Zeug aus der Ziegelei und dem Bauernhof wegschaffen. Brauchen wir ja nicht mehr. Kannst du mir dabei helfen?"

Er atmete schwer am anderen Ende der Leitung, das war ihr neu, seit wann bekam er so schlecht Luft?

„Hallo Ginger, natürlich helfe ich dir. Ich besorge für morgen einen LKW und dann kann es losgehen. Ein Kumpel von mir arbeitet auf dem Schrottplatz, da können wir dann alles entsorgen. Geht es dir gut? Wir haben uns die letzten Tage gar nicht gesehen."

Sie bekam einen Kloß in den Hals und merkte, wie ihr die Tränen über die Wangen strömten.

„Nein, nein, alles in Ordnung. Der Professor, der mich operieren soll, ist erst in drei Wochen wieder da. Du weißt doch wie ungern ich warte. Sobald du den LKW hast, hol mich einfach ab. Okay?"

Ben wollte noch etwas sagen, aber sie hatte ihn schon weg gedrückt. Er hatte ein ungutes Gefühl und machte sich mal wieder Sorgen. Zu der Werkstatt gehörte eine kleine Wohnung und da übernachtete er jetzt öfter. Gingers Wohnung war einfach zu weit weg und die Fahrerei kostete zu viel Zeit. Das einzig Gute war, dass sie Ziegelei und den Bauernhof aufgeben wollte, dann war es ihr wirklich ernst. Eigentlich müsste er sich doch freuen, aber warum tat er es dann nicht? Da half nur körperliche Arbeit und in der Werkstatt gab es nun wirklich genug zu tun.

Julius flog nach Chicago und nahm sich ein Hotel in der Nähe der Klinik. Am nächsten Tag hatte er einen Termin bei seinem behandelnden Arzt, Dr. Miller. Er machte jede Menge Untersuchungen mit ihm und nach drei Stunden saß Julius wieder bei ihm im Büro. Dr. Miller erklärte ihm die Ergebnisse und machte ihm wenig Hoffnung.

„Jetzt im Moment sind Sie noch im Anfangsstadium von Aids, das wird aber nicht mehr lange der Fall sein. Ihr Blutbild zeigt das schon ganz deutlich. Sie sind kurz davor die nächste Stufe zu erreichen. Die Tabletten die Sie jetzt schon nehmen, werden dann nicht mehr ausreichen. Ihr Allgemeinzustand wird sich rapide verschlechtern und man wird es Ihnen auch immer mehr ansehen. Wir experimentieren mit einem neuen Wirkstoff, aber wir wissen nicht, wie er auf Menschen wirkt. Die erste Testphase mit Ratten und Mäusen haben wir erfolgreich abschließen können. Der Wirkstoff schlägt bei den

Tieren sehr gut an, aber wir haben keinerlei Erfahrungen mit Menschen. Wir versuchen gerade bei den Behörden eine Genehmigung zu bekommen, um mit freiwilligen Probanden zu arbeiten. Sie wären ein richtiges Versuchskaninchen, das will ich Ihnen nicht verschweigen."

Julius hatte großen Respekt vor Dr. Miller, nicht viele seiner Kollegen hätten sich so offen und unmissverständlich erklärt.

„Jetzt mal ganz ehrlich, wie lange habe ich noch, wenn ich nur die Tabletten nehme, wie bisher?"

Der Arzt zog seine Brille aus und legte sie auf seinen Schreibtisch.

„Meine Aussage beruht auf Erfahrungswerte der letzten zehn Jahre, wenn Sie Glück haben, sind Sie noch sechs Monate auf dieser wunderschönen Welt. Dann werden Sie schon so geschwächt sein, dass Sie im Bett liegen müssen. Tut mir leid, aber das ist meine Prognose."

Julius sah aus dem Fenster und weigerte sich sentimental zu werden. Er musste etwas unternehmen und da konnte er nicht wie ein altes Waschweib rumjammern.

„Dr. Miller, würde der neue Wirkstoff mein Leben verlängern? Ich meine länger als sechs Monate? Ich habe drei kleine Jungs zu Hause und die würde ich gerne noch ein bisschen aufwachsen sehen."

Der Arzt sah ihn fest an.

„Das kann ich Ihnen nicht versprechen, es gibt wie gesagt noch keine Studien dazu. Aber was ich Ihnen anbieten kann ist folgendes, Sie kommen alle drei Monate zu mir und ich spritze Ihnen den Wirkstoff. Die Tabletten brauchen Sie dann auch nicht mehr zu nehmen. Die Behandlung ist für sie kostenlos und im Gegenzug bekomme ich Ihre Untersuchungsergebnisse, natürlich müssen sie eine Vereinbarung unterschreiben, dass Sie keine Regressansprüche gegen mich stellen. Wie gesagt, der Wirkstoff ist nicht zugelassen und Sie fliegen ohne Fallschirm."

Julius nickte, er hatte keine andere Chance und er wollte leben und zwar so lange es ging. Dr. Miller holte eine Spritze aus einem Schrank und stach ihm in den Oberarm, dann drückte er den Kolben ganz vorsichtig runter. Nach wenigen Minuten war alles vorbei und Julius zog sein Hemd wieder an.

„Danke, in drei Monaten sehen wir uns wieder. Ich rufe Sie an."

Als er das Krankenhaus verließ, fühlte er erst mal nichts. Kurz vor seinem Hotel wurde ihm schlecht und er musste sich übergeben. Das fing ja schon gut an, kaum gespritzt und schon die ersten Nebenwirkungen. Im Hotel angekommen legte er sich aufs Bett und schlief sofort ein. Nach zwei Stunden wurde er wach und er fühlte sich so gut wie schon lange nicht mehr. Plötzlich hatte er Sehnsucht nach Julia und rief sie an.

„Hallo Julia, ich bin's. Stell dir vor ich bin in Chicago, bei einem Ärztekongress, aber total langweilig. Habt ihr gutes Wetter, was machen die Jungs?"

Julia war über den Anruf überrascht und wusste nicht so richtig was sie antworten sollte.

„Hier ist alles in Ordnung, die Jungs sind die ganze Zeit im Pool, wir haben sehr schönes Wetter. Du hast mir gar nicht erzählt, dass du nach Chicago wolltest."

Er musste schlucken, weil er gedacht hatte, sie würde sich über seinen Anruf mehr freuen.

„Habe ich wohl vergessen. Du, der Kongress ist für mich uninteressant, was hältst du davon, wenn ich euch besuchen komme? Ich dachte an eine Woche, oder so."

Sie hätte am liebsten nein gesagt, aber sie konnte ihn nicht davon abhalten, die Kinder zu sehen. Sie seufzte leise.

„Komm vorbei und sag mir noch Bescheid, wann du am Flughafen bist, ich hole dich dann ab."

Sie plauderten noch zehn Minuten über Nebensächlichkeiten und Julius freute sich trotzdem auf das Wiedersehen. Vielleicht konnte ihm der Wirkstoff wirklich helfen. Er wollte nicht ein Pflegefall werden und von anderen Menschen abhängig sein. Wenn es mal so sein sollte, würde er seinem eigenen Leben ein Ende setzen. Als Julia zurück zum Pool ging, war sie froh, dass Julius vorbei kommen würde. Es tat ihr leid, dass er so krank war, das wünschte sie nun wirklich keinem. Sie könnten sich endlich mal aussprechen, ohne Klinik und andere Störungen. Sie wollte mit den Kindern in Südfrankreich bleiben. Es war ihr undenkbar in die Villa zurück zu kehren. Sie war dort immer unglücklich und die Sonne hier, tat ihr gut. Auch die Kinder lebten auf und sprachen sogar schon ein wenig Französisch. Hier um die Ecke gab es eine internationale Schule und die Menschen waren viel netter als in Deutschland. Also, warum eigentlich nicht? Julia atmete durch und war wieder optimistisch was ihre Zukunft anging. Julius musste für ihre Wünsche Verständnis haben, ob er wollte oder nicht. Ihm blieb nichts anderes übrig.

Kapitel 25

Georg hatte schlecht geschlafen, was aber auch kein Wunder war. Das dieser Daniel so viel kriminelle Energie besaß, war ihm immer noch unheimlich. Er packte 100.000 Euro in eine alte Reisetasche und ärgerte sich über sich selbst. Warum hatte er den Jungen eigentlich so unterschätzt? Das war sein eigener Fehler und den konnte er sich nur selber ankreiden. Vom Hotel bis zum Café, war es nur ein kurzer Weg und er war zu früh da. Das auch noch. In vier Stunden sollte sein Flug nach New York gehen und er war immer noch unschlüssig, ob er wirklich fliegen sollte. Dieser Junge würde ihn immer weiter erpressen, deshalb musste er sich etwas einfallen lassen und zwar schnell. Auf einmal stand Daniel vor ihm und setzte sich an seinen Tisch.

„Hallo Alter, hast du das Geld bei dir?"

Georg nickte und schob ihm die Reisetasche rüber. Der Junge guckte flüchtig in die Tasche und lächelte ihn freundlich an.

„Hör mir jetzt ganz genau zu. Einmal im Monat, immer am ersten Montag um die gleiche Zeit, werden wir beide uns treffen. Du bringst immer 100.000 Euro mit, wenn du nicht kommst, gehe ich zur Polizei und erzähle ihnen alles was ich weiß, inklusive das Bildmaterial. Hast du mich auch verstanden, Georg?"

Er nickte nur und sagte kein einziges Wort. Daniel verschwand so schnell wie er gekommen war und Georg zahlte seinen Kaffee. An der Rezeption seines Hotels standen die Koffer und er fuhr mit einem Taxi zum Flughafen. Die ganze Zeit war er total nervös und sah überall Polizisten. Dann versuchte er sich zu beruhigen, am Flughafen war immer viel Polizei, oder? Als er endlich im Flieger saß, fiel ihm ein Stein vom Herzen, geschafft. Er hatte genau zwei Wochen Zeit, um das Problem Daniel zu lösen. Ihm musste einfach etwas einfallen. Dann schloss er die Augen und fiel in einen tiefen, traumlosen Schlaf.

Auch Daniel war froh, dass er das Geld bekommen hatte. Seine Eltern gaben ihm zwar ein Taschengeld, aber es war natürlich zu wenig. Das Leben war einfach zu teuer. Als er nach Hause kam, war keiner da und so konnte er das Geld in Ruhe verstecken. In seinem Zimmer stand ein großer Kleiderschrank, da ging nie jemand ran, außer ihm selbst. Er warf noch ein paar Kleidungstücke auf die Reisetasche, perfekt, nichts mehr zu sehen. Daniel führte ein Videotagebuch und das begann mit dem Tag, an dem Georg ihn das erste Mal angesprochen hatte. Es war seine kleine Lebensversicherung, denn die Polizei würde ihre helle Freude daran haben. Seine Eltern waren ein weitaus größeres Problem, denn er musste aufpassen, dass sie nicht bemerkten, wie viel Geld er auf einmal hatte. Er liebte es shoppen zu gehen, aber seine Eltern waren nicht blöd und gerade seine Mutter sah sofort, wenn er ein neues T-Shirt oder Sneakers trug. So, jetzt musste er für die morgige Matheklausur pauken, ob er wollte oder nicht. Er war so schlecht und wenn er eine Fünf bekam, wäre seine Versetzung gefährdet, das wollte er aber auf keinen Fall. Seine ganzen Freunde waren bei ihm in der Klasse, das ging also gar nicht. Nach einer halben Stunde hatte er das Geld vergessen und er büffelte wie ein normaler Junge, der Angst hatte, eine Ehrenrunde drehen zu müssen. Nach weiteren zwei Stunden, rief seine Mutter, dass das Abendessen fertig war und er ging in die Küche, wo sein Vater schon am Tisch saß.

„Mensch Daniel, wann gehst du denn endlich mal zum Friseur, man kann dein Gesicht ja gar nicht mehr sehen."

Schnell holte er einen Gummi aus der Tasche und machte sich einen Zopf. Seine Eltern fingen beide an zu lachen und verdrehten die Augen.

„Ja, seit wann haben wir denn eine Tochter? Ich dachte immer wir hätten einen Sohn."

Auch er musste lachen und war froh, dass er solche Eltern hatte, die waren eigentlich ganz okay. Da fiel ihm die Reisetasche ein und er grinste über das ganze Gesicht.

„Na, mein Großer, was freust du dich denn so? Doch nicht etwa auf die morgige Matheklausur? Du hast hoffentlich fleißig geübt. Du weißt ja, dass deine Versetzung davon abhängen kann?"

Er nickte seinem Vater beruhigend zu.

„Macht euch keine Sorgen, alles unter Kontrolle, ich habe den ganzen Nachmittag gelernt."

Nach dem Essen ging er auf sein Zimmer und holte die Reisetasche heraus, der Anblick des Geldes beruhigte ihn und schnell räumte er sie wieder weg. Dann setzte er sich an den Schreibtisch und lernte noch bis Mitternacht. Sicher war sicher. Er durfte auf keinen Fall sitzen bleiben.

Sophia buchte einen Flieger bis Barcelona und von dort noch einen Leihwagen. Sie würde eine Stunde brauchen um das kleine Dorf zu erreichen, in dem ihre Eltern lebten. Das Gespräch mit den Polizisten steckte ihr immer noch in den Knochen, aber danach hatte sie nichts mehr von ihnen gehört, zum Glück. Sie freute sich schon auf das Gesicht ihrer Eltern, wenn sie mit der freudigen Überraschung heraus kämme. Sie bewohnten eine kleine Wohnung, aber sie beklagten sich nie bei ihr. Der Herd auf dem ihre Mutter kochte, war so alt wie Sophia. Der Fernseher war zwanzig Jahre alt und nach drei Stunden Betrieb wurde er gefährlich heiß, so das man ihn besser ausmachte. So gab es hunderte von kleinen Annehmlichkeiten, die sie ihren Eltern ermöglichen wollte. Darauf freute sie sich wirklich und konnte es kaum erwarten. Auf einmal fiel ihr Georg wieder ein und sie fragte sich, was er jetzt wohl machen würde. Wahrscheinlich Geld ausgeben, was anderes konnte er sowieso nicht. Sie war ihm auch nicht mehr böse, weil das, was sie besaß, mehr als genug war. Das Leben in Spanien war viel leichter, wenn man Geld hatte, als in Deutschland. Hier gab es noch eine richtige Gemeinschaft und die Menschen achteten aufeinander und halfen sich gegenseitig. In drei Stunden würde sie ihrem alten Leben den Rücken kehren und darauf freute sie sich am meisten.

Der Anruf aus der Rechtsmedizin erreichte Franziska im Auto. Sie lauschte den Ausführungen von Dr. Brenner und nachdem das Gespräch beendet war, klatsche sie in die Hände. Endlich gab es handfeste Beweise, Mike würde Augen machen, wenn er die Neuigkeiten erfahren würde. Er saß schon im Büro und reichte ihr eine Tasse Kaffee.

„Warum grinst du wie ein Honigkuchenpferd? Hast du etwa im Lotto gewonnen?"

Sie setzte sich und legte die Füße auf den Schreibtisch.

„Endlich, man hat DNA-Spuren an der Leiche von Kevin Schultz gefunden und die sind identisch mit der DNA, die wir an Rolf Sommer gefunden haben. Aber jetzt kommt das Beste, vor fünfundzwanzig Jahren wurde der Anwalt August Möller in seiner Villa erschossen. Die Täter hat man nie erwischt, aber auch dort fand man DNA-Spuren. Stell dir vor, sie sind alle drei identisch. Es handelt sich immer um eine Frau, eindeutig. In der Villa konnte man blonde Haare sicherstellen, unsere Täterin ist also blond, fällt dir da jemand spontan ein?"

Mike sprang auf und nahm seine Jacke von der Garderobe.

„Los, lass uns zu Ginger Smith fahren, das dürfte doch ausreichen, um einen Durchsuchungsbefehl zu bekommen, oder?"

Sie schüttelte den Kopf.

„Nein, das werden wir nicht tun. Ersten glaube ich kaum, dass der Staatsanwalt das so sieht wie wir und ich möchte nicht, dass sie vorgewarnt ist. Wir versuchen aus ihrem Badezimmer ein paar Haare mitgehen zu lassen. Natürlich nur für uns. Wenn sie wirklich die Täterin ist, können wir sie endlich festnageln."

Sie gingen zu Fuß zum Rheinauhafen und am Empfang saß wieder der freundliche, ältere Mann.

„Guten Tag, wir möchten zur Fr. Smith. Können Sie uns anmelden?"

Er lächelte sie an und schüttelte den Kopf.

„Leider nein, sie ist nicht da."

Mike fluchte und Franziska drückte seinen Arm.

„Schade, können Sie uns vielleicht sagen, wann Sie wieder zurückkommt?"

Der ältere Mann zog die Augenbrauen zusammen und sah sie streng an.

„Nein, kann und will ich auch nicht. Ich arbeite hier als Pförtner und nicht als Spion. Unsere Mieter schätzen die Privatsphäre unseres Hauses und das ist ihr gutes Recht."

Mike holte seinen Ausweis aus der Tasche und knallte ihn auf den Tisch.

„Sie behindern die Arbeit der Polizei und das ist in unserem Land strafbar. Also, seit wann ist die Frau außer Haus?"

Der Pförtner grinste ihn frech an und verschränkte die Arme vor der Brust. Franziska zog ihn aus der Eingangshalle nach draußen.

„Mach doch nicht so ein Theater, das wird er ihr alles erzählen und dann lässt sie uns bestimmt nicht mehr in ihre Wohnung. Das hast du echt super hin gekriegt. Danke."

Zerknirscht folgte er ihr Richtung Präsidium und sagte auf dem ganzen Weg kein einziges Wort. Franziska versuchte Ben Schneider zu erreichen, aber er hatte sein Telefon ausgeschaltet.

„Also gut, wir nehmen uns noch mal den Mordfall August Möller vor, es könnte sein, dass etwas übersehen worden ist. Der Staatsanwalt will Beweise und keine Vermutungen."

Mike war restlos bedient und hatte die Schnauze gestrichen voll. Dieser Fall brachte ihn noch um den Verstand. Nichts klappte, es wäre so einfach gewesen, ein paar Haare aus dem Badezimmer zu holen, aber nein, die feine Dame war ausgeflogen. Mist.

Ginger und Ben fuhren als erstes zur Ziegelei, dort war am meisten zu tun. Er hatte allerhand Utensilien dabei und war bestens ausgerüstet. Zuerst zerlegte er alles was aus Stahl oder Eisen war, mit einer Flex in kleine handliche Einzelteile. Ginger ging in die Küche und schlug alles kurz und klein, danach warfen sie alles in den LKW. Als die Räume endlich leer waren, fegten sie den ganzen Staub und Dreck zusammen und füllten alles in eine Mülltüte. Dann holte Ben den Hochdruckreiniger und befüllte ihn mit einem säurehaltigen Reinigungsmittel. Er zog sich eine Atemschutzmaske über und schickte Ginger nach draußen. Großzügig besprühte er die Wände,

Böden und Decken zum Schluss auch noch die Türen. Nach einer Stunde kam er wieder raus und setzte sich neben Ginger ins Auto.

„So jetzt warten wir noch eine Stunde, dann sieht alles wieder genau so aus, wie wir die Ziegelei gekauft haben. Das ist echt ein Teufelszeug, ist in Deutschland verboten, hat mir ein Freund aus Polen mitgebracht."

Als sie hinein gingen, konnte Ginger ihren Augen nicht trauen. Es war wie verhext, die Räume sahen total vermodert und herunter gekommen aus. Das kleine Wachhäuschen wurde auch zerlegt und die Überreste wanderten in den LKW. Die ganze Aktion hatte vier Stunden gedauert und dann ging es ab zum Schrottplatz. Bens Kumpel half beim Abladen und Ginger bekam für alles noch dreitausend Euro. Danach fuhren sie in eine Pizzeria, um sich zu stärken. Der Bauernhof würde nicht so viel Arbeit machen, hier gab es nur die Küche, die abmontiert werden musste. Ben hatte schon einen Käufer gefunden, wäre zu schade gewesen, wenn sie auf dem Müll gelandet wäre. Hier gab es nur die Stahlliege, die zerlegt werden musste und als alles leer war, kam der Hochdruckreiniger zum Einsatz. Nach zwei Stunden waren sie fertig und fuhren ein letztes Mal zum Schrottplatz. Sie sahen aus wie die Schweine und Ginger schlug vor, dass Ben sich bei ihr frisch machen sollte. Als sie die Eingangshalle betraten, erzählte ihnen der Pförtner was sich ereignet hatte. Als sie in der Wohnung waren, rief Ginger sofort ihren Anwalt an, Dr.

Wöllner. Doch der beruhigte sie und gab ihr ein paar Verhaltensregeln mit, das war alles. Ben war schon unter der Dusche und sie ging in die Küche und machte Kaffee. Als er in die Küche kam, reichte sie ihm einen Becher und ging selbst duschen. Ben holte sein Handy aus der Tasche und sah, dass er zwei Anrufe mit unbekannter Nummer bekommen hatte, er löschte sie sofort, das macht er immer so. Nach einer halben Stunde machten sie sich auf den Weg zu Rosi, Ben hatte Lust auf Frikadellen und ein Bier.

Kapitel 26

Julia hatte die Kinder zu Hause gelassen und wartete auf Julius in der Ankunftshalle. Als sie ihn entdeckte, war sie mehr als überrascht, denn er sah gar nicht mehr so krank aus, wie sie ihn in Erinnerung hatte. Ganz im Gegenteil, sein Gesicht hatte Farbe, seine Augen wirkten klar und wach und die Freizeitkleidung, die er trug, machte ihn um Jahre jünger. Er wollte sie auf die Wange küssen, aber sie zog den Kopf weg, das war ihr dann doch zu viel. Beschämt sah er sie an, doch sie blickte an ihm vorbei.

„Hallo Julia, schön dich zu sehen, du hast mir gefehlt."

Sie nickte ihm freundlich zu und nahm seinen Koffer, dann gingen sie zum Auto. Jetzt fühlte sie sich doch verpflichtet etwas zu sagen und so erzählte sie ihm was über die Kinder.

„Die Jungs freuen sich schon auf dich, du wirst überrascht sein, wie sie schon wieder gewachsen sind, es ist unglaublich."

Er erzählte ihr von dem Ärztekongress, aber sie hörte nur mit einem halben Ohr zu. Die Unterhaltung plätscherte so dahin und sie waren beide froh, als sie endlich da waren und den Wagen abstellen konnten. Sie zog den Schlüssel ab und sah ihm fest in die Augen.

„Julius, wir müssen über unsere Zukunft sprechen. Ich kann und will nicht mehr so weiter leben wie bisher."

Er stieg wortlos aus dem Wagen und ging in den Garten. Dazu hatte er gar keine Lust, Grundsatzdebatten mit Julia zu führen. Dafür war noch genügend Zeit, aber nicht jetzt. Als die Jungs ihn sahen, liefen sie zu ihm und er warf sie nacheinander die Luft. Julia beobachtete die Szene und holte den Koffer, sie brachte es nicht übers Herz, den Kindern ihren Spaß zu verderben. Sie setzte sich in die Küche und machte Kaffee, sie musste schmunzeln als sie hörte, dass Julius um Gnade bettelte, ihr Ältester ihm aber zu verstehen gab, dass er keine Gnade kannte. Nach einer halben Stunde kam Julius in die Küche und setzte sich zu ihr an den Tisch. Sie schenkte ihm einen Kaffee ein und er nahm dankbar die Tasse.

„Also, ich bin hier, lass uns reden."

Sie zündete sich eine Zigarette an und bot ihm eine an, aber er schüttelte den Kopf.

„Nein, danke, habe ich mir wieder abgewöhnt, bekommt mir einfach besser. Glaubst du, dass wir noch eine Chance haben?"

Sie inhalierte tief und sah ihn traurig an.

„Nicht in unserem alten Leben. Ich möchte mit den Kindern hier bleiben, in Deutschland war ich sehr unglücklich. Du arbeitest wie ein Verrückter und verbringst fast deine ganze Zeit in der Klinik.

Lass uns eine Weile getrennt voneinander leben, du kannst natürlich jederzeit vorbei kommen, aber ich brauche einfach etwas Abstand."

Das hatte er befürchtet und konnte es ihr auch nicht verübeln. Es gab nur noch einen gemeinsamen Nenner und das waren die Kinder. Die Vorstellung, alleine in Köln zu leben, ängstigte ihn sehr. Die Klinik interessierte ihn nicht mehr Die wenige Zeit, die ihm noch blieb, wollte er mit seiner Familie verbringen.

„Ich werde die Klinik aufgeben, die ganze Arbeit hat mich fast aufgefressen. Geld haben wir genug, bis an unser Lebensende. Doch mein einziger Wunsch ist, dass ich bei dir und den Kindern sein möchte."

Sie war geradezu bestürzt, weil sie sich das Gespräch ganz anders vorgestellt hatte. Das musste sie jetzt erst mal verdauen und sacken lassen.

„Also gut, bis du die Klinik abgegeben hast, bleibe ich mit den Kindern hier. Wenn du wirklich bereit bist, dein Leben zu ändern, dann will ich es auch noch mal versuchen. Aber ich möchte, dass du dir erstmal eine eigene kleine Wohnung nimmst. Von mir aus, hier in der Nähe. Ich kann nicht so tun, als ob nichts gewesen wäre, aber wir müssen sehen, was die Zeit bringt. Bist du damit einverstanden, Julius?"

In dem Moment kamen die Kinder in die Küche und veranstalteten einen Lärm, dass sie beide lachen mussten. Julius zwinkerte ihr zu und ging mit der Rasselbande Richtung Pool.

„Frau Bialas, wenn Sie nicht damit aufhören, Frau Smith zu belästigen, muss ich ein Verfahren gegen Sie einleiten. Bei einem konkreten Verdacht, holen Sie sich bitte einen Strafbefehl vom Staatsanwalt. Aber alles andere wird Konsequenzen für Sie haben, das verspreche ich Ihnen.“

Dr. Wöllner spazierte in ihrem Büro auf und ab, zum Glück war Mike in der Rechtsmedizin.

„Schon gut, Dr. Wöllner, ich habe Sie verstanden. Regen Sie sich mal nicht so auf, wir leben ja wohl in einem Rechtsstaat, oder was wollen Sie mir unterstellen?“

Sie stand auf und blickte ihn frech an.

„Meine liebe Frau Bialas, warum glaube ich Ihnen kein Wort von dem, was Sie da sagen? Wo ist denn Ihr junger, hitziger Kollege?“

Dann drehte er sich um und verließ grußlos ihr Büro. Wöllner war ein harter Hund, das wusste sie schon immer. Sie fischten im Trüben und das regte sie schrecklich auf. Der Mord an August Möller lag fünfundzwanzig Jahre zurück und die Ermittlungsakten gaben nicht viel her. Zu der damaligen Zeit war er einer der größten Immobilienbesitzer in der Stadt. Dann fiel ihr wieder das Gespräch mit Ben Schneider ein und der Metzgerei Schmitz. Aber einen Zusammenhang konnten sie nicht mehr feststellen. Das Haus war längst abgerissen worden und es gab keine alten Unterlagen mehr. Trotzdem versuchte sie ihr Glück und rief Ben Schneider an.

„Hallo Herr Schneider, hier ist Bialas, ich habe da noch eine kleine Frage an Sie. Wissen Sie vielleicht, wer der Besitzer des Hauses war, in der die Metzgerei Ihrer Freundin war?"

Stille, nichts war zu hören, noch nicht mal mehr ein Atemgeräusch. Dann, endlich sprach er wieder, wenn auch sehr zugeknöpft.

„Nein, das weiß ich leider nicht, tut mir Leid. Ich muss leider Schluss machen, ein Kunde wartet auf mich. Bis bald, Frau Bialas."

Bevor sie noch etwas sagen konnte, hatte er schon aufgelegt. Das war heute wirklich nicht ihr Tag. Egal, da konnte sie sich jetzt nicht weiter mit beschäftigen. In dem Moment kam Mike herein und sie gingen in die Kantine. Heute gab es Schnitzel mit Pommes oder Bratwurst mit dicken Bohnen. Franziska entschied sich für das kleinere Übel und nahm das Schnitzel. Mike nahm die dicken Bohnen und sie versuchte nicht auf seinen Teller zu gucken. Leider saß der Polizeipräsident am Nebentisch und so verlief das Essen sehr schweigsam. Lehmann erzählte seine alten Witze und die Speichellecker an seinem Tisch, lachten laut und unnatürlich. Ob es am Essen oder an der Anwesenheit von Lehmann lag, ihnen schmeckte es nicht mehr und so gingen sie wieder in ihr Büro. Franziska erzählte ihm von dem seltsamen Gespräch mit Ben Schneider.

„Es ist total verrückt, du kannst dich mit ihm ganz normal unterhalten, doch sobald das Gespräch um Ginger Smith geht, macht er zu."

Mike las noch mal die Berichte von den Morden und schüttelte den Kopf.

„Das kann sie unmöglich alles alleine gemacht haben. Bis auf Kevin Schultz waren das alles große staatliche Männer. Was wird die Frau wiegen? Vielleicht fünfzig Kilo, mehr nicht. Das ist für eine Frau wie sie, nicht zu stemmen."

Das gefiel ihr überhaupt nicht, sie wollte sich nicht vorstellen, dass Ben Schneider ein eiskalter Killer war. Er hatte so was Empfindliches in seinem Wesen.

„Es gibt keinerlei Hinweise, dass er an den Tatorten gesehen worden ist. Es ist überhaupt niemand gesehen worden."

Mike stellte sich an ihre Tafel.

„Pass mal auf, wir haben keinen einzigen Tatort gesehen, schon vergessen? Die Leichen sind abgelegt worden, aber es war nie der Tatort. Mensch, das musst du doch unterscheiden können. Manchmal denke ich, dass du nicht mehr objektiv sein kannst, was diesen Schneider angeht. Ich sage dir, er ist der geheimnisvolle Helfer."

Dann stürzte er aus dem Büro und warf krachend die Tür hinter sich zu. Franziska sah ihm fassungslos hinter her und packte ihre Tasche. Dieser Fall machte sie noch alle verrückt und sie war Mike nicht böse über seinen kleinen Auftritt.

Als sie nach Hause kam, stand Leni am Herd und kochte.

„Hey Franzi, setzt dich schon mal, ist alles fertig."

Schnell deckte sie den Tisch und öffnete eine Flasche Wein.

„Na Leni, wie war dein Tag? Wie oft bist du nach Mallorca geflogen und wieder zurück?"

Ihre Freundin sah sie ernst an.

„Ich bin heute gar nicht geflogen, da ich in der Zentrale in Frankfurt war. Man hat mir einen coolen Job angeboten und darüber möchte ich mit dir sprechen."

Franziska legte den Löffel auf den Teller und sah sie überrascht an.

„Erzähl mal um was es geht. Hat man dich endlich befördert und dir eine schöne Gehaltserhöhung gegeben?"

Leni beugte sich zu ihr und küsste sie auf die Nasenspitze.

„Stell dir vor, ich kann Chefpurser in der Regierungsmaschine des Auswärtigen Amtes werden. Ich begleite den Außenminister und die Staatssekretäre auf den Flügen rund um die Welt. Die Sache hat nur einen Haken, meine Home-Base ist dann nicht mehr Köln, sondern Berlin."

Franziska sah sie entsetzt an.

„Berlin? Das ist doch wohl nicht dein Ernst? Wann sollen wir uns dann noch sehen? Auf eine Fernbeziehung habe ich überhaupt keine Lust, sorry."

Leni sprang auf und baute sich vor ihr auf.

„Das ist mal wieder typisch, es geht immer nur um dich und ich muss auf dich Rücksicht nehmen. Aber weißt du was? Dazu habe ich keinen Bock mehr. Diesmal mache ich, was ich für richtig halte. So eine Chance bekomme ich nicht wieder. In einem Monat ziehe ich nach Berlin, ich habe dort schon ein Zimmer."

Franziska stand mittlerweile ebenfalls und war auch wütend.

„Ach, du hast schon unterschrieben? Warum hast du das nicht direkt gesagt? Ich werde dich nicht bitten zu bleiben, alles deine Entscheidung."

Leni sah sie wütend an, nahm ihre Jacke und verließ die Wohnung, dabei knallte sie so heftig die Tür zu, dass die Wände wackelten.

Franziska setzte sich wieder an den Tisch und schüttete sich ein Wasserglas mit Rotwein ein. Was für ein Tag, da musste man sich einfach besaufen, ob man wollte oder nicht. Das Glas war schnell leer und sie füllte es wieder auf. Leni und sie kannten sich jetzt schon eine kleine Ewigkeit und sie hatten sich immer geliebt, dachte Franziska bis vorhin noch. Verdammt, Berlin war so weit weg und dann noch ihre eigenen furchtbaren Arbeitszeiten. Wieder füllte sie ihr Glas auf und dachte schon mit Grauen an den nächsten Morgen, sie würde einen Kater haben und was für einen.

Irgendwann schlief sie auf dem Sofa ein und sie wurde von dem Klingeln ihres Handys wach. Mist, das war Mike und sie hatte verschlafen.

„Wo bleibst du denn? Es sind gleich neun Uhr und wir haben einen Termin beim Lehmann, beeil dich bloß."

Stöhnend ging sie unter die Dusche und nahm ein paar Schmerztabletten, was hatte sie der Welt nur getan, dass sie so leiden musste? Sie konnte sich alles vorstellen, aber kein Gespräch mit diesem Widerling Lehmann. Außerdem war Leni diese Nacht nicht nach Hause gekommen, aber daran musste sie sich wohl gewöhnen. Verdammt.

Kapitel 27

Daniels Mutter hatte große Wäsche, das bedeutete, dass sie wie ein Trüffelschwein im Wald durch das Haus stöberte und dreckige Wäsche suchte. Ihre beiden Männer versteckten gerne ihre Wäsche und verabscheuten es den Wäschekorb zu nehmen. Warum das so war konnte sie nicht herausfinden, aber nach all den Jahren hatte sie sich daran gewöhnt. Ihr Mann warf alles in die Ecken und Daniel versteckte alles in seinem Kleiderschrank. Das bedeutete für sie, dass sie jedes Teil in die Hand nehmen musste, um dann zu entscheiden, ob es sauber oder dreckig war. Sie kämpfte sich durch das ganze Haus und Daniels Zimmer kam als letztes dran. Sie kroch hinter seinen Schreibtisch, unters Bett und dann kam endlich der Schrank dran. Von den beiden Stapeln mit T-Shirts, blieben genau zwei Stück übrig, der Rest flog in den Wäschekorb. Sie riss das Fenster auf, um zu lüften und setzte sich auf sein ungemachtes Bett. Sie blickte genau auf den Schrank und ein blau-weiß karierter Stoff erregte ihre Aufmerksamkeit. Sie kannte Daniels Garderobe nur zu gut und wusste daher, dass sie es an ihm noch nicht gesehen hatte. Sie beugte sich herunter und entdeckte eine Reisetasche, die sie nicht kannte. Das komplette Reisegepäck war im Keller verstaut und die Neugierde ließ ihr keine Ruhe. Vorsichtig zog sie die Tasche heraus und war über das Gewicht erstaunt. Als sie den Reißverschluss aufmachte, wollte sie ihren Augen nicht trauen. Wie in Trance griff sie hinein und holte etliche Bündel mit fünfzig Euro Scheinen heraus. Woher zum Teufel, hatte der Junge das Geld? Sie packte alles wieder zurück und ging mit der Tasche in die Küche. Sie rief ihren Mann an und als der hörte was passiert war, versprach er sofort nach Hause zu kommen. Auf den Schreck musste sie sich einen Kaffee machen und als ihr Mann kam und den Inhalt der Tasche sah, war auch er fassungslos.

„Wir warten auf Daniel. Wenn er aus der Schule kommt, kann er uns das erklären und wehe wenn nicht."

Beide sahen sich an und dachten das Gleiche, was hatte er da nur getan?

„Das sind fast hunderttausend Euro, die wird er nicht mit seiner Aushilfstätigkeit an der Tankstelle verdient haben."

Endlich hörten sie ihren Sohn nach Hause kommen und als er die Reisetasche auf dem Tisch sah, wurde er blass. Scheiße. Sein Vater drückte ihn auf einen Stuhl und sah ihn streng an.

„Du hast genau drei Minuten Zeit, uns das zu erklären und streng dich an, wir sind nicht blöd."

Daniel seufzte und beichtete die ganze Geschichte. Seine Mutter wurde kreidebleich und sein Vater krebsrot im Gesicht. Der rief das

Polizeipräsidium an und ließ sich mit dem zuständigen Beamten verbinden.

„Mensch Daniel, was hast du nur getan? Wir fahren jetzt zur Polizei und du erzählst ihnen alles was du uns erzählt hast. Was hast du noch? Irgendwelche Aufzeichnungen oder so was?"

Daniel nickte und holte alles aus seinem Zimmer. Seine Mutter telefonierte mit Dr. Rössler, ihrem Anwalt und Daniel wusste, dass das schöne Geld jetzt weg war. Schade.

Ginger saß im Büro von Dr. Wöllner und besprach mit ihm, was sie mit ihrem Vermögen machen wollte. Der Anwalt hörte sich alles an und machte sich Notizen, aber er fragte sie nicht ein einziges Mal, was sie eigentlich vorhatte. Trotzdem fühlte sie sich genötigt ihm eine Erklärung ab zu geben. Sie erzählte ihm, dass sie eine Weltreise machen wollte. Er sah sie nur freundlich an und nickte ihr zu. Sie fühlte sich wie befreit, endlich war das Geld weg und sie brauchte sich darum keine Gedanken mehr zu machen.

„Dr. Wöllner, vielen Dank für alles, ich war mit Ihrer Arbeit immer sehr zufrieden. Wenn Sie alles erledigt haben schicken Sie mir bitte Ihre Endabrechnung zu, ich brauche keinen Anwalt mehr."

Er stand ebenfalls auf und schüttelte ihre Hand.

„Es war mir eine große Freude für Sie zu arbeiten. Wenn Sie doch mal wieder einen Anwalt brauchen rufen Sie mich bitte an."

Danach verkaufte sie ihr Auto und der Verkäufer konnte nicht verstehen, dass sie keinen anderen Wagen kaufen wollte.

„Aber man braucht doch ein Auto, gnädige Frau, oder wollen Sie mit Bus und Bahn fahren?"

Sie lächelte ihn freundlich an und schüttelte ihm die Hand.

„Wissen Sie, da wo ich bald hin gehe, brauche ich kein Auto mehr."

Danach rief sie Ben an und verabredete sich mit ihm zum Essen. Das Wichtigste war geschafft und sie war mehr als glücklich. Sie gingen in ein japanisches Restaurant, das erst letzte Woche eröffnet hatte. Dort gab es angeblich das beste Sushi in der ganzen Stadt. Sie saßen an einem ruhigen Tisch, direkt am Fenster und der Kellner brachte ihnen die Karte. Ben war erstaunt, wie glücklich und zufrieden Ginger aussah.

„Es freut mich, dass es dir so gut geht, du siehst ziemlich froh aus."

Sie studierte die Speisekarte und suchte nach einem Grund, auf das Thema zu kommen, was sie unbedingt ansprechen wollte.

„Endlich bin ich mal dazu gekommen, ein paar Sachen zu regeln, die mir wichtig waren. Dann plane ich noch eine kleine Weltreise, nach der Operation. Ich habe dir meine Wohnung geschenkt und noch eine Million in bar. Dr. Wöllner wird dir die Papiere zu schicken."

Ben sah sie fassungslos an.

„Das brauchst du nicht und das ist auch nicht nötig. Du bist mir nichts schuldig, ganz im Gegenteil. Wie kommst du nur auf so eine verrückte Idee?"

Sie nahm seine Hand und sah ihm fest in die Augen.

„Bitte, tu mir den Gefallen, ich will die Wohnung nicht mehr, sie hat mir kein Glück gebracht. Ich schulde dir mehr, als ich dir geben kann. Mach damit was du für richtig hältst, in vier Wochen bin ich raus. Sie hat dir doch immer so gut gefallen."

Er schüttelte den Kopf und sah aus dem Fenster. Die Wohnung war eine Kapitalanlage, mehr nicht. Selber dort wohnen wollte er auf gar keinen Fall, aber als seine Altersvorsorge wäre sie ideal.

„Was wirst du nach der Reise machen? Hast du schon Pläne?"

Das war wieder typisch Ben, auf alles immer vorbereitet sein.

„Du, wer weiß, vielleicht bin ich nach meiner Reise tot. Ich zerbreche mir nicht mehr den Kopf über ungelegte Eier."

Sie verschwieg ihm etwas und das machte ihn traurig. Jetzt kannten sie sich schon so lange und sie wollte ihn nicht mehr an sich heran lassen. Ben fasste einen Endschluss, er wollte nicht mehr fragen und dann abgewiesen werden. Wenn sie nichts erzählen wollte, war das ihr gutes Recht. Das Essen kam und sie plauderten miteinander wie flüchtige Bekannte. Ginger hatte sich für einen gebührenden Abgang entschieden und auch wenn sie versuchen würde, es Ben zu erklären, er würde ihr einen Strich durch die Rechnung machen.

Dr. Lehmann betrachtete Franziska und Mike durch seine Designerbrille und was er sah, gefiel ihm gar nicht. Die beiden saßen da wie ein Häufchen Elend und man sah ihnen ihre fehlende Motivation an.

„Seltsam, die beiden leitenden Beamten, die für den Entführungsfall Leo von Burghausen zu ständig sind, schalten nach Dienstschluss einfach ihre Handys ab. Ich habe mehrfach versucht Sie zu erreichen, können Sie mir das mal erklären?"

Sie nickten und sahen schuldbewusst auf ihre Hände, aber keiner sprach ein Wort. Lehmann seufzte und öffnete einen Schnellhefter.

„Dann werde ich Sie mal aufklären. Gestern Abend bekam ich einen Anruf von dem Vater unseres Skateboard-Fahrers Daniel. Der Junge hat ein Geständnis abgelegt, weil wir ihm Straffreiheit zu gesagt haben. Der Entführer, Georg Blücher, ein stadtbekannter Gauner, ist flüchtig und hat vermutlich alleine gearbeitet. Es gibt Fotos und anderes Beweismaterial, die Fahndung ist schon raus. Daniel hat ihn erpresst und seine Mutter hat das Geld gefunden. Was sagen Sie jetzt?"

Franziska setzte sich aufrecht in ihren Sessel.

„Das ist ja toll, wenigstens ein Fall, der aufgeklärt ist."

Mike nickte wieder und Lehmann schüttelte nur den Kopf.

„Dann will ich Sie nicht weiter aufhalten, Sie haben ja noch genug zu tun, oder?"

Danach gingen sie in ein kleines Café, das direkt gegenüber vom Präsidium war. Hier konnte man sich ungestört unterhalten und Franziska erzählte Mike die Geschichte mit Leni.

„Mensch, das tut mir echt leid, Berlin ist soweit weg Ich dachte immer, ihr würdet euch lieben?"

Darüber wollte sie jetzt nicht weiter reden und sie kam zurück zum Entführungsfall.

„Ich glaube nicht, dass er alleine gearbeitet hat. Mir fällt da auch schon jemand ein, der ihm geholfen hat."

Er nickte ihr zu und schob ihr eine Packung Schmerztabletten über den Tisch.

„Nimm davon zwei Stück und setzt dich für eine Stunde ins Büro. Du siehst einfach schrecklich aus."

Kapitel 28

Julius wartete auf sein Gepäck und musste schmunzeln, als er an die Abschiedsszene am Flughafen in Frankreich dachte. Die Jungs weinten und wollten ihn gar nicht mehr gehen lassen. Selbst Julia schien gerührt zu sein uns wischte sich verstollen eine Träne aus den Augen. Sie drückte ihn fest an sich und er genoss die Umarmung sehr. Nach langen Gesprächen hatte er endlich zu gestimmt, dass sie erstmal in Frankreich blieb. Bei einem Freund mieteten sie für ihn eine Wohnung, die groß genug war, dass die Jungs auch bei ihm übernachten konnten. Sie sprachen über fast alles, nur sein Gesundheitszustand war tabu. Einmal die Woche telefonierte er mit seinem Arzt in Chicago und gab seine Werte durch. Sein Zustand hatte sich verbessert und die bleierne Müdigkeit war so gut wie weg. Als er in seiner Villa ankam, war es so ruhig, dass er den Fernseher an machen musste. Die Kinder fehlten ihm jetzt schon und am liebsten wäre er mit der nächsten Maschine zurück geflogen. Aber er konnte nicht, es gab allerhand zu regeln und je früher er damit beginnen würde, desto schneller konnte er wieder nach Frankreich. Er rief Frau Zimmermann an und setzte für morgen eine Besprechung mit Dr. Meinhard an. Er würde die Klinik am liebsten behalten, aber das Tagesgeschäft abgeben. Doch wenn Meinhard nicht mitspielte, musste er verkaufen. Er besaß so gut wie keine Rücklagen, außer der Villa, die abbezahlt war. Es gab noch drei Lebensversicherungen, die zur Absicherung der Kinder gedacht waren. Er war so in Gedanken, dass er die Frau gar nicht bemerkte, die mit einem Fernglas gegenüber sein Anwesen beobachtete. Ginger saß in einem Leihwagen und war froh, dass ihr Professor endlich wieder da war. Zum Glück war er ohne Familie zurückgekommen. In den letzten Wochen hatte sie einiges über Julius in Erfahrung gebracht. Seine Klinik genoss einen ausgezeichneten Ruf und war in ganz Deutschland bekannt. Er selber war ein renommierter Mediziner und die Fachpresse war voll des Lobes. Dass er schwul war, hatte sie durch einen dummen Zufall erfahren. In der Universität, wo er studiert hatte, war es ein offenes Geheimnis, dass er dem schönen Geschlecht nicht gerade zu getan war. Die Frau und die Kinder taten ihr leid, sie wussten davon bestimmt nichts. Er benutzte sie nur als Alibi, wie furchtbar. Sie legte das Fernglas auf den Beifahrersitz und fuhr nach Hause, für heute hatte sie genug gesehen. Ben war in der Wohnung und obwohl sie am liebsten alleine gewesen wäre, lächelte sie ihn freundlich an.

„Hallo, was machst du denn hier? Ich habe dich gar nicht erwartet, aber schön, dass du da bist."

Er reichte ihr eine Tasse Kaffee und setzte sich an den Tisch.

„Wo warst du denn? Ich habe die ganze Zeit auf dich gewartet. Die Werkstatt ist fertig und ich wollte sie dir zeigen. Hast du Lust?"

Natürlich hatte sie nicht die geringste Lust, aber sie wollte ihm den Spaß nicht nehmen. Die Werkstatt war sein neues Leben und darauf war sie immer noch ein bisschen neidisch.

„Super, ich bin echt gespannt. Ich war noch in der Bäckerei. Da gab es noch was mit dem neuen Geschäftsführer zu besprechen. Aber lass uns fahren."

Unten am Empfang plauderte sie noch mit dem Pförtner und ihr fiel etwas ein.

„Können Sie mir einen großen Gefallen tun? Wenn noch mal die beiden Polizisten auftauchen, sagen Sie doch bitte, dass ich hier nicht mehr wohne. Sind Sie so nett?"

Er lachte sie an und nickte mit Verschwörermine.

„Natürlich, Frau Smith. Das mache ich sogar sehr gerne für Sie. Wie die sich hier aufgeführt haben, war schon dreist. Machen Sie sich keine Sorgen, das regele ich schon."

Ben stieg ins Auto und sah sie besorgt an.

„Ich weiß nicht, ob das die richtige Vorgehensweise ist. Wenn sie heraus bekommen, dass du sie belogen hast, machst du dich erst Recht verdächtig."

Sie schnallte sich an und schlug ihm auf den Oberschenkel.

„Lass gut sein Ben. Mein Anwalt hat mir verboten mit ihnen zu

sprechen, wenn sie keinen Haftbefehl haben. Alles im grünen Bereich.“

Georg Blücher kam gut erholt aus New York zurück, er hatte alles gesehen was er sehen wollte. Das Hotel war toll und die Reiseleitung hatte Himmel und Hölle in Bewegung gesetzt, um ein Programm auf die Beine zu stellen, das der Knaller war. Das Problem Daniel war immer noch nicht geklärt und als die Maschine auf dem Rollfeld aufsetzte, war es wieder in seinem Kopf. Leider. Er ging durch die langen Gänge und reichte dem Zollbeamten seinen Pass. Der Zöllner tippte etwas in seinen Computer und telefonierte. Hinter Georg bildete sich eine Schlange und der Nebenschalter wurde geöffnet. Er dachte sich immer noch nicht dabei und schaute dem Beamten beim Telefonieren zu. Auf einmal standen vier Polizisten um ihn herum und führten ihn ab. Er war so überrascht, dass er sich nicht wehrte und einfach mitging.

„Sind Sie Georg Blücher, wohnhaft in Köln?“

Er nickte und sie brachten ihn in ein kleines Büro. Mike und Franziska saßen am Tisch und sahen ihn interessiert an.

„Guten Tag Herr Blücher, mein Name ist Bialas und das ist mein Kollege. Wir verhaften Sie wegen räuberischer Erpressung und Kidnapping von Leo von Burghausen. Wenn Sie wollen, können Sie Ihren Anwalt anrufen. Alles was Sie ab jetzt sagen, kann gegen Sie verwendet werden. Haben Sie das alles verstanden?"

Georg sank auf seinem Stuhl zusammen, alles umsonst. Jemand musste ihn verpfiffen haben, und da kamen nur wenige in Frage. Entweder Daniel oder Sophia.

„Ich möchte meinen Anwalt anrufen, wo bringen Sie mich hin?"

Mike reichte ihm das Telefon.

„Natürlich ins Präsidium, wohin denn sonst? Wir freuen uns schon auf Ihre Geschichte, aber rufen Sie erstmal Ihren Anwalt an."

Die Fahrt dauerte fast eine Stunde und er hatte genügend Zeit nachzudenken. Wieso sollte Sophia zur Polizei gegangen sein? War sie sauer, weil er ihr nicht genügend Geld gegeben hatte? Dieser Daniel hatte von ihm hunderttausend gekriegt, warum sollte er seine Goldkuh nicht weiter melken wollen? Sein Anwalt, Dr. Stein, erwartet ihn in der Zelle.

„Herr Blücher, es sieht schlecht für Sie aus. Es gibt ein Handyvideo, was zeigt, wie Sie im Lieferwagen stehen und die Koffer entleeren. Außerdem hat man die Schlüssel vom Schließfach gefunden. Ich rate Ihnen zu einem umfassenden Geständnis. Man wird eine Ge-

genüberstellung mit Leo von Burghausen durchführen, er wird ihre Stimme wieder erkennen. Tut mir leid."

Georg war sprachlos, aber dass er derart in der Scheiße saß, haute ihn um.

„Sie sind doch Anwalt, irgendwas müssen Sie doch für mich tun können. Lassen Sie sich mal was einfallen."

Der Anwalt sah ihn mitleidig an und schüttelte den Kopf.

„Wenn Sie großes Glück haben, wandern Sie für fünfzehn Jahre ins Gefängnis, aber nur wenn Sie sich kooperativ zeigen. Die Beweislage ist so erdrückend, dass ich nichts für Sie tun kann."

Dr. Stein nickte ihm zu und klopfte an die Zellentür. Ein Beamter öffnete sie und dann war sie wieder zu. George schlug die Hände vor das Gesicht und schluchzte hemmungslos. Sein schönes neues Leben war auch schon wieder vorbei. Die Zelle war klein und das Klo stank bestialisch. Die Pritsche war hart und die Wolldecke war mit unzähligen Mottenlöchern übersäht. Er schüttelte den Kopf als er daran dachte, wo er die letzten zwei Wochen übernachtet hatte. Er legte sich auf den Rücken und die Tränen liefen ihm heiß über die Wangen. Was für ein Scheißleben.

Kapitel 29

Julius saß in seinem Büro und wartete auf Dr. Meinhard. Er war heute sehr unruhig und schwitzte, was an der Anspannung liegen konnte. Es klopfte und Meinhard betrat den Raum. Julius bot ihm einen Platz an und lächelte.

„Danke, dass Sie gekommen sind. Ich möchte etwas Wichtiges mit Ihnen besprechen."

Meinhard betrachtete den Professor und war überrascht, wie gut er aussah.

„Ich war bei meiner Familie in Südfrankreich und habe mich ein wenig erholt. Aber was ich mit Ihnen besprechen möchte, ist Folgendes. Ich will mich aus der Klinik zurückziehen, deshalb suche ich einen neuen Chef und dachte da an Sie. Wie sieht es aus? Hätten Sie Interesse?"

Meinhard musste schlucken und versuchte sich seine Verblüffung nicht anmerken zu lassen.

„Nun, das ehrt mich sehr, aber ich kann Ihr Angebot leider nicht annehmen. Wir haben zehn Patienten auf der Warteliste, die nur von Ihnen persönlich operiert werden möchten. Die Klinik ist Ihr Baby und mein ganzes Können würde mir nichts nutzen. Tut mir leid."

Julius seufzte und sah aus dem Fenster.

„Das ist wirklich schade, denn mein Entschluss steht fest, ich werde die Klinik aufgeben. Wenn Sie nicht mein Nachfolger werden wollen, muss ich verkaufen. Der neue Besitzer wird sein eigenes Team zusammenstellen, Sie wissen ja wie das läuft."

Meinhard schüttelte ihm die Hand.

„Ich weiß, trotzdem vielen Dank für das Angebot. Aber es gibt noch andere berufliche Herausforderungen für mich."

Julius war enttäuscht, er hätte gedacht, dass Meinhard mehr Mumm in den Knochen gehabt hätte. Doch er grübelte nicht lange und rief verschiedene Kollegen an und ließ durch sickern, dass die Klinik zum Verkauf stand. Dann kam Frau Zimmermann mit einer Liste in der Hand herein.

„Auf unserer OP-Liste stehen zehn Patienten, die auf einen Termin bei Ihnen warten. Was soll ich machen?"

Er sah die Liste durch und machte drei Kreuze hinter drei Namen.

„Machen Sie bitte mit allen Termine für Vorgespräche, alle nächste Wochen, nicht später. Ich werde an allen OP`S teilnehmen, aber Meinhard operiert."

Sie setzte sich ans Telefon und rief alle an. Als sie das erledigt hatte ging sie in die Kantine. Meinhard winkte sie an seinen Tisch und er erzählte ihr von dem Gespräch.

„Der Alte will die Klinik verkaufen und es scheint ihm wirklich ernst zu sein. Er sieht auch wieder viel besser aus, ist Ihnen das auch aufgefallen?"

Sie war enttäuscht, nach all den Jahren hätte sie erwartet, dass er ihr zuerst Bescheid sagen würde. Mit fünfundfünfzig Jahren war sie so gut wie raus aus dem Geschäft und sie hatte das erste Mal Existenzängste. Meinhard beobachtet sie von der Seite und er strich ihr beruhigend über den Arm.

„Jetzt werden Sie mal nicht panisch, ich würde Sie jederzeit als meine Sekretärin mitnehmen. Wie sieht es aus? Könnten Sie sich vorstellen, für mich zu arbeiten, Frau Zimmermann?"

Sie nickte ihm zu und lächelte. Es war fast so, als ob er ihre Gedanken gelesen hatte.

Ginger legte den Hörer auf den Tisch, endlich hatte sie den Termin bei dem Professor. Sie war gut vorbereitet und ihr Plan war einfach genial. Es würde ihr letzter Auftritt als *Tante Ginger* sein und langsam wurde sie melancholisch. Sie musste an all die Verzweifelten denken, denen sie nicht hatte helfen können, aus welchen Gründen auch immer. Das machte sie traurig und sie dachte lieber an die Kreaturen, die sie für immer in die Hölle geschickt hatte. Nächste Woche würde noch jemand dazu kommen, und zwar der Professor, der seine Patienten gefährdete. Eine Aufgabe stand ihr noch bevor, sie musste schriftlich festhalten, wen sie alles eliminiert hatte. Natürlich würde sie ihre Auftraggeber nicht verraten, aber die Polizei sollte ihr so schnell wie möglich, die Morde zuordnen. Sie wollte, dass Ben nicht in Verdacht geriet. In den letzten Tagen musste sie viel an ihren Vater denken. Er war so verzweifelt und sie hatte ihm nicht helfen können. Stellvertretend für ihn, war sie zu Rächerin geworden und das erfüllte sie mit Stolz.

Ben schraubte in seiner Werkstatt und dachte die ganze Zeit an Ginger. Verdammt, damit musste er einfach aufhören. Er hatte doch jetzt das, was er schon immer haben wollte. Ein ganz normales Leben, wie alle anderen auch. Diese Routine, von der er geträumt hatte, erschien ihm wie ein schlechter Scherz. Er sehnte sich danach mit Ginger auf die Jagd zu gehen, um all die Verbrecher um die Ecke zu bringen. In ihm war eine Leere und er schraubte noch verbissener an dem Wagen herum. Dr. Wöllner war vorbei gekommen, um ihm die Papiere persönlich zu überreichen. Nach dem Besuch guckte er sich die Urkunde noch lange an und war plötzlich traurig. Die Wohnung erinnerte ihn nur an Ginger und ohne sie, war sie nur eine leblose Hülle. Er ging in die Küche und holte sich ein Bier, irgendwie musste er sich ablenken, sonst würde er noch verrückt. Das Alleinsein machte ihm zu schaffen. Doch hatte er sich nicht nach Ruhe und Stille gesehnt? Wütend nahm er seinen Autoschlüssel und fuhr los, aber ohne Ziel. Er brauchte dringend Luft und wie ferngesteuert suchte er all die Orte auf, an denen er die Leichen abgelegt hatte. Wie krank war das denn? Er bog auf die Autobahn ab und ließ die Stadt hinter sich. Vielleicht würde es jetzt besser werden. Sein Weg führte ihn direkt zur alten Ziegelei, erschrocken parkte er am Straßenrand, als er sah, dass überall Bagger standen und das Gebäude dem Erdboden gleich gemacht worden war. Mit Tränen in den Augen wählte er Gingers Nummer und nach dem zweiten Klingeln nahm sie endlich ab.

„Ich bin`s, was machst du gerade?"

Ginger war im Stress und hatte überhaupt keine Lust zu telefonieren.

„Hi Ben, ich räume mein Zeug zusammen, schon vergessen? In drei Wochen ist das deine Wohnung."

Das versetzte ihm einen Stich.

„Kann ich vorbei kommen? Ich muss einfach mir dir reden. Bitte."

Ginger stimmte zu und er fuhr so schnell er konnte zu ihr. In der Wohnung standen viele Umzugskartons und sie räumte Bücher aus dem Regal.

„Was ist denn los? Du hast so komisch am Telefon geklungen. Alles okay bei dir?"

Er setzte sich aufs Sofa und schlug die Hände vor das Gesicht.

„Nichts ist okay, ich fühle mich so einsam und die Werkstatt bedeutet mir nichts. Du fehlst mir, unser altes Leben fehlt mir. Kann ich dich nicht auf deiner Weltreise begleiten? Ich habe Angst, dass ich sonst verrückt werde."

Erschrocken sah sie ihn an und fühlte sich schuldig.

„Es war auch dein Entschluss, mit dem Töten auf zu hören und es war die richtige Entscheidung, für uns beide. Für uns beginnt ein neuer Lebensabschnitt, aber wir müssen ihn getrennt gehen. Verstehst du das? Ich kann dich nicht mitnehmen, sonst lernen wir beide das nie. Ich mag dich immer noch, aber wir brauchen ein bisschen Abstand."

Er sah sie fassungslos an.

„ Was bist du nur für ein Mensch? Bedeute ich dir denn gar nichts? Gerade war ich bei der alten Ziegelei, sie wird abgerissen, verstehst du? Es ist so, als ob unser altes Leben überhaupt nicht existiert hat, das bringt mich um." Sie setzte sich zu ihm und drückte ihn an sich.

„Ach Ben, sieh nur was aus uns geworden ist. Wir sind Killer, sonst nichts und jetzt sind wir auf Entzug und bemitleiden uns selbst.

Glaub mir, das ist unsere letzte Chance und wenn wir die nicht nutzen, werden wir untergehen. Also, reiß dich mal am Riemen, verdammt noch mal."

Er riss sich von ihr los und verließ wortlos die Wohnung. Ihr blutete das Herz, aber sie musste hart bleiben, um ihn zu schützen. Wenn sie ihn eingeweiht hätte, wäre er ebenfalls zur Rechenschaft gezogen worden und das wollte sie ja unbedingt vermeiden. Dabei war er doch derjenige, der angeblich ein neues Leben hatte. Was für ein Wahnsinn.

Kapitel 30

Georg legte ein umfassendes Geständnis ab und Franziska und Mike lauschten seinen Schilderungen. Er beschuldigte Sophia Zuzella der Mittäterschaft und gab zu, dass er ihr eine Million Euro gegeben hatte. Sie hätten die Putzfrau gerne hoch genommen, aber es gab nur die Aussage von George und das würde dem Staatsanwalt nicht reichen. Schade. Danach setzten sie sich in die Kantine und tranken Kaffee.

„Glaubst du ihm, dass die Zuzella was damit zu tun hat?"

Franziska lächelte ihn an.

„Sie hat ihm dem Tipp gegeben, dass er samstags zum Friseur geht, mehr nicht. Er kann das fehlende Geld auch selber verprasst haben. Wer weiß?"

Mike haute auf den Tisch und bekam einen roten Kopf.

„Dann kommt sie einfach so davon? Wir brauchen nur nach Spanien zu fliegen, dann hätten wir genug Beweise. Die hat sich doch bestimmt schon ein Haus gekauft. Garantiert."

Mike war ein Kindskopf und sie gab ihm noch nicht mal eine Antwort. In den letzten Tagen waren sie zweimal bei Ginger Smith gewesen, aber der Pförtner sagte ihnen, dass sie da gar nicht mehr wohnte. Der Vogel war ausgeflogen. Zum Glück gab es keine neuen Leichen, das war doch auch schon mal was. Sie traten auf der Stelle und kamen nicht weiter. Genau so sah es in Franziskas Liebesleben auch aus. Leni war ausgezogen und sie ging fast jeden Abend mit Mike einen trinken. Sie war nicht mehr gerne in ihrer Wohnung, weil es immer so still und ruhig war. Mike war total begeistert, weil er nicht mehr alleine los ziehen musste. Eines Abends landeten sie in einer Kneipe namens Rosi, am Rheinauhafen. Mike bestellte zwei Kölsch und für jeden eine Frikadelle. Er lachte, als er ihr ungläubiges Gesicht sah.

„Du hast richtig gehört, Frikadellen. Die bekommst du fast nirgendwo mehr und sie sind wirklich gut. Hier, probiere mal.“

Die Wirtin beobachtete sie vom anderen Ende der Theke und Franziska biss herzhaft hinein. Lecker, wirklich so wie früher, wenn ihre Mutter sie gemacht hatte. Sie bestellte noch eine und die Wirtin sah sie freundlich an, das erste Mal übrigens. Die Stimmung war gut und es wimmelte nicht von jungen Senkrechtstartern, die halb so alt waren wie sie. Das Kölsch floss in Strömen und sie erinnerte Mike daran, dass sie das Auto besser stehen lassen sollten. In dem Moment ging die Tür auf und Ben Schneider betrat die Kneipe. Er sah furchtbar aus, unrasiert und ungepflegt, als wenn er sich tagelang nicht mehr gewaschen hatte. Rosi, die Wirtin zog ihn hinter die Theke und nahm ihn mit in einen kleinen Raum. Nach fünfzehn Minuten kamen sie wieder raus und er sah halbwegs passabel aus. Franziska ging zu ihm und er sah sie genervt an.

„Sieh mal an, die Polizei unser Freund und Helfer. Das sind Bullen, Rosi, spendiere ihnen mal ein Bier von mir."

Rosi stellte zwei Kölsch vor sie und verzog sich zu einem anderen Gast.

„Herr Schneider, wie geht es Ihnen? Lange nicht mehr gesehen, was macht Ihre Freundin?"

Er ignorierte sie und sprach mit einem anderen Gast. Sie ging wieder zurück zu Mike und der schüttelte seinen Kopf.

„Was ist denn mit dem los? Sehr gesprächig scheint er nicht zu sein."

Sie betrachtete ihn aus der Ferne und war über seine Verwandlung erschrocken. Nichts erinnerte mehr an diesen freundlichen und sympathischen Mann, den sie kennen gelernt hatte. Sie schickte ihm ein Bier rüber und er bedankte sich mit einem kurzen Nicken dafür. Die Kneipe wurde immer voller und Franziska wollte nur noch ins Bett. Rosi bestellte ihnen ein Taxi und Mike fuhr nach einer kleinen Diskussion doch mit. Als sie dann endlich im Bett lag, dachte sie an Ben Schneider und was ihm wohl zu gestoßen war. Man könnte meinen er hätte Liebeskummer, vielleicht hatte ihn Ginger verlassen? In diesem Moment klingelte ihr Handy und als sie sah, dass es die Nummer von Leni war, stellte sie es auf lautlos. Sie wollte nicht hören, wie toll es in Berlin war, jetzt nicht.

Leni schaltete ihr Handy aus und legte es auf den Nachttisch. Sie hatte sich gut in Berlin eingelebt und der neue Job machte großen Spaß. Franziska fehlte ihr, aber manchmal war sie auch froh, dass alles so gekommen war. Ihre Beziehung steckte in einer Krise und das machte sie unendlich traurig. Früher konnten sie stundenlang mit einander telefonieren, aber jetzt dauerte ein Gespräch gerade Mal fünf Minuten. Sie hatten sich nicht mehr viel zu sagen. Sie akzeptierte den Beruf von Franziska, aber irgendwann musste sie auch an sich selber denken. Zu viel Arbeit und zu wenig Vergnügen, das war immer schlecht. Leni hatte sich auch gewünscht, dass sie heirateten, aber Franziska war das zu spießig. Es gab keine gemeinsamen Pläne und sie wurschtelten alleine vor sich hin. Sie hatte viel dafür getan, dass diese Beziehung funktionierte, aber jetzt war Franziska dran. Sie sah ein letztes Mal auf ihr Handy und löschte das Licht. Morgen würde sie nach New York fliegen und darauf freute sie sich schon sehr. In keiner anderen Stadt konnte man so gut shoppen.

Sophia saß mit ihren Eltern in einem Restaurant und erzählte von ihren Plänen. Ihr Vater hörte aufmerksam zu, aber rutschte unruhig auf seinem Stuhl hin und her.

„Kind, das ist wirklich sehr großzügig von dir, aber wir wollen hier bleiben, wo wir die letzten vierzig Jahre gelebt haben. Einen alten Baum verpflanzt man nicht. Hier sind all unsere Freunde und Bekannten. Wir fühlen uns sehr wohl und sind zu alt für Experimente. Du bist noch jung genug und solltest dir dein Leben so schön wie möglich machen."

Sie sah ihren Vater betrübt an und auch ihre Mutter machte nicht den Eindruck, als ob sie etwas anderes wollte. So hatte Sophia es sich nicht vorgestellt, ganz im Gegenteil. Es gab keinen Plan B und sie war ratlos. Das kleine Dorf, in dem ihre Eltern lebten, war nichts für sie. Aber was sollte sie denn dann überhaupt noch in Spanien? Ihre Mutter streichelte ihr über den Arm.

„Sophia, wir wissen doch, dass du es nur gut meinst, aber dein Vater hat recht, wir wollen hier bleiben, in unserer gewohnten Umgebung. Hier hat sich allerhand verändert und du solltest erst mal ausprobieren, ob es dir hier noch gefällt. Hier stöhnen alle, wegen der Eurokrise und viele verlassen das Land, weil sie hier keine Perspektiven mehr sehen. Hier bleiben nur noch die Alten und Kranken, glaube es mir. Außerdem brauchst du doch eine Aufgabe, oder willst du den ganzen Tag nur noch verbummeln?"

Sie sah ihre Eltern an und konnte sie sogar verstehen.

„Ihr habt Recht, wie kam ich nur auf so eine Idee? Ich hätte früher mit euch sprechen sollen, mein Fehler. Vielleicht mache ich ein bisschen Urlaub, in Barcelona werde ich mir ein Zimmer nehmen und dann kann ich euch ja noch mal besuchen."

Jetzt lächelten ihre Eltern wieder, aber Sophia war traurig. Sie hatte sich alles schon so schön ausgemalt. Ihre Träume sind wie Seifenblasen zerplatzt, leider. Sie musste gleich morgen den Makler anrufen und den Termin absagen. Ein Haus würde sie jetzt nicht mehr brauchen und sie wollte sich überlegen, wie denn ihr eigenes Leben aussehen sollte. Geld genug hatte sie ja wohl, daran konnte es nicht liegen. Sie sah aufs offene Meer hinaus und wünschte sich mehr Phantasie und vor allem Zuversicht. Sie war sich dessen so sicher, dass ihre Eltern von ihrer Idee genauso begeistert wären wie sie. Ihr Vater sah sie streng an.

„Du solltest etwas dankbarer sein und nicht so traurig gucken. Mach was aus deinem Leben, du hast Geld und bist jung. Vielen anderen Leuten geht es viel schlechter als dir. Denk dran."

Darauf konnte sie ihm keine Antwort geben.

„Ach Papa, du tust ja gerade so, als ob ich fünf Jahre alt bin. Ich mach schon noch was aus meinem Leben. Mach dir keine Sorgen."

Pepe Zuzella sagte nichts mehr, aber dachte sich seinen Teil. Er erzählte seiner Tochter nicht, dass er schwer krank war und nur noch wenige Monate zu leben hatte. Seiner Frau hatte er reinen Wein eingeschenkt und wenn er sterben würde, wollte sie auch nicht mehr länger leben. Sie waren jetzt seit fünfzig Jahren verheiratet und auch der Tod sollte sie nicht trennen können. Sophia war schon so lange in Deutschland, dass er nicht viel von ihrem Leben mitbekam. Sie hatte nie geheiratet und dass er keine Enkel hatte, machte ihn manchmal traurig. Dass sie hier auftauchte und mit ihnen in einem Haus wohnen wollte, brachte ihn zum Schmunzeln. Ausgerechnet jetzt. Aber er machte sich Sorgen um sie. Das Geld hatte sie nicht glücklich gemacht und sie kam ihm sehr einsam vor. In dem Moment kam der Kellner und nahm ihre Bestellung auf. Sophia bestellte für alle Paella und als der Kellner wieder weg war, sah ihre Mutter sie tadelnd an.

„Kind, Paella macht man immer zu Hause selber. Da merkt man, dass du nicht mehr hier lebst. Im Restaurant hauen sie für die Touristen alles rein, was schon fast weg muss."

Sophia rannte auf die Toilette und weinte leise vor sich hin. Sie wollte am liebsten zurück nach Deutschland, mit dem nächsten Flieger. Was zum Teufel wollte sie hier eigentlich? Nachdem sie sich wieder beruhigt hatte, ging sie zu ihren Eltern zurück. Die beiden sahen sie beunruhigt an und sie zog schnell ihre Sonnenbrille an. Auf einmal sehnte sie sich zurück in ihr altes Leben als Putzfrau. Wenn sie ehrlich war, ging ihr die Hitze schon auf die Nerven und sie wünschte sich wieder in Deutschland zu sein. Dann brachte der Kellner die Paella und sie war wirklich so schlecht, wie ihre Mutter prophezeit hatte.

Kapitel 31

Ginger hatte sich eine kleine Wohnung in einem anonymen Mehrfamilienhaus am Neumarkt gemietet. Sie fühlte sich nicht mehr so beobachtet und atmete seit langem wieder durch. Hier konnte sie sich in aller Ruhe auf ihre letzte große Aufgabe vorbereiten. Das Schwierigste war die ganzen Morde noch mal Revue passieren zu lassen. Sie schrieb den Namen eines Opfers auf ein Blatt und schilderte den Mord mit Ortsangabe, mehr nicht. Die Auftragsgeber sollten geschützt werden und natürlich Ben. Es war ihre Geschichte und nur sie würde zur Rechenschaft gezogen werden. Als sie fertig war, lagen zwanzig beschriebene Blätter vor ihr und jede Seite war ein Schicksal. Bei August Möller schrieb sie noch ihren alten Namen Gerlinde Schmitz darunter. In einem Schnellhefter sortierte sie alles ein, das war jetzt ein Beweisstück und die Polizei konnte sich damit amüsieren. Morgen war ihr großer Tag und sie konnte es kaum erwarten. Sie hatte lange mit sich gerungen, ob Julius wirklich sterben musste, aber dann entschied sie sich doch dafür ihn zu eliminieren. Auch bei ihrem letzten Auftritt als Tante Ginger wollte sie sich treu bleiben. Vom langen Sitzen war sie ganz steif und so machte sie sich in den nah gelegenen Stadtwald auf. Sie wollte die letzten beiden Tage nutzen, um an der frischen Luft zu sein, denn da, wo sie demnächst sein würde, gab es nicht mehr so viel Freiheit. Als sie so in Gedanken war bemerkte sie nicht, dass Ben sie verfolgte und das schon eine ganze Weile. Die neue Wohnung und ihre Besuche von der Villa des Professors machten ihn stutzig. Es sah fast so aus, als ob sie einen neuen Mord plante, aber ohne ihn. Mehrmals hatte er versucht sie anzurufen, doch sie ignorierte seine Anrufe, das verletzte ihn sehr. Sie blieb stehen und er versteckte sich hinter einem Baum. Was für eine idiotische Situation, warum sprach er sie nicht einfach an? Weil er sich nicht traute, er wollte nicht mehr abgewiesen werden. Dann drehte sich Ginger herum und kam zielstrebig auf ihn zu. Ihr Gesicht sah nicht so aus, als ob sie erfreut war ihn zu sehen.

„Was machst du hier? Verfolgst du mich etwa?"

Ben versuchte sie anzulächeln, aber es gelang ihm nicht.

„Hallo Ginger, ich versuche dich die ganze Zeit zu erreichen. Warum gehst du nicht an dein Handy? Ich dachte wir sind Freunde?"

Sie setzte sich auf eine Bank und er nahm unaufgefordert neben ihr Platz.

„Warum lässt du mich nicht einfach in Ruhe? Wir brauchen Abstand voneinander, das habe ich dir doch schon erklärt."

Ben sah sie traurig an. Da war wieder diese Kaltschnäuzigkeit, seit wann behandelte sie ihn so?

„Dann erklär mir mal, warum du die Villa von diesem Professor beschattest. Ziemlich stümperhaft, wenn ich das sagen darf. Sei froh, dass dich keiner beobachtet hat, sonst würdest du schon bei der Polizei sitzen.“

Sie hatte Ben unterschätzt und machte sich eine Zigarette an.

„Wenn du schon hinter mir her spionierst, dann mach es auch richtig. Die Villa steht zum Verkauf und ich bin interessiert. Was sagst du jetzt?“

Er guckte auf den Boden und schämte sich, weil er ihr Unrecht getan hatte.

„Tut mir leid, aber ich habe mir Sorgen gemacht, weil du dich nicht gemeldet hast. Sollen wir nicht irgendwo einen Kaffee trinken gehen?“

Energisch schüttelte sie den Kopf und stand auf.

„Nein Ben, ich habe leider keine Zeit, morgen muss ich in die Klinik und es gibt noch einiges zu tun. Ich melde mich nach der OP bei dir. Dann kannst du mich besuchen.“

Er stand auf und umarmte sie, dann drehte er sich um und ging schnell in die andere Richtung. Tränen liefen ihm die Wangen herunter und er wollte nicht, dass sie ihn so sah. Ginger war erleichtert, dass er ihr geglaubt hatte. Doch sie fühlte sich immer noch schuldig und hatte ein schlechtes Gewissen.

Julius hatte Kopfschmerzen und nahm eine Tablette. In letzter Zeit war er gesundheitlich fast der Alte und Kopfschmerzen konnte er gar nicht gebrauchen. Sein Terminkalender lag vor ihm und mit großer Freude stellte er fest, dass er morgen nur ein einziges Patientengespräch hatte. Ginger Smith, Brustvergrößerung. Sie wollte nur von ihm operiert werden, aber natürlich würde es die Aufgabe von Meinhard sein. Er würde am OP-Tisch stehen, aber mehr nicht. Heute bedeutete ihm die Arbeit als Chirurg nichts mehr. Komisch, für seine Arbeit wäre er früher durchs Feuer gegangen, aber heute nicht mehr. Er war jetzt fünfundfünfzig Jahre alt und viel Zeit blieb ihm wahrscheinlich nicht mehr. Fünf Jahre wollte er dem Schicksal noch abtrotzen, aber alles andere wäre eine Utopie. Als erstes musste er diese Villa verkaufen, zu viel erinnerte ihn an eine Zeit, an die er sich nicht mehr erinnern wollte. Das würde er mit Julia besprechen. Aber er wusste, dass sie auch nicht mehr in dem Haus leben wollte. Zum Glück hatte er vor Jahren mehrere Lebensversicherungen abgeschlossen, für Julia und die Kinder. Für die Villa wollte er fünf Millionen Euro haben und war sicher, dass das kein Problem sein dürfte. Beste Lage, sehr gute Ausstattung und der große Garten sollte jede Menge Interessenten anlocken. Das Leben in Südfrankreich war nicht billig, aber wenn er sich von seinen Besitztümern getrennt hatte, müssten sie genug Geld zum Leben haben. Sein Problem war die Klinik. Schade, dass Meinhard kein Interesse gezeigt hatte. Es würde Monate dauern, bis er einen Käufer an Land ziehen könnte, aber daran konnte er nichts ändern. Außerdem musste er noch mit Frau Zimmermann sprechen, als seine langjährigste Mitarbeiterin hatte sie das Recht, es von ihm persönlich zu erfahren. Er rief sie zu sich und sie brachte für jeden eine Tasse Kaffee mit.

„Ich dachte mir, dass wir beide eine kleine Stärkung gebrauchen könnten.“

Er bedankte sich und sah sie fest an.

„Ich plane, mich aus der Klinik zurück zu ziehen. Vielleicht verkaufe ich sogar, ich will mich mehr um meine Familie kümmern. Vor lauter Arbeit habe ich fast vergessen, dass es ein Leben außerhalb der Klinik gibt. Aus diesem Anlass möchte ich mich bei Ihnen für Ihre sehr gute Arbeit bedanken. Sie haben großen Anteil daran, dass die Klinik heute so gut da steht. Mein Nachfolger wäre bestimmt hocherfreut, so eine tüchtige Mitarbeiterin wie Sie zu übernehmen.“

Er lehnte sich zurück und betrachtete das vertraute Gesicht, aber über die Person wusste er nichts. War sie verheiratet, hatte sie Kinder? Sie betrachtete ihn über den Rand ihrer goldenen Brille und lächelte freundlich.

„Herr Professor Weber, auf der einen Seite finde ich es schade nicht mehr mit Ihnen zusammen zu arbeiten, aber andererseits freue ich mich auch für Sie. Wenn man noch so kleine Kinder hat, sollte man viel Zeit mit ihnen verbringen. Ich bin auch nicht mehr die Jüngste und habe schon daran gedacht etwas kürzer zu treten. Danke, dass Sie mich informiert haben."

Er reichte ihr die Hand und sie nahm sie sehr zögerlich und schüttelte sie nur ganz kurz. Nach dem Gespräch ging sie in die Kantine und setzte sich zu Dr. Meinhard.

„Na, Frau Zimmermann, Sie sehen ja so zufrieden aus, gibt es was neues vom Professor?"

Schnell erzählte sie ihm von dem Gespräch und Meinhard hörte aufmerksam zu, sagte aber kein Wort. Das Kapitel *Schönheitspalast* war für ihn so gut wie gestorben. Er machte nur noch das Nötigste. Übermorgen hatte er schon ein Vorstellungsgespräch in einer Klinik im Schwarzwald. Wen interessierte da schon das Schicksal von Julius Weber.

Kapitel 32

Franziska und Mike saßen bei Rosi und aßen Frikadellen. Sie waren fast jeden Abend hier, weil es so eine heimelige Atmosphäre gab. Rosi, die Wirtin, war langsam aufgetaut und erzählte ihnen etwas über Ben.

„Früher kam er immer mit seiner Freundin Ginger, bis vor zwei Wochen. Dann war auf einmal Feierabend. Sie müssen sich verkracht haben, oder so. Ginger habe ich hier seitdem nicht mehr gesehen."

Mike hörte gar nicht zu, weil er mit einer dunkelhaarigen Schönheit flirtete und Franziska zog ihn zu sich.

„Die ist doch garantiert noch keine achtzehn Jahre alt, mach dich nicht unglücklich."

Er sah sie erschrocken an und sie musste lachen.

„Du, Rosi" fragte sie und beugte sich über den Tresen. „Glaubst du, dass die beiden ein Paar waren?"

Rosi lachte und schüttelte den Kopf.

„Das glaube ich nicht, eher gute Freunde, aber schwören kann ich es nicht."

Mike hatte das Interesse an der jungen Frau verloren und orderte noch eine Frikadelle.

„Mensch, das ist schon deine dritte Frikadelle, denk an dein Gewicht. Schade, dass dieser Ben nicht hier ist, den hätte ich mir sonst noch mal vorgeknöpft."

Mike war sich da nicht so sicher. Diese Ginger war verschlossen wie eine Auster und dieser Ben schien ihr hörig zu sein.

„Schade, dass sie von der Bildfläche verschwunden ist, ein einziges Haar hätte ausgereicht, um sie dingfest zu machen. Echtes Pech."

Sie spielte mit einem Bierdeckel und ritzte ihren Namen in die feuchte Pappe.

„Vielleicht wollte Ginger weiter morden und er wollte den Spuk beenden. Das wäre doch ein schöner Grund sich zu verkrachen, oder?"

Er verdrehte die Augen.

„Du glaubst immer noch an seine Unschuld. Warum eigentlich? Erklär es mir noch mal."

Franziska konnte gut verstehen warum er es nicht verstand, er besaß kein Bauchgefühl, typisch Mann. Doch ihr Gefühl sagte ihr, dass Ginger die Triebfeder war und nicht Ben. In dem Moment ging die Tür auf und Ben kam herein. Er ging zur Theke und stellte sich neben Franziska.

„Hallo Frau Bialas, sind Sie dem Täter schon auf der Spur? Oder tappen Sie noch immer im Dunkeln?"

Rosi stellte ihm kommentarlos ein Kölsch hin und beobachtete ihn scharf. Franziska prostete ihm zu und rückte nah an ihn heran.

„Schön Sie zu sehen. Was macht die Werkstatt? Haben Sie schon viele Kunden?"

Er kippte das Bier auf ex herunter und Rosi stellte ein frisches Kölsch auf den Tresen.

„Kennen Sie das? Manchmal wünscht man sich etwas und wenn es dann eintritt, ist man enttäuscht. In der Vorstellung ist alles viel schöner als in der Realität. Genau so ergeht es mir im Moment mit meiner Werkstatt." Sie nickte ihm zu.

„Das kenne ich, ist mir auch schon passiert. Aber so ist das nun mal im Leben."

Er holte aus der Tasche ein altes abgegriffenes Foto und zeigte es ihr.

„Das sind Ginger und ich, als wir noch in die Schule gingen. Das war die beste Zeit meines Lebens, wir waren so sorglos und glücklich, dabei waren wir arm wie die Kirchenmäuse."

Franziska überlegte, was man darauf sagen konnte. Dieser Mann irritierte sie, mit seinen ständig wechselnden Stimmungen.

„Ist denn nicht alles schön, wenn man jung ist? Das Leben erscheint einem als riesiges Abenteuer, wenn man älter wird, relativiert man alles. Aber wenn Sie diese Werkstatt in solche Depressionen stürzt, warum machen Sie dann nicht etwas anderes?"

Ben schüttelte den Kopf und sah sie traurig an.

„Diese Werkstatt war mein Lebenstraum, ich habe keine Alternative und das macht mich noch verrückt. Können Sie das verstehen?"

Sie streichelte ihm über die Hand, so sehr empfand sie Mitleid mit ihm.

„Was sagt denn Ihre Freundin, Ginger Smith, dazu? Manchmal hilft es wenn man mit Freunden darüber spricht, so mache ich es."

Er wedelte mit seinem leeren Bierglas und Rosi stellte ihm ein neues hin.

„Meine gute, alte Freundin ist gerade dabei, ihr Leben neu zu ordnen. Leider spiele ich in ihrem neuen Leben keine Rolle mehr. Aber so ist das manchmal, auch alte Freundschaften können auseinander brechen. Schade, doch es passiert."

Dann trank er sein Glas leer, drückte Rosi einen Geldschein in die Hand und war weg. Mike, der alles beobachtet hatte, stellte sich neben Franziska und sah sie groß an.

„Was war denn das? Der Typ ist echt durch den Wind."

291

Sie drehte ihr Glas in den Händen hin und her.

„Ich glaube eher, dass Tante Ginger aufgehört hat zu existieren und da er ihr Komplize war, braucht sie ihn nicht mehr. Sie ist vom Erdboden verschwunden, weil sie sich ein neues Leben aufbaut, inklusive neue Wohnung, sonst hätten wir sie doch schon längst gesehen."

Sophia saß im Flugzeug und war auf dem Weg nach Deutschland. Es hatte einfach keinen Sinn sich etwas vor zu machen. Ihre Eltern lebten ihr eigenes Leben und das musste sie notgedrungen akzeptieren. Sie hatte ihnen noch Geld gegeben, aber das wollten sie erst gar nicht annehmen. Sie war froh, als sie endlich zum Flughafen fahren konnte. Das Flugzeug war halbleer und außer ihr war noch eine Handvoll Geschäftsleute an Bord. Nach dem Start hörte sie ein seltsames Geräusch, aber sie achtete nicht weiter darauf. Die Stewardessen liefen hektisch und nervös durch den Gang, es war eine merkwürdige Stimmung im Flieger. Dann meldete sich der Kapitän und teilte ihnen mit, dass sie ein Schlechtwettergebiet durchfliegen mussten. Alle Passagiere sollten sich anschnallen und das Handgepäck unter den Sitzen verstauen. Sie befolgte die Anweisungen und ihr Nachbar lächelte sie beruhigend an.

„Keine Sorge, ich bin Vielflieger und das erlebe ich zweimal die Woche, nur ruhig Blut, junge Frau."

Trotz der Anspannung, musste sie lachen, das hatte schon lange keiner mehr zu ihr gesagt: „Junge Frau." Dann meldete sich der Kapitän wieder und auch ihr freundlicher Nachbar wurde blass.

„Sehr geehrte Fluggäste, wir haben einen Triebwerksschaden und müssen leider notlanden. Bitte schnallen Sie sich an und klappen Sie die Tische hoch, bitte befolgen Sie die Anweisungen unseres Bordpersonals. Danke."

Sophia lauschte ungläubig den Ausführungen des Kapitäns, sie hatte jetzt richtige Angst, weil das Flugzeug zur Seite kippte und die Passagiere anfingen zu schreien. Endlich besaß sie Geld und ein Unglück nach dem anderen suchte sie heim. Nicht zu glauben. Das Flugzeug durfte einfach nicht abstürzen. Dann guckte sie aus dem Fenster und sah schon die Flammen aus dem Triebwerk schlagen. Die Stewardessen bekreuzigten sich und waren sehr blass. Dann fielen die Sauerstoffmasken herunter, die Maschine erzitterte. Sophia betete auf Spanisch und dachte an ihre Eltern. Beim Aufprall auf den Boden brach das Flugzeug genau an der Stelle auseinander, an der sie saß, sie hatte keine Chance. Nicht ein Passagier überlebte. Später fand man heraus, dass in Barcelona vergessen wurden das Triebwerk zu warten. Eine Schraube war nicht richtig angezogen und löste die Katastrophe aus.

Franziska und Leni saßen bei ihrem Lieblingsitaliener. Es war der erste Besuch von ihr, seit sie in Berlin lebte. Die Stimmung ließ zu wünschen übrig und sie redeten über alles, nur nicht über ihre Beziehung. Leni hatte sich auch äußerlich sehr verändert, nichts erinnerte mehr an das junge und frische Mädchen von nebenan. Sie trug ein elegantes Kostüm, war geschminkt und ihre Haare waren jetzt schulterlang.

„Du siehst total anders aus, aber es steht dir wirklich gut, Leni."

Sie lächelte verlegen und konnte das Kompliment leider nicht zurückgeben. Franziska sah total übermüdet aus und hatte dunkle Ringe unter den Augen. Der Pulli war uralt und mit Flecken übersät. Doch Kritik war schon immer an ihr abgeprallt, daher sagte Leni auch kein Wort dazu. Doch eine Sache musste sie ihr schon sagen und das war nicht ganz einfach.

„Du, ich bin auch in Köln, weil ich dir was sagen muss. In der letzten Zeit habe ich viel über uns nachgedacht und ich bin zu dem Endschluss gekommen, dass unsere Beziehung zu Ende ist. Ich habe in Berlin jemand kennen gelernt, den ich sehr gerne habe. Es tut mir leid, Franziska."

Das kam nicht überraschend für Franziska und sie hatte sich so was schon gedacht.

„Mir tut es auch leid, aber was soll ich machen. Für Fernbeziehungen war ich noch nie zu gebrauchen." Leni sah sie entrüstet an.

„Als wenn das Ende unserer Beziehung damit zu tun hat, dass ich nach Berlin gegangen bin. Nein, da machst du es dir zu einfach. Du bist mit deiner Arbeit verheiratet und da ist nun mal kein Platz für eine Beziehung. Aber weißt du was? Es ist mir mittlerweile egal, es interessiert mich nicht mehr. Ich habe immer gehofft, dass du dich noch änderst, aber vergeblich. Dabei habe ich dich so sehr geliebt."

Franziska sah auf ihre Hände und musste schlucken.

„Lass uns nicht streiten, Leni. Du hast noch jede Menge Klamotten bei mir. Was soll ich damit machen?"

Leni seufzte und schüttelte den Kopf.

„Ist das alles, was dir dazu einfällt? Morgen hole ich mit einem Freund meine Sachen ab. Wirst du zu Hause sein?"

Franziska schüttelte den Kopf.

„Nein, wir haben einen schwierigen Fall und ich treffe mich mit Mike. Du hast freie Bahn, lege die Schlüssel einfach auf den Küchentisch."

Es war ein furchtbarer Abend und beide waren froh, als er zu Ende war. Sie setzte Leni vor ihrem Hotel ab und als sie zu Hause war, machte sie sich eine Flasche Rotwein auf. Langsam und systematisch betrank sie sich. Sie konnte sich ihr Leben ohne Leni nicht vorstellen, aber daran musste sie sich wohl gewöhnen. Seit sie diesen Fall hatte, schien alles in ihrem Leben schief zu gehen. Verdammt, sie konnte es fast nicht erwarten, dass bald alles vorbei war.

Ginger war in ihrer neuen Wohnung und betrachtete die Pistole, die sie sich besorgt hatte. Heutzutage konnte man sich überall eine Waffe besorgen, alles nur eine Frage des Geldes. Dann packte sie ihre Aktentasche und legte den Ordner mit ihrem Geständnis ganz nach oben. Morgen war der große Tag und sie fieberte schon die ganze Zeit darauf hin. Tante Ginger würde ein letztes Mal zuschlagen und die Aufmerksamkeit der Presse wäre ihr sicher. Ihr Bild würde über alle Bildschirme gehen und alle, denen sie geholfen hatte, würden endlich ihr Gesicht sehen können. Dann musste sie an Ben denken und sie wollte sich von ihm noch verabschieden. Aber dann überlegte sie es sich doch wieder anders. Er musste sich daran gewöhnen ohne sie zu leben. Je früher, desto besser. Sie lehnte sich zurück und war mehr als zufrieden. Es gab nichts mehr zu tun, nur noch zu warten. Sie war voller Adrenalin und wusste, dass das eine lange Nacht werden würde. In der Küche machte sie sich einen Kaffee, an Schlaf war nicht zu denken.

Kapitel 33

Ben wusste nicht was er tun sollte. Ginger plante etwas, aber was? Es musste etwas mit diesem Julius Weber zu tun haben. Doch er war sich nicht sicher und so war er hin und her gerissen. Auf einmal verspürte er das Bedürfnis mit dieser Kommissarin zu sprechen. Sie hatte eine beruhigende Wirkung auf ihn. Aber erklären konnte er sich das auch nicht. Er nahm sein Handy in die Hand und legte es direkt wieder weg. Was sollte er ihr denn eigentlich sagen? Außerdem war es schon nach Mitternacht und zu spät. Er holte sich ein Bier und setzte sich auf den Balkon. Es war Vollmond und er starrte in den Nachthimmel. Mit Wehmut dachte er an Gingers Terrasse, auf der sie bei so vielen Vollmondnächten gesessen hatten. Irgendwas war schief gegangen und er wusste immer noch nicht genau was. War es seine Ängstlichkeit oder Gingers Verschlossenheit ihm gegenüber? Sie hatten sich all die Jahre doch so gut verstanden und jetzt auf einmal nicht mehr. Er haderte mit seinem Schicksal und holte sich noch ein Bier. Sie hatten so viele Menschen umgebracht, dass er noch nicht mal wusste, wie viele es genau waren. Er konnte sich nur noch an die ganz schlimmen Fälle erinnern. Der kleine Junge, der von seinem Sportlehrer missbraucht wurde. Oder der Bankmanager, der das alte Ehepaar betrogen hatte. Manche Schicksale berührten ihn immer noch und er bekam Gänsehaut, wenn er daran zurück dachte. Wenn Ginger und er nicht gehandelt hätten, wären die Täter davon gekommen. Sie hatten Gott gespielt, aber doch mit gutem Grund, oder nicht? Er war nicht gläubig, aber manchmal hatte er Zweifel, ob es nicht doch eine höhere Instanz gab. Spontan wählte er die Nummer von Ginger und als er ihre Stimme hörte, war er froh.

„Was machst du? Warum schläfst du noch nicht? Ist morgen nicht die OP?"

Sie musste lachen, wenn er wüsste, was das morgen für ein großer Tag werden würde.

„Nun Ben, du bist ja auch noch nicht im Bett. Vielleicht liegt es am Vollmond? Morgen ist erst das Vorgespräch und es werden noch Untersuchungen gemacht."

Etwas in ihrer Stimme störte ihn und er fragte sich schon wieder, was das war.

„Ach so, dann passiert ja gar nichts Schlimmes. Warum hast du dir den *Schönheitspalast* ausgesucht? Im Internet gibt es doch noch viel bessere Kliniken."

Sie zündete sich eine Zigarette an und atmete tief ein. Es war zum verrückt werden, da tat sie alles, um Ben aus der Geschichte heraus zu halten und er drängte sich immer wieder selber in die Schusslinie.

„Ich habe gar nicht gewusst, dass du so ein Fachmann für Brustver-größerungen bist. Vertrau mir, Professor Weber ist einer der Besten in Europa. Er behandelt nur Privatpatienten, aber das macht ihn nicht unbedingt zu einem schlechten Chirurgen, oder?"

Er musste schlucken, seit wann war sie so ein Snob? Er konnte sich nicht daran erinnern, dass sie ihren Reichtum jemals an die große Glocke gehangen hatte.

„Ich dachte schon, ob du vielleicht eine kleine Beschwerde über die-sen Professor erhalten hast."

Sie hörte für eine kleine Weile auf zu atmen, es war nicht zu glauben, wie gut er sie kannte.

„Ach Ben, ich dachte, wir hätten das ein für alle Male geklärt. Ich mache es nicht mehr, schon vergessen?"

Ihm war nicht entgangen, dass sie komisch geatmet hatte, also war doch was dran.

„Was hältst du davon, wenn ich dich morgen in die Klinik fahre? Ich habe eh nichts anderes vor, was sagst du dazu?"

Sie wollte ihn auf keinen Fall dabei haben, das war klar. Aber was sollte sie ihm sagen? Ihr Zeitplan ließ keine Experimente zu.

„Mensch Ben, wirklich nicht nötig. Wenn ich fertig bin, melde ich mich bei dir. Okay?"

Ben war enttäuscht und legte auf. Dann traf er eine Entscheidung.

Julius saß in seinem Büro und vernichtete Unmengen von Papier. Es hatte sich allerhand angesammelt und alles was unwichtig war, warf er weg. Der Vollmond machte ihm zu schaffen und er konnte nicht schlafen. Fünf Müllsäcke standen an der Wand, alles mit Altpapier. Dann entrümpelte er den Medizinschrank und schüttete alles in die Toilette. Durfte man nicht, ging aber schneller. Die Aufräumaktion wirkte unheimlich befreiend und er brachte die Säcke zur Mülltonne an der Straße. Sein nächster Gang führte ihn zu seinem Kleiderschrank und er warf alles, was er nicht mehr tragen wollte, auf den Boden. Morgen würde er alles zur Altkleidersammlung bringen. Als er endlich fertig war, fuhr er zur Tankstelle und holte sich einen Kasten Bier. Diese Aktion musste einfach begossen werden, obwohl er sich sonst sehr zurück hielt, was den Alkoholkonsum anging. Am frühen Abend hatte er mit Julia telefoniert und es war das erste Mal, dass sie sich so angehörte hatte, wie früher. In zwei Tagen wollte er wieder nach Südfrankreich fliegen. Die Jungs freuten sich schon auf ihn. Mit einer Flasche Bier in der Hand setzte er sich in den Garten und sah zum Vollmond hoch. Obwohl er in vier Stunden in der Klinik sein musste, hatte er nicht vor auch nur eine Sekunde zu schlafen, so glücklich war er.

Kapitel 34

Franziska erwachte mit einem riesigen Brummschädel. Das war eindeutig zu viel Rotwein gewesen und als ihr Handy klingelte, zog sie sich das Kissen über den Kopf. Irgendwo mussten noch Kopfschmerztabletten sein und sie stand ganz langsam auf. In der Küche machte sie sich einen Kaffee und riss alle Schubladen auf, endlich entdeckte sie eine angefangene Packung und würgte zwei Stück herunter. Dann fiel ihr ein, dass Leni heute vorbei kommen wollte, um ihr Zeug abzuholen. Mist. Schnell ging sie ins Badezimmer und nahm eine eiskalte Dusche. Danach fühlte sie sich ein bisschen besser. Als sie in der Küche saß, klingelte ihr Handy und sie nahm das Gespräch an.

„Hallo Frau Bialas, in der Klinik *Schönheitspalast* wird heute etwas passieren. Ginger Smith und Julius Weber haben etwas damit zu tun. Mehr kann ich nicht machen, aber ich habe Sie vorgewarnt."

Franziska hörte verblüfft zu und dann war der Anrufer weg. Die Stimme kam ihr irgendwie bekannt vor. Aber ihr Kopf wollte immer noch nicht so richtig mitspielen. Mist. Schnell notierte sie sich den Wortlaut des Telefonates und fuhr ins Präsidium. Mike war schon da und sah sie mitleidig an.

„Du siehst richtig versoffen aus. Lass mich raten, du hast mit Leni die Nacht durch gemacht?"

Sie schüttelte den Kopf und nahm noch eine Tablette.

„Falsch, mein Lieber. Leni hat in Berlin jemand neues kennen gelernt und holt ihre Sachen aus der Wohnung. Noch Fragen?"

Er verdrehte die Augen und seufzte.

„Das tut mir wirklich leid. Im Moment geht wirklich alles schief."

Sie nickte und erzählte ihm von dem anonymen Anruf.

„Was sagst du dazu? Es war eine männliche Stimme, aber ich habe sie nicht erkannt, obwohl sie mir bekannt vorkam."

Mike sagte nichts, aber dachte sich seinen Teil. Wusste sie wirklich nicht, wer der Anrufer war? Das erschien ihm alles nicht zusammenzupassen. Sonst passierte alles im Verborgenen und auf einmal wurde ihnen eine Tat auf dem Tablett serviert, komisch.

„Mike, sollen wir zu Klinik fahren? Was wissen wir über diesen Professor? Das ist doch diese sündhaft teure Schönheitsklinik, oder?"

Er stand auf und übertrug die Aufgabe zwei Mitarbeitern. Franziska fuhr nach unten und rauchte eine Zigarette. Sie dachte immer noch über den geheimnisvollen Anrufer nach. War es Ben Schneider? Ganz sicher war sie nicht, aber er hätte es sein können. War es nur ein Bluff oder doch eine ernst zu nehmende Drohung? Sie brauchten einfach mehr Informationen und dann würde sie sich entscheiden, so oder so.

Ginger zog sich ein elegantes Kostüm an und dazu ihre Perlenohrringe. Sie sah aus wie eine Dame und war sich bewusst, dass ihr Bild in den Nachrichten sehen würde. Dann bestellte sie ein Taxi. Die Fahrt dauerte nur wenige Minuten und sie gab dem Fahrer ein großzügiges Trinkgeld. Sie betrat die Klinik und ging zur Rezeption, wo eine junge Frau sie sehr freundlich begrüßte. Ginger erzählte ihr von ihrem Termin und Melanie, so hieß die junge Dame, führte sie in ein schön eingerichtetes Büro.

„Nehmen Sie doch schon einmal Platz, Professor Weber ist noch nicht im Haus, aber wenn Sie wollen, können wir schon mit einer Untersuchung anfangen, Frau Smith."

Ginger sah die Frau ungläubig an.

„Also, wirklich, jetzt warte ich seit drei Wochen auf den Termin und der Professor ist immer noch nicht hier? Ich werde auch keine Voruntersuchung machen, erst wenn ich mit ihm gesprochen habe."

Melanie bekam einen hochroten Kopf und entschuldigte sich mehrmals, bevor sie fluchtartig aus dem Büro lief. Ginger war wütend und sprachlos. Sie hatte mit allem gerechnet, aber dass Weber nicht da sein könnte, wäre ihr nie in den Sinn gekommen. Nach fünf Minuten klopfte es an der Tür und Dr. Meinhard spazierte herein. Auch er entschuldigte sich und fragte, ob er ihr vielleicht etwas bringen könnte.

„Nein Danke, ich will nichts, nur den Professor, wenn es geht noch heute."

Er sah sie über seine Brille an und schlug die Beine übereinander.

„Ob Sie es mir glauben oder nicht, aber er hat verschlafen. Wir erwarten ihn in einer Stunde."

Vor lauter Erleichterung musste sie lachen. Meinhard verbeugte sich leicht und verschwand. Melanie brachte ihr einen Kaffee und etwas Gebäck. Sie guckte auf ihre Uhr, noch fünfundfünfzig Minuten.

Julius war doch noch eingeschlafen und als er wach wurde, schien ihm die Sonne ins Gesicht. Verdammt, jetzt hatte er doch tatsächlich verschlafen. Er rief in der Klinik an und ging schnell unter die Dusche. Ausgerechnet heute, war der Termin mit dieser Ginger Smith, die schon seit Wochen auf den Termin wartete. Ärgerlich, aber nicht zu ändern. Er zog sich leger an und fuhr direkt in die Klinik. Frau Zimmermann begrüßte ihn und drückte ihm einen Kaffee in die Hand.

„Frau Smith erwartet Sie im Behandlungsraum drei, mittlerweile seit gut einer Stunde."

Er nickte und zog sich einen Kittel an.

„Ich weiß, bin im Garten eingeschlafen. Ist mir noch nie passiert, aber ich gehe jetzt direkt zu ihr."

Mit schnellen Schritten lief er zum Behandlungsraum, atmete tief durch und klopfte. Auf dem Stuhl saß eine sehr gepflegte Frau und er entschuldigte sich noch mal für die Verspätung. Ginger betrachtete den Mann und war überrascht, wie gut er aussah. Einen Todkranken hatte sie sich immer ganz anders vorgestellt. Jetzt, da er endlich vor ihr stand, überkam sie eine wundervolle Ruhe. Endlich war sie am Ziel und jetzt konnte fast nichts mehr schief gehen.

„Schön, dass es noch geklappt hat, ich warte aber auch schon lange genug. Ich möchte gerne eine Brustvergrößerung durchführen lassen. Im Moment habe ich 75C und ich will auf 80D. Das dürfte doch kein Problem sein, oder?"

Er bat sie ihren Blazer auszuziehen und betrachtete sie von allen Seiten.

„Frau Smith, wir müssen noch ein paar Voruntersuchungen machen, aber ich glaube, ich kann Ihnen Ihren Wunsch erfüllen."

Sie lächelte und zog wieder ihre Jacke an. Dann öffnete sie die Handtasche und holte die Pistole heraus. Als er sah, was sie da in der Hand hielt, traute er seinen Augen nicht. Die Frau zielte mit einer kleinen, schwarzen Pistole auf ihn und er war davon so paralysiert, dass er sich nicht bewegen konnte. Ginger ging zur Tür und schloss ab, dann setzte sie sich ihm gegenüber und lächelte.

„Jetzt gucken Sie, Julius, was? Ich darf sie doch Julius nennen, oder? Sie sehen überraschend gut aus, dafür, dass Sie so krank sind. Wie haben Sie das geschafft?"

Die Situation war so grotesk, dass er sich bequem in den Sessel setzte und den Kopf schüttelte.

„Wer behauptet denn so einen Unsinn? Ich bin nicht krank und nehmen Sie bitte die Waffe runter, das ist ganz schön gefährlich, wissen Sie."

Sie schüttelte den Kopf und sah ihn betrübt an.

„Ach Julius, machen Sie doch nicht so ein Theater. Wir wissen doch beide ganz genau, dass Sie Aids haben und bald sterben werden. Ich bin hier um Sie zu erlösen, sehen Sie es doch mal von der Seite. Natürlich können wir uns vorher noch etwas unterhalten, z.B. über Ihre Frau Julia. Sie hat mich beauftragt, mich um Sie zu kümmern. Warum behandeln Sie Ihre Frau so schlecht, Julius?"

Er verstand die Welt nicht mehr. Was sollte das alles? Was bedeutete, dass sie sich um ihn kümmern wollte?

„Frau Smith, das müssen Sie mir genauer erklären. Ich habe ein gutes Verhältnis zu meiner Frau und den Kindern. Wir planen in Südfrankreich zu leben und ich werde diese Klinik verkaufen. Außerdem glaube ich Ihnen nicht, dass meine Frau will, dass Sie mich erschießen."

Ginger hörte ihm aufmerksam zu und musste zugeben, dass sich alles ganz plausibel anhörte. Leider machte das diesmal nicht das Geringste aus. Er musste sterben, so oder so.

„Das freut mich für Sie, Julius. Glückwunsch. Aber Sie haben leider Pech. Ihr Tod besiegelt meinen Abgang und krönt mein Ende. Ich habe in den letzten Jahren soviel Menschen getötet, das können Sie sich nicht vorstellen. Wollen Sie meine kleine Geschichte hören?"

Er schlug die Beine übereinander und sofort zielte sie wieder auf seine Brust.

„Bitte erzählen Sie, aber Sie sollten mich nicht töten. Ich habe noch kleine Kinder und denen würden Sie den Vater nehmen."

Ginger guckte ihn traurig an.

„Ein schlimmes Schicksal, in meiner Jugend habe ich meinen Vater verloren, er hat sich selbst umgebracht. Derjenige, der dafür verantwortlich war, ist allerdings auch tot, ich habe ihn erschossen. Julius, Sie werden sterben, so leid es mir auch tut."

Jetzt wusste er, dass er es mit einer Psychopatin zu tun hatte. Das machte ihm richtig Angst, weil er wusste, dass solche Menschen kein Mitleid kannten. Er musste unbedingt Zeit herausholen, vielleicht könnte er doch noch irgendwie davon kommen.

"Also, Frau Smith. Erzählen sie mir Ihre Geschichte, ich kann gut zuhören, wissen Sie."

Also fing sie an zu erzählen, erst stockend, dann aber immer fließender, sie sah es als Generalprobe, wer weiß, wie oft sie das noch erzählen musste. Er hörte ihr aufmerksam zu und dachte, dass er wirklich sterben würde, nicht an dieser kindischen Krankheit, nein. In seiner eigenen Klinik würde diese wahnsinnige Frau ihn auslöschen. Was für eine Farce. Einfach so. Als sie schilderte, was sie mit diesem Rolf Sommer getan hatte, wurde ihm übel und er wunderte sich, wie krank ein Mensch überhaupt sein konnte. Ginger wusste, dass sie zutiefst gestört war und fügte sich jetzt ihrem Schicksal. Wenn sie sich nicht selber aus dem Verkehr zog, würde es jemand anderes tun und das wollte sie auf gar keinen Fall. Die Menschen sollten an eine elegant gekleidete und gutaussehende Dame denken, wenn man ihren Namen nannte. Außerdem war es das erste Mal, dass sie ihre Geschichte erzählte und sie tat es nicht, um Julius zu beeindrucken.

Vielmehr tauchte sie noch mal genüsslich in den Wahnsinn der vergangenen Jahre ein und triumphierte über ihn. Den Part von Ben ließ sie einfach weg und wunderte sich fast darüber, dass es ihr so leicht fiel. In Julius Gesicht spiegelte sich das blanke Entsetzen und sie empfand so etwas wie Mitleid. Wenn sie überhaupt in der Lage war, soviel Empathie auf zu bringen.

„So, Julius, das war meine kleine Story. Was halten Sie von ihr? Seien Sie ruhig ehrlich."

Er war erschlagen von so viel Brutalität und Grausamkeit. Trotzdem versuchte er zu lächeln, auch wenn es ihm unendlich schwer fiel.

„Frau Smith, ich bin zutiefst erschüttert, wie konnten Sie das all die Jahre nur aushalten? Empfanden Sie denn nie Mitleid mit den Opfern? Haben Sie sich tatsächlich eingebildet, Gott spielen zu können?"

Sie nickte, er hatte sie verstanden, aber dafür würde sie ihn nicht belohnen.

„Tut mir leid, aber ich war so anmaßend. Ich war mir nicht sicher, ob sie ihre gerechte Strafe bekommen, daher habe ich lieber etwas nach geholfen. Verstehen Sie das? Jetzt haben wir aber genug geplaudert. Doch bevor ich Sie erschieße, haben sie noch mal die Möglichkeit etwas zu sagen. Bitte."

Langsam und sehr behutsam holte er seine Brieftasche heraus und reichte ihr daraus ein Foto. Auf dem Bild waren die Jungs und er, alle lachten in die Kamera. Julia hatte es gemacht. Sie nahm ihm das Bild aus der Hand und runzelte die Stirn.

„Wirklich nette Kinder, Julius. Aber trösten Sie sich, sehr viel Zeit hätten Sie mit ihnen sowieso nicht mehr gehabt."

Sie reichte ihm das Foto und er steckte es zurück in seine Brieftasche.

„Frau Smith, was kann ich tun, damit Sie mich nicht erschießen?"

Sie zwinkerte ihm ein letztes Mal zu und drückte ab. Der Knall war gar nicht so laut wie sie gedacht hatte. Julius sackte zusammen und zuckte nur kurz, dann sank sein Kopf auf seine Brust. Auf seinem Kittel breitete sich ein blutroter Fleck aus und er wurde schnell größer. Der Baumwollstoff des Kittels saugte das ganze Blut auf und sie sah fasziniert zu. Es war wirklich erstaunlich. Dann steckte sie die Pistole wieder zurück in die Handtasche und holte den Ordner, mit den Aufzeichnungen heraus. Sie wartete und wartete, aber es kam niemand in das Büro. Hatte denn keiner den Schuss gehört? Sehr komisch. Nach fünf Minuten ging sie zur Tür und schloss sie wieder auf, dann setzte sie sich hin. Endlich klopfte jemand und sie rief herein. Eine ältere Frau betrat den Raum und schlug sich die Hand vor den Mund, als ihr Blick auf Julius fiel. Danach fing sie an zu schreien und auf einmal war der Raum voller Menschen. Ginger sah Dr. Meinhard und sprach ihn direkt an.

„Hallo, ich habe soeben Ihren Professor erschossen. Bitte rufen Sie die Polizei."

Mittlerweile hatte man die immer noch schreiende Frau Zimmermann weggebracht und Meinhard sah fassungslos auf Julius und Ginger.

„Warum haben Sie das getan, Frau Smith?"

Doch sie lächelte ihn an und sagte kein Wort mehr. Es war vollbracht und was jetzt passierte, war ihr total egal. Der Kreis hatte sich geschlossen.

Kapitel 35

Als der Notruf aus der Klinik kam, rasten Franziska und Mike los, dabei sprachen sie die ganze Zeit nicht ein einziges Wort. Nach wenigen Minuten waren sie da und kamen ins Büro, als man Julius gerade auf eine Bahre legte und Ginger mit zwei Beamten auf einem Sofa saß. Mike sprach mit den Einsatzkräften und Franziska führte Ginger in einen Nebenraum. Beide Frauen sahen sich an und Ginger reichte ihr den Ordner.

„Hier Frau Bialas, ich habe alles aufgeschrieben, das ist mein volles Geständnis. Ich habe das alles alleine gemacht und es gab keine Auftraggeber."

Franziska blätterte ihn kurz durch und legte ihn auf den Tisch.

„Warum haben Sie all diese Morde verübt? Es muss doch einen Grund dafür geben, dass sie sich als Rächerin gefühlt haben."

Ginger schüttelte den Kopf.

„Das ist eine lange Geschichte, aber ich bin zu müde um sie Ihnen zu erzählen. Bringen Sie mich in eine Zelle im Präsidium."

Mike kam herein und brachte die beiden Polizisten mit.

„Frau Smith, wir bringen Sie jetzt ins Präsidium, dort können Sie ihren Anwalt benachrichtigen. Alles was Sie ab jetzt sagen, kann gegen Sie verwendet werden. Haben Sie das alles verstanden?"

Sie nickte und ließ sich abführen. Franziska wählte die Nummer von Ben Schneider, doch sein Handy war abgestellt. Verdammt.

„Mike, ich muss mit dem Schneider sprechen, lass uns zu ihm fahren, am besten in seine Werkstatt. Vielleicht erzählt er uns jetzt was."

Nach einer halben Stunde parkten sie den Wagen vor der Werkstatt. Mike ging hinein konnte aber keinen Menschen entdecken. Dann gingen sie eine kleine Treppe hoch in den ersten Stock und standen in einem Flur.

„Ich habe gar nicht gewusst, dass er hier noch eine Wohnung hat."

Franziska öffnete eine Tür und dann zuckten sie beide zurück. Ben Schneider hatte sich aufgehängt und sein Körper baumelte an der Decke hin und her. Schnell nahm Mike sich einen Stuhl und schnitt das Seil durch, das um seinen Hals gewickelt war. Aber es war zu spät, Ben Schneider war tot. Wenn sie eine halbe Stunde früher da gewesen wären, hätten sie ihn vielleicht retten können. Der Fernseher lief und man berichtete in einer Sondersendung über den Mord in der Schönheitsklinik. Gerade konnte man sehen, wie zwei Beamte Ginger zu einem Polizeiauto führten. Franziska drehte sich um und ging die Treppe herunter, Mike rief die Mordermittlung und stellte sich neben sie. Sie zündete sich eine Zigarette an und war kreide-bleich im Gesicht.

„Scheiße Mike, das war meine Schuld. Der anonyme Anrufer war er, wenn ich nicht so bescheuert reagiert hätte, könnte der Professor und der Schneider noch leben."

Das hatte er schon die ganze Zeit geahnt und konnte darauf nichts erwidern. Es war ihr Fehler und damit musste sie weiter leben.

„Das braucht keiner zu erfahren, es nützt den beiden sowieso nicht mehr. Der Einzige, der in Schwierigkeiten kommen könnte, wärst du. Also, wisch dir den Mund ab, Augen zu und durch."

Sie fuhren zurück ins Präsidium und Franziska war total am Ende. Sie wollte nur noch weg und auf Ginger Smith hatte sie gar keine Lust. Diese ganzen verrückten Menschen waren ihr zuwider und sie sehnte sich nach Normalsterblichen. Sie warteten auf Ginger im Verhörraum und sie sah immer noch sehr gepflegt aus. Nur ihr Kostüm hatte man gegen ein paar Jeans und ein blaues T-Shirt ausgetauscht.

„Ihr Freund, Ben Schneider, hat sich in seiner Wohnung erhängt, wir haben ihn gerade gefunden. Wollen Sie uns etwas dazu sagen?"

Mike beobachtete sie ganz genau, konnte aber nicht die geringste Gefühlsregung erkennen. Was war das nur für ein Mensch? Franziska zündete sich eine Zigarette an.

„Wussten Sie, dass er mich angerufen hat? Er muss geahnt haben, was Sie vorhatten, aber leider habe ich zu spät reagiert."

Ginger zog eine Augenbraue hoch.

„Ben war mein bester Freund, seit der Kindheit. Aber er war ein Getriebener, wenn Sie wissen was ich meine. Wir waren uns sehr ähnlich. Als er mir von der Werkstatt erzählte, war ich so froh, dass er endlich was gefunden hatte, was ihn glücklich macht. Leider habe ich mich geirrt."

Mike blätterte den Ordner durch.

„Erklären Sie uns doch mal, wie die Menschen mit Ihnen Kontakt auf genommen haben? Das ist für uns immer noch ein Rätsel."

Sie lächelte ihn an und hatte gar nicht die Absicht, ihre kleinen Geheimnisse zu verraten. Wofür?

„Über das Internet, an manchen Tagen habe ich über hundert Mails bekommen. Es gibt mehr Verzweifelte als man denkt. Wenn die Polizei und die Gerichte effektiver arbeiten würden, gäbe es bei weitem nicht so viel Elend."

Franziska nickte ihr zu und zündete sich noch eine Zigarette an.

„Dieser Rolf Sommer, war ein echtes Schwein, da stimme ich Ihnen zu. Aber Julius Weber hat sich doch nichts zu Schulden kommen lassen, oder?"

Ginger lachte übertrieben und nahm sich auch eine Zigarette.

„Woher wissen Sie das so genau, Frau Bialas? Haben Sie gewusst, dass er Aids hatte und trotzdem weiter operiert hat? Er hat das Leben von ahnungslosen Patienten gefährdet und dafür habe ich ihn aus dem Verkehr gezogen. Ohne Grund habe ich noch nie getötet."

Dann klopfte es an der Tür und ein Beamter reichte ihr einen Zettel. Sie lass ihn schnell durch und warf ihn dann auf den Tisch.

„Warum wollen Sie keinen Anwalt? Das würde ich mir an Ihrer Stelle noch mal überlegen. Für Sie geht es nicht nur um eine Gefängnisstrafe, eventuell kann es auch in eine forensische Klinik gehen, und zwar in den geschlossenen Trakt."

Ginger betrachtete ihre makellosen Fingernägel.

„Für wie blöd halten Sie mich eigentlich? Ich will, dass man mich wegsperrt und zwar für immer. Es gab eine Zeit, da habe ich mich unter Kontrolle gehabt, aber das ist nicht mehr der Fall. Es hat mir immer großen Spaß gemacht, diese Menschen umzubringen. Sie sollten einmal am eigenen Leib spüren, wie es ist hilflos und ausgeliefert zu sein. Ich bereue nichts. Ganz im Gegenteil."

Franziska und Mike betrachteten die Frau, die sie so lange an der Nase herum geführt hatte. Doch ein Gefühl von Triumph wollte sich nicht einstellen. Nach einer weiteren Stunde Vernehmung hatten sie genug und sie verließen das Präsidium und gingen zum Rhein runter. Sie setzten sich auf eine Bank und beobachteten die Schiffe, die an ihnen vorbei zogen.

„Mensch Mike, ich glaube, ich schmeiße meinen Job. Weitere zwanzig Jahre so viel Elend, das halte ich nicht durch. Ich bin schuld, dass zwei Menschen tot sind, das werde ich mir nie verzeihen. Der Beruf frisst mich auf. Leni habe ich schon verloren und vielleicht ist es an der Zeit für etwas Neues."

Er wusste was sie meinte und sie tat ihm unendlich leid. Doch er wollte sie nicht verlieren, jeder erlebte solche Tiefschläge, aber das warf man doch nicht alles hin.

„Ach Franziska, mach dich jetzt nicht verrückt. Der Fall war Hardcore, das stimmt, aber deine Arbeit ist wichtig. Letztendlich haben wir die Sache aufgeklärt, oder nicht? Ginger konntest du nicht retten, weil sie sich selber aufgegeben hat. Ben Schneider hat sich ganz bewusst umgebracht, nachdem er seine Freundin im Fernsehen gesehen hat. Vielleicht hättest du den Professor retten können, aber auch das ist reine Spekulation. Schuld ist ein weites Feld, mach dich nicht selber fertig."

Sie war sich da nicht sicher, aber sie wusste, dass sie eine Auszeit brauchte, unbedingt.

„Ich muss mal raus, was anderes sehen. Die letzten Monate haben mich geschlaucht, ich fühle mich total ausgebrannt. Morgen werde ich bei dem Lehmann Urlaub einreichen, aber mindestens zwei Monate, habe ich eh noch zu bekommen. Wenn ich wieder zurück bin, werde ich eine Entscheidung treffen, so oder so."

Er nickte und setzte seine Sonnenbrille auf. Urlaub, kein schlechter Gedanke. Seine kleine Schwester lebte mit ihrem Mann und den beiden Kindern in Amsterdam. Sie hatte ihn schon oft eingeladen, aber jetzt würde er sie besuchen fahren. Ganz bestimmt. Ein weißes Ausflugsschiff tuckerte gemütlich an ihnen vorbei und Franziska hatte Lust auf eine Schiffstour. Sie würde einfach an Bord gehen und die ganze Zeit den Rhein rauf und wieder herunter fahren, ohne auszusteigen. Eine wirklich verlockende Idee.

Epilog

Julia Weber bekam einen Anruf von Frau Zimmermann. Sie saß auf der Terrasse und legte wortlos das Handy auf den Tisch. Sie konnte sich nicht vorstellen, dass Julius tot sein sollte. Sie war unendlich traurig und als sie die Jungs am Pool herum toben hörte, wusste sie, dass sie bald nach Deutschland zurück musste. Es gab allerhand zu regeln, aber nicht so, wie sie sich das gewünscht hätte. Leider.